KB118219

모든
비밀에는
이름이
있다

모든 비밀에는 이름이 있다

서미애
장편
소설

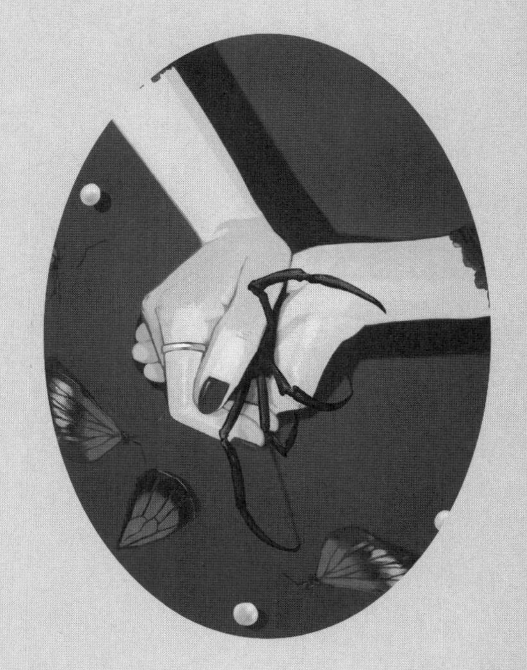

엘릭시르

차례

기억나지 않는 악몽을 꾸고 일어난 아침, 나는 오래 거울을 들여다봐.

거울 너머 내가 낯선 표정으로 나를 쳐다보고 있어.

지난밤 무엇이 내 머릿속을 휘젓고 갔는지 떠오르지 않아.

하지만 끔찍한 기분만은 악취처럼 남아,

숨을 들이마시고 내쉴 때마다 느끼지.

내 안의 무언가가 썩어가고 있다고.

끔찍해, 열일곱. 아니, 아직은 열여섯.

갑자기 안개가 걷히고 어둠 속에서 불이 켜지듯

그렇게 내 자신과 마주했어.

겉으론 아무렇지 않은 얼굴로 사람들을 속이지만 나는 알지.

나는 다른 아이들과는 다르다는 것을.

거울 속의 내가 웃으며 말을 걸어.

정신 바짝 차려.

아니면 금세 잡아먹어버릴 거니까.

네 자릴 차지해버릴 거니까.

거짓말, 거울 속의 너도 나야.

자신에게 잡아먹히는 일 따위는 없어.

나는 너, 너는 나야.

거울 속의 내가 낄낄대며 웃고 있어.

너도 알잖아, 네 속에 뭐가 들었는지.

기다려, 곧 보일 거야, 너의 진짜 모습이.

낯설게 거울 너머의 나를 쳐다봐.

아이도 아니고, 그렇다고 어른도 아닌 어정쩡한 열여섯의 나.

발아래 시커먼 어둠은 더욱 커지고

심연에서 너의 속삭임이 끊임없이 들려와.
인정해. 나는 너야.
아무리 발버둥 쳐도 그림자는 발에서 떨어지지 않아.

나는 아침마다 거울을 오랫동안 들여다봐.
악몽을 꾼 날에는 더욱 오래.
냉담해진 눈으로 너를, 아니 나를 쳐다보지.
재촉하지 마. 준비가 되면 알게 될 거야.
너는 나.

손가락으로 입꼬리를 올린다.
웃어, 이제 학교에 갈 시간이야.

1장

다시는 돌아오지 않을 거야.

1.

다시는 돌아오지 않을 거야.

유리는 흘러내리는 백팩의 어깨끈을 고쳐 메며 걸음을 재촉했다. 머릿속에는 몇 시간 뒤 식당 문을 닫고 집으로 돌아온 엄마가 식탁에 놓인 메모를 읽게 될 순간을 떠올렸다.

내 메모를 보고 어떤 표정을 지을까? 화를 낼까, 아니면 놀라서 나를 찾아 나설까?

"미친년" 하고 중얼거리며 아무 일도 없다는 듯 안방으로 들어가 잠들지도 모른다. 아니, 그럴 가능성이 90퍼센트다. 그게 유리가 짐을 싸서 집을 나가기로 결심한 이유 중 하나다.

엄마는 늘 입버릇처럼 "너만 없으면 어디든 갈 텐데, 네가 내 발목을 잡고 있다고, 알어?"라고 말했다. 어떤 사람은 아직 결혼도 하지 않았을 나이 서른다섯. 중학생 딸을 가지기에 젊은 나이긴 하다.

누가 태어나고 싶다고 했어? 선택은 엄마가 한 거잖아. 유리는 마치 엄마가 앞에 있기라도 한 것처럼 중얼거렸다. 이제 사라져줄게요. 발목에 묶인 족쇄를 풀어줄 테니 어디든 맘대로 훨훨 날아가시든지.

그런 생각을 하니 왈칵 눈물이 쏟아질 것 같다. 애써 참았지만 눈시울이 젖어들었다. 분명 가출하기로 결심한 건 자신인데, 오히려 엄마에게 버림받는 기분이었다. 유리는 얼른 고개를 흔들어 생각을 털어냈다.

딸이 어떤 일을 당하는지 관심도 없는 엄마 따위 필요 없어.

어디로 갈지는 아직 정하지 않았다. 어디든 가장 먼저 떠나는 시외버스의 목적지가 나의 정착지가 될 거야. 서울이든 부산이든 상관없다. 이곳만 아니면 된다. 막막하긴 하지만 이곳에 남아 있는 것보다는 낫다. 여기서 더이상 참고 견딜 자신이 없었다.

어두운 언덕길을 내려와 버스 정류장에 도착한 유리는 간이 의자에 가방을 내려놓았다. 핸드폰을 꺼내 시간을 확인했다. 7시 43분.

40분 버스는 이미 지나간 건가?

이십 분 간격으로 지나는 버스는 이른 아침이나 밤처럼 사람이 없는 시간이면 제멋대로 운행한다. 언덕을 내려오면서 계속 정류장을 주시했지만 버스가 서는 모습은 보지 못했다. 40분 버스가 지나간 것 같지는 않다. 어쩌면 사람 없는 정거장을 쌩쌩 지나치느라 한참 전에 가버렸는지도 모른다. 그 버스가 지나갔다면 8시 버스를 기다려야 한다.

여기서 강릉 시내에 있는 고속버스 터미널까지는 삼십 분이 걸린다. 고속버스의 막차는 몇 시에 출발할까? 핸드폰으로 버스 터미널의 시간표를 검색하는데 알람 소리와 함께 화면에 문자가 떴다.

—죽고 싶냐? 전화해라.

가슴이 철렁 내려앉았다. 손끝이 저려왔다. 유리는 자기도 모르게 손톱을 깨물었다. 몇 시간 전부터 걸려 오는 전화와 문자를 계속 무시하고 있었다.

받지 마, 받으면 안 돼.

유리는 얼른 배낭 옆구리 주머니에 핸드폰을 집어넣었다. 흔들리는 마음을 다잡았다.

이제 너희는 나를 건드리지 못해. 다시는 너희들의 손이 닿지 않는 곳으로 사라질 거야.

도대체 버스는 왜 안 오는 거야? 발을 동동 굴러보지만 도로에는 자동차 한 대 보이지 않는다.

망할 동네다. 해만 떨어지면 유령도시처럼 어둠이 모든 걸

집어삼킨다. 아니, 유령도시라도 여기보다는 번화하겠지. 그래도 도시니까.

강릉과 주문진 사이 해안 도로에 인접한 이 동네는 고작 이십여 가구도 안 되는 집들이 모여 산다. 편의 시설이라고 해봐야 버스 정류장에서 도로를 따라 오백 미터는 걸어가야 있는 허름한 편의점이 전부다. 멀리 주문진항 쪽의 번화한 불빛과 바다에 떠 있는 오징어 배의 집어등만이 이곳에도 사람이 살고 있다는 것을 느끼게 해준다. 하지만 저곳은 까마득히 멀게만 느껴진다.

유리가 사는 동네는 무덤처럼 조용하다.

대부분 노인들이 사는 집이라 일찍 불이 꺼진다. 저녁 8시만 되어도 불이 켜진 집을 찾기가 힘들다. 힐끗 고개를 돌려보니 자신의 집만 불이 켜져 있다. 그제야 현관 등을 켜둔 채 나왔다는 것을 깨달았다. 다시 가서 끄고 올까? 하지만 언제 버스가 올지 모른다.

엄마가 돌아왔을 때 어둡지 않아서 좋겠네 뭐. 마지막 배려라고 생각하고 애써 시선을 돌렸다. 다시는 돌아보고 싶지 않아. 안녕.

태어나서 지금까지 한 번도 이 동네를 벗어나본 적이 없다.

여름 한철 피서객들로 반짝하고 나면 가을부터 봄까지 내내 모래 섞인 황량한 바람과 생선 비린내와 쓰레기 썩는 냄새만 떠도는 곳. 피서철이라고 해봐야 해변을 지나는 자동차만 많아질 뿐 이 동네와는 아무런 상관이 없다.

옥수수를 삶아 가판대를 열고 피서객을 상대로 한 푼이라도 벌어볼까 기웃거리던 노인들도 있었다. 하지만 도시에서 온 사람들은 인터넷에서 유명해진 카페와 맛집만 찾아다닐 뿐 이런 시골의 좁은 해변은 거들떠보지도 않는다. 그런데도 찬 바람이 불기 시작하면 사람들이 남기고 간 쓰레기 냄새가 동네를 넘나든다. 인기척은 없는데 고약한 냄새는 넘친다.

자신의 존재와 처지를 자각하면서 유리의 눈에 엄마와 동네 사람들의 모습이 들어왔다. 그때부터 유리는 이 동네가 싫었다. 바닷바람에 부식되고 허물어지는 건 오래된 건물만이 아니다. 사람들도 무기력하게 세월의 파도 앞에서 침식된다.

오랜 세월 바닷바람을 맞고 살아온 노인들의 깊게 주름진 얼굴과 갈퀴처럼 앙상하고 메마른 손을 볼 때마다 학교 뒷산 숲길에서 보았던 곤충의 허물이 떠올랐다. 언제 부서져도 이상하지 않을 육체와 그 안에 갇힌 채 죽기만 기다리는 영혼들. 이곳에 태어났다는 이유만으로 그렇게 살다가 죽고 싶지 않아, 그것만으로도 가출의 이유는 충분하다.

유리는 조급해진 마음에 고개를 빼고 주문진 쪽을 쳐다보았다. 버스는 올 기미가 없다. 다시 핸드폰을 꺼내 시계를 확인했다.

7시 47분. 핸드폰이 울렸다. 무시하고 싶었다. 하지만 결국 발신자를 확인했다.

화면에는 전화기 이모티콘과 함께 눈에 익은 이름이 보였다. 유리는 핸드폰을 집어던지고 싶었다. 그럴 수는 없다. 전원을 끄고 싶지만 그것도 할 수 없어 그저 벨이 그치기만 기다렸다. 그래, 수신 거부를 해놓으면 되겠다. 왜 그 생각을 못 했을까. 유리는 이제 수시로 걸려 오는 전화에 겁먹지 않기로 결심했다.

미친 듯이 펄펄 뛰겠지? 감히 네가 내 전화를 씹어? 그 모습이 눈에 선하다.

옆구리가 아파왔다. 갈비뼈에 금이 갔는지 숨을 쉴 때마다 그날을 아프게 상기시킨다. 조금이라도 크게 움직이거나 숨을 깊이 쉬면 통증이 더 심하다. 혹시 갈비뼈가 어긋나 장을 찌르는 건 아닐까? 거기만이 아니다. 아직 엉덩이와 허벅지의 멍도 가시지 않았다.

유리는 용기를 내자고 스스로를 다독였다. 이제 길어봐야 한 시간이면 이 도시를 떠난다. 다시는 나를 걷어차고 때리게 내버려두지 않을 거야. 난 너희들의 심심풀이 장난감이 아니야.

멀리 도로를 따라 다가오는 불빛이 보였다. 버스 불빛 같았다. 편의점 근처에서 불빛이 멈추는 게 보였다. 윤곽만 봐도 시내로 나가는 버스가 맞는다. 다음 정거장은 유리가 서 있는 이곳이다.

이제 저것만 타면……. 가슴이 두근거렸다. 버스를 눈으로 확인하자 마음이 더 조급해졌다. 버스가 좀더 속력을 내주기를 바랐다. 얼른 가방을 집어 들고 도로로 다가섰다.

"너 여기서 뭐 하냐?"

갑자기 들려온 소리에 고개를 돌려보니 건너편 도로에 매끈한 세단이 서 있다. 버스만 쳐다보느라 다른 자동차가 다가온 줄도 몰랐다. 열린 차창으로 세상에서 가장 피하고 싶은 얼굴 중 하나가 보였다. 유리는 눈을 껌뻑이며 정말 자기가 아는 얼굴인지 다시 확인했다.

맞다. 운전석에 앉아 있는 건 우리 반 반장이자 유도부 주장 박지훈이다. 또 아버지의 차를 몰래 끌고 나온 모양이다. 190센티미터에 가까운 키와 운동선수다운 근육질의 덩치 때문에 누구도 지훈을 미성년으로 보지 않는다. 덕분에 운전면허증도 없으면서 겁 없이 아버지 차를 끌고 나와 가까운 속초나 설악으로 아이들을 끌고 다니기 일쑤였다.

하필이면 이렇게 딱 마주치다니, 유리는 등골이 서늘해졌다.

박지훈이 있다는 건 곁에 김은수가 있다는 얘기다. 아니나 다를까, 자동차 안의 조명이 켜지자 조수석에 앉아 있는 은수의 얼굴이 보였다.

한껏 멋을 낸 옷차림. 스팽글로 만든 커다란 별을 어깨에 붙인 형광 핑크색 점퍼는 요즘 은수의 핫 아이템이다. 거기에 뷰티 유튜버에게 배운 화장과 머리 모양으로 어른 흉내를 냈지만 아직 젖살이 남은 얼굴과는 어울리지 않았다. 은수의 입에서 나오는 말은 더욱 중학생 같지 않았다.

은수는 핸드폰을 흔들어 보이며 소리쳤다.

"미친년, 전화 씹고 어디 가냐? 너 돌았지?"

왜 하필, 왜 하필. 십 분만 더 일찍 나오든지, 아니, 집에 돌아가 현관불만 끄고 나왔더라도 저 얼굴들을 마주할 일은 없었을 텐데. 유리는 자책하며 긴장감에 휩싸여 주먹을 꼭 쥐었다.

은수가 지훈의 팔을 툭툭 쳤다. 지훈은 차를 갓길에 정차하고 사이드브레이크를 올렸다. 은수가 작정한 듯 목과 어깨를 풀며 조수석에서 내렸다. 은수의 뒤로 자동차 뒷좌석 유리창이 내려가더니 재미난 구경거리를 기대하며 고개를 내미는 모습들이 보였다. 미나와 성호였다.

여왕벌 김은수와 일당들.

버스는 다가오고 있는데 은수는 바로 길 건너에 있다. 유리는 다가오는 은수를 바라보며 주춤주춤 뒤로 물러섰다. 어디론가 도망치고 싶지만 이미 덫에 걸린 짐승처럼 발이 떨어지지 않았다. 가슴의 통증 때문에 숨을 크게 쉴 수도 없었다.

"이년이 아주 겁을 상실했네. 내 전화를 씹어? 죽을래? 진짜 오늘 죽어볼래?"

유리는 다시 한번 깨달았다. 자신이 왜 전화를 꺼놓지도, 던져버리지도 못했는지.

일 년 넘게 길들여진 습관 때문이다. 전화를 안 받거나 조금이라도 늦게 받으면 다음번 만날 때 끔찍하게 맞을 각오를 해야 했다.

버럭버럭 소리를 지르며 도로를 가로질러 온 은수는 유리에게 다가서자마자 뺨을 후려갈겼다. 뒤에서 우와 하는 탄성과 박수가 터졌다. 은수의 발길질이 시작되었다. 유리는 그대로 주저앉아 두 팔로 온몸을 감싸보았지만 역부족이었다. 두 팔은 빈틈을 노리는 은수의 주먹과 발길질을 하나도 막아내지 못했다.

어느새 정거장에 도착한 버스가 끼익 소리를 내며 멈춰 서더니 앞문이 열렸다. 유리를 때리던 은수는 성가신 듯 버스의 옆구리를 주먹으로 툭툭 쳤다.

"가요, 탈 사람 없어요."

기사가 뭐라고 하는 소리가 들렸다. 은수는 다시 한번 소리를 질렀다.

"아, 가라고! 귀먹었어?"

유리는 은수가 고개를 돌린 그 짧은 틈을 이용해 어떻게 해서든 가방을 움켜쥐고 버스에 올라타고 싶었다. 그리고 멀어지는 은수와 그 일당들을 향해 보란 듯이 가운뎃손가락을 세우고 싶었다. 갈비뼈 때문에 크게 웃는 건 힘들겠지만 그래도 성공만 하면 버스가 떠나가게 웃을 수 있을 것이다. 하지만 웅크리고 있던 유리가 가방을 잡고 일어서는 순간 버스의 문은 벌써 닫히고 있었다.

"어쭈, 진짜 도망치게?"

은수는 걸음을 내딛는 유리의 머리카락을 잡아당기며 붙잡았다.

있는 힘을 다해 은수를 밀어내고 버스를 향해 달려가려 했지만 버스는 저만치 멀어지고 있다. 게다가 성큼 내디딘 발이 휘청하며 발목이 꺾이는 바람에 유리는 그대로 도로 위에 꼬꾸라졌다.

은수가 닥치는 대로 유리의 등을 짓밟기 시작했다. 어느새 차 뒷좌석에서 내린 미나도 다가와 합세했다. 두 사람의 발길질에 유리는 숨도 못 쉬고 몸을 웅크렸다. 이 와중에도 비명을 참는 자신에게 화가 났다. 일 년 넘게 이 아이들에게 맞으며 생긴 또 하나의 버릇이었다. 비명이나 신음 소리를 내면 발길질이 더 심해졌다.

"내가 이년 졸라 이상하다 했지? 돈도 안 가져오고, 전화도 씹고."

"그러게, 와보길 잘했네."

미나가 유리의 가방을 빼앗아 안을 뒤졌다. 곧 지갑을 찾았다. 오늘을 위해 감추고 모아놓은 돈이 고스란히 미나의 손으로 빠져나갔다.

은수는 미나에게 지폐를 건네받자 곧 유리의 머리를 후려쳤다.

"돈 없다며? 이건 뭐냐? 말해봐, 이 개년아."

끈적한 액체가 흘렀다. 코피가 터져 입술 위로 흘러내리기 시작했다. 유리는 손등으로 액체를 닦았다. 두 눈을 꼭 감았다. 도대체 어디서부터 잘못된 것일까?

중학교에 입학했을 때만 해도 유리와 은수는 친구였다. 학교가 끝나면 다른 친구들과 어울려 학교 앞 분식집에서 떡볶이도 사 먹고 바닷가에 나가 수영도 했다. 단짝은 아니었지만 반 친구들과 어울릴 때면 스스럼없이 장난도 치고 하던 사이였다.

은수는 피범벅이 되어가는 유리의 얼굴을 보고도 꿈쩍하지 않았다. 오히려 피가 은수의 신경을 자극한 듯 주먹과 발길질의 강도가 세졌다. 유리는 주저앉아 웅크린 채 두 손으로 머리를 감싸고 은수의 발길질이 멈추기만을 기다렸다.

"돈 들고 방파제로 나오라고 했지? 사람 기다리게 해놓고 도망을 쳐?"

애초에 약속 따위 하지도 않았다. 일방적인 명령이었다. 이미 몇 번이나 돈을 뜯겼다. 없는 돈을 가져오라고 해서 고양이 저금통도 털고 아끼는 운동화도 팔았다. 엄마 지갑에도 손을 댔다. 이제 정말 더는 돈이 나올 데가 없었다.

지금 은수 손에 들린 돈은 엄마가 식당 건물주에게 월세를 주려고 찾아놓은 돈이었다. 그 돈은 가출한 뒤 일자리를 찾고 월급을 받을 때까지 버티기 위한 유리의 전 재산이었다.

"얼마야? 화끈하게 놀 정도는 되냐?"

도로 건너 차에 기대서 있던 지훈이 낄낄거리며 물었다. 은수가 지폐를 쫙 펴서 지훈에게 흔들어 보였다. 지훈은 휘파람을 불며 뒷자리에 앉아 있는 성호와 하이파이브를 했다.

주머니에 돈을 집어넣으며 자동차로 발길을 돌리던 은수는 휘청거렸다. 발이 움직이지 않았다. 유리가 발목을 붙잡고 늘어졌기 때문이다. 은수가 짜증스러운 얼굴로 다리를 흔들었지만 유리는 은수의 발목을 더욱 세게 잡았다.

"놓으라고. 이거 안 놔?"

옆에 있던 미나가 은수를 도와 유리를 떼어내려고 했지만 쉽지 않았다. 두 사람에게 맞아 부어오른 얼굴로 유리가 뭐라고 중얼거렸다. 피와 땀으로 범벅이 되고 머리카락까지 뒤엉킨 유리의 얼굴은 엉망이었다.

"뭐라고?"

"그건…… 돌려줘. 나 꼭 있어야 해, 그 돈."

"미친년. 진짜 돌았나?"

돈을 돌려달라는 말에 은수는 열이 치밀었다.

단지 그 말 때문만은 아니다. 지금껏 말대꾸조차 하지 못하고 쥐 죽은 듯 맞기만 하던 유리가 자신을 붙잡고 저항했기 때문이다.

이대로 물러나면 안 된다는 것을 은수는 알고 있다. 이럴 때 확실하게 못을 박아두지 않으면 언제 또 기어오를지 모른다. 은수는 붙들리지 않은 발로 있는 힘껏 유리의 턱을 걷어찬 뒤 명치를 밟았다.

"까불지 말라고 했지!"

은수의 발길질에 맞은 유리가 손을 놓고 가슴을 움켜쥐었다.

은수는 유리가 잡았던 옷을 탁탁 털어내며 혹시 피가 묻지나 않았는지 살폈다. 어두워서 잘 보이지 않았다. 은수는 차에 타서 살펴봐야겠다는 생각을 하며 도로를 가로질렀다.

뒤에서 걸어오던 미나가 유리 쪽을 돌아보다가 걸음을 멈췄다. 느낌이 이상했다.

미나는 불안한 표정으로 도로에 누워 있는 유리를 지켜보았다.

"야, 빨리 안 와?"

도로 건너편에서 조수석의 문 손잡이를 잡으며 은수가 소리쳤다.

미나는 유리 곁으로 다가가 꼼짝도 안 하고 누워 있는 유리의 몸을 발로 툭툭 쳤다.

"엄살 부리지 말고, 일어나."

그러나 유리는 움직이지 않았다. 움찔하는 반응도 없었다. 뭔가 잘못되었다는 느낌이 확 밀려들었다.

미나는 굳은 얼굴로 고개를 돌려 자동차 문을 열고 있는 은수를 쳐다보았다.

"은, 은수야……."

조수석에 타려던 은수가 고개를 들고 미나를 쳐다보았다.

"그 기집애 놔두고 빨리 와. 속초까지 가려면 시간 없어."

"야, 얘 이상해."

"뭐가?"

은수의 말끝이 흔들렸다. 사태를 직감한 눈치였다. 인상을 구기며 얼른 자동차 문을 닫고 다시 도로를 건너왔다.

"숨을…… 안 쉬는 거 같아."

"장난하지 마. 그거 맞고 무슨……."

은수가 몸을 숙여 유리를 살펴보았다. 미나의 말대로 숨을 쉬지 않는 것 같았다. 은수는 유리의 얼굴을 손바닥으로 툭툭 쳤다.

"일어나, 장난하지 말고 일어나라고."

무반응. 은수는 자신도 모르게 한 걸음 뒤로 물러났다. 아, 씨. 귀찮게 됐네. 겨우 그거 맞았다고 죽어? 망할 기집애, 끝까지 말썽이네.

운전석에서 시동을 걸고 갈 준비를 하던 지훈도 이상한 낌새를 눈치채고 자동차에서 내렸다. 도로를 건너려는데 자동차가 다가오는 소리가 들렸다. 은수는 얼른 주저앉아 몸으로 유리를 가렸다. 지훈과 미나도 본능적으로 몸을 돌려 전조등 불빛으로부터 얼굴을 감췄다. 얼굴이 드러나면 좋을 게 없다.

자동차가 속력을 줄이고 천천히 다가왔다.

은수는 유리를 부축하는 척하며 큰 소리로 말했다.

"술 좀 그만 마시라고 했지? 몸도 못 가누면서. 정신 차려."

속력을 줄이며 다가오던 자동차는 그들 곁을 지나자 이내 속력을 높여 주문진항 쪽으로 사라졌다.

자동차가 멀어지는 것을 확인한 지훈이 서둘러 도로를 건너와 은수의 곁으로 다가왔다.

지훈은 능숙하게 유리의 머리를 건네받고 코에 귀를 갖다 댔다. 호흡 소리가 들리지 않았다. 어떤 움직임도 느껴지지 않았다. 지훈의 얼굴에서 웃음기가 가셨다.

지훈의 표정을 살피던 은수는 당황한 표정으로 일어나 안절부절 주위를 맴돌았다.

"가슴은 때리지 말지. 급소인데."

곁에 서 있던 미나가 중얼거리자 은수가 매섭게 미나를 쏘아붙였다.

"뭔 소리야, 너 지금 나한테 뒤집어씌우냐? 나만 때렸어? 너도 같이 때렸잖아."

미나는 황당하다는 표정으로 은수를 쳐다보며 말을 이었다.

"솔직히 나는 별로 때리지도 않았어. 네가 마지막에 가슴만 안 때렸으면……."

"그래서 지금 내가 잘못했다는 거야? 내가 이 기집애를 죽였다는 거야?"

"지갑도 털었는데, 적당히 하고 갔으면 좋았잖아?"

아웅다웅하는 두 사람의 대화를 한심하게 듣던 지훈이 버럭 소리를 질렀다.

"그만해! 지금 차 지나가는 거 못 봤어? 계속 여기서 떠들래?"

그제야 은수와 미나는 입을 닫았다.

"야, 성호야."

지훈은 성호를 향해 손을 흔들었다.

자동차에 혼자 남아 있던 성호가 마지못해 문을 열고 내렸다. 어기적거리며 걸어오는 폼에는 귀찮은 기색이 역력했다. 그들 곁으로 다가온 성호는 꼼짝도 없이 누워 있는 유리를 보다가 은수와 미나를 쳐다보았다.

"언젠가 일낼 줄 알았어. 이제 어떡할 거냐?"

성호의 질문에 둘 다 시선을 피했다. 다들 유리를 둘러싸고 서서 서로를 쳐다보았다. 아무도 쉽게 입을 열지 못했다. 은수나 미나, 아니 그 자리에 있는 누구도 일이 이렇게 되리라고는 상상을 못 했다. 뭘 어떻게 해야 할지 아무 생각도 나지 않았다. 그나마 가장 빨리 정신이 돌아온 것은 지훈이었다.

"너, 가서 트렁크 열어."

"어떻게 하려고."

은수는 불안한 눈으로 지훈을 쳐다보았다.

"그럼, 이대로 내버려두고 가?"

은수는 아무 대답도 못 하고 자동차 뒤로 가서 트렁크를 열었다.

"거기 발 좀 들어."

지훈은 유리의 상체를 들며 성호에게 말했다. 지훈의 턱이 유리의 발을 가리키고 있었다.

"진짜 차에 태우자고?"

성호는 놀란 표정으로 묻더니 왼쪽 새끼손가락으로 귀를 후비며 인상을 썼다. 그는 슬쩍 미나를 보다가 지훈에게 몸을 기울이며 낮게 속삭였다.

"솔직히 우리 일도 아니잖아. 왜 우리가 이 일에 끼어?"

"뭐? 야, 강성호!"

곁에서 성호의 얘기를 들은 미나가 버럭 소리를 질렀다.

"그래서 우리 두고 간다고? 와, 진짜 인간성 드러난다."

"내가 니들 두고 간대? 죽은 애를 굳이 자동차에 싣고 갈 필요가 있냐, 그거지."

"너희들 일이 아니라며, 그건 무슨 뜻인데."

"시끄러. 시간도 없는데 계속 말싸움할 거야?"

"아, 그냥 저기 어디 던지고 가면 안 되냐고."

성호는 진심으로 짜증이 묻은 목소리로 툴툴거렸다. 지훈은 답답한 소리를 하는 성호를 쳐다보다가 깊게 숨을 들이마시며 간신히 화를 눌렀다.

"버스 정류장 옆에? 날 밝으면 금방 발견될 텐데, 뉴스에라도 나오면 아까 그 버스 운전사니 조금 전 지나간 자동차니 목격자들이 금방 우리에 대해 떠들어댈걸?"

"어두운데 어떻게, 여기 CCTV 같은 것도 없잖아."

"버스도 그렇고, 아까 그 차 블랙박스에도 찍혔을 거 아냐, 차 번호 조회하면 아버지한테 연락 올 거라고."

"아, 그렇겠구나."

"그렇겠구나? 진짜 머리가 그렇게 안 돌아가냐?"

지훈은 한심하다는 듯 성호를 쳐다보았다. 그제야 성호가 입을 다물었다.

말을 하다 보니 겁이 나기 시작했다. 지훈의 눈앞에 아버지의 성난 얼굴이 그려졌다.

몰래 차를 끌고 나온 것과는 차원이 다른 문제였다. 암묵적으로 눈을 감아주긴 하지만 잠깐 드라이브를 하는 소소한 일탈과 사체 유기는 무게가 달랐다. 그건 아버지가 용서해줄 수 있는 선을 넘어서는 일이다. 지훈은 그제야 자신들 앞에 놓인 상황이 얼마나 심각한 일인지 깨달았다. 이럴 계획이 아니었는데. 짜증이 밀려들었다.

"빨리 들라고."

지훈의 재촉에 성호는 마지못해 유리의 다리를 들었다.

은수가 트렁크 문을 열어놓고 곁에 서서 기다리고 있었다. 지훈과 성호가 유리를 들어 트렁크에 싣는 동안 은수는 주위를 살폈다. 미나는 바닥에 떨어진 유리의 가방을 주워 트렁크에 같이 넣었다. 은수는 입을 굳게 다문 채 조수석에 먼저 올라탔다.

"더 확인해봐. 떨어뜨린 거 있나."

지훈의 말에 미나가 핸드폰 불빛을 비춰가며 정류장 주위를 확인했다. 근처에 떨어진 핸드폰을 발견하고 얼른 주워 카디건 주머니에 넣었다.

자동차에 올라탄 지훈과 미나와 성호는 잠시 말없이 어둠 속에 앉아 있었다. 어떻게 해야 할지 머리를 굴리던 지훈은 이윽고 자동차 시동을 걸었다.

지훈의 눈치를 보던 은수가 조심스럽게 물었다.

"어떻게 할 건데? 어디로 가는 거야?"

"가보면 알아."

"땅 파자는 소리는 하지 마. 그런 건 질색이니까."

뒷좌석의 성호가 팔짱을 끼며 말했다. 그는 최대한 이 일에 끼고 싶지 않다는 의지를 온몸으로 표현하고 있다. 모두들 성호를 노려보았지만 별말은 하지 않았다.

"걱정하지 마. 이미 파놓은 웅덩이가 있는 곳을 아니까."

지훈의 말을 들은 성호는 그제야 좌석에 몸을 기대며 입을 다물었다.

지훈은 가속페달을 밟아 속력을 높였다.

도로를 비추는 자동차 불빛을 응시하며 혼란스러운 생각을 정리하던 지훈은 갑자기 튀어나온 고양이 때문에 급하게 핸들을 꺾었다. 조금이라도 늦었으면 고양이를 칠 뻔했다. 자동차가 잠시 휘청거리기는 했지만 다행히 고양이를 피할 수는 있었다.

백미러를 통해 지나온 도로를 보았지만 고양이는 어둠 속으로 사라지고 없었다.

2.

형광등 불을 켜자 윙 소리와 함께 사무실의 모습이 한눈에 들어왔다.

최희주는 예상치 못한 생경함에 잠시 머뭇거렸다.

모든 것이 몇 시간 전 문을 닫고 나갔을 때 모습 그대로인데 이상하게 남의 사무실에 들어선 것처럼 낯설었다. 낮과 밤의 질감은 이렇게 다른 것인가. 밤의 사무실은 전혀 익숙하지 않았다. 이따금 서류 정리나 대청소를 위해 야근을 하는 경우는 있어도 이런 늦은 시각에 사무실 문을 열고 들어서는 일은 거의 없었다.

아직 장마가 끝나지 않은 탓인지 닫힌 공간은 습기를 머금은 먼지 냄새가 났다. 희주는 습기를 몰아내기 위해 리모컨을 찾아 에어컨을 켰다. 차가운 바람이 곧 실내를 휘저었다. 꿉꿉하던 실내가 이내 청량해졌다.

희주는 상담실로 들어가 자신의 책상으로 걸음을 옮기며 벽에 걸린 시계를 쳐다보았다.

8시 42분. 9시가 되려면 아직 시간이 있다. 서둘러 가방을 내려놓고 벽 쪽에 진열된 파일함을 열었다.

희주는 한 시간 전만 해도 저녁 식사를 끝내고 남편과 함께 마실 차를 준비하고 있었다. 누구에게도 방해받고 싶지 않은 고즈넉한 저녁 시간은 갑작스러운 전화벨 소리에 흩어졌다.

"누구야, 이 시간에."

전화를 받기도 전에 남편이 툴툴거렸다. 희주 역시 누가 되었든 이 평온한 저녁 시간을 방해하는 전화는 사양하고 싶었다. 하지만 번호를 확인하자 받을 수밖에 없었다.

희주는 남편의 눈치를 보며 핸드폰을 들고 서재로 향했다.

윤하영.

거의 일 년 만이다. 상담은 일 년 전에 끝났다. 내담자에게 개인 전화번호를 알려주는 경우는 없지만 하영은 다르다. 하영은 친구 선경의 딸이다. 정확히 말하면 선경의 의붓딸이다.

무슨 일일까. 불안한 생각이 먼저 떠올랐다. 그러고 보니 선경과 연락을 한 지도 한참 전이다. 딱히 용건이 없어도 전화는 이따금 하던 사이였는데 언제부터 연락이 끊긴 거지?

"여보세요?"

서재로 들어간 희주는 조심스럽게 문을 닫으며 전화를 받았다. 처음엔 뭐라고 하는지 알아듣기 어려웠다. 하영의 목소리는 평소보다 높고 빨랐다. 뜻은 알 수 없었지만 흥분한 기색은 확연히 느낄 수 있었다.

"하영아, 하영이지?"

희주는 하영의 말을 멈추게 하고 우선 심호흡을 해보라고 말했다.

상황을 파악하려면 아이를 진정시켜야 한다. 희주가 시키는 대로 여러 차례 심호흡을 하던 하영은 흥분이 가라앉았는지 숨소리가 평온해졌다.

"무슨 일이야, 하영아?"

말을 걸었지만 답이 없었다. 격하게 감정을 쏟아내는 것보다 침묵이 더 불안하다. 몇 번 더 같은 질문을 했지만 아무 소리도 들리지 않았다. 그렇다고 이대로 전화를 끊을 수는 없었다.

"무슨 일인지 얘기해줄래?"

한참을 기다리자 하영이 갈라진 목소리로 대답했다.

"이건 말도 안 돼요. 어떻게 나한테 이럴 수가 있어요?"

"무슨 일인데?"

"……이럴 줄 알았어요. 첨부터 날 싫어하는 거 알았어요. 나 같은 건 죽어도 신경 안 쓸 거예요."

이해하지 못할 말을 중얼거렸다. 아무래도 전화로 끝낼 문제는 아닌 것 같았다.

"지금 어디야?"

"여기…… 몰라요."

"그래, 괜찮아. 우리 만나자. 만나서 얘기해. 알았지?"

"……."

희주는 하영의 대답을 기다리다 다시 말을 걸었다.

"그래서 전화한 거지? 나랑 얘기하고 싶어서. 거기로 갈게. 아니면 상담실에서 볼까?"

어디에 있는지도 모른다고 했으니 약속 장소를 잡기가 애매했다.

상담실에서 만나자는 말에는 관심을 보였다. 어떻게 오는지 모르겠으면 택시를 타라고 알려주었다. 약속 시간을 정하고 몇 번이나 다짐을 받은 뒤에야 오겠다는 답을 들었다.

희주는 하영과의 전화를 끝내고 서둘러 외출 준비를 하다가 가만히 멈춰 섰다. 초조한 기분을 가라앉히고 선경에게 전화를 걸었다. 도대체 무슨 일로 하영이 이렇게 흥분 상태가 된 것인지 그것부터 확인이 필요했다.

몇 번이나 신호가 갔지만 선경은 받지 않았다. 도대체 무슨 일인 거니?

희주는 상황만 간단히 문자로 보내고 곧 거실로 나왔다.

"이 시간에 어디 가?"

옷을 갈아입고 나오는 희주를 보자, 찻주전자를 들고 있던 남편이 황당하다는 듯 물었다.

"미안, 나 잠깐 나갔다 올게."

남편은 주전자를 내려놓고 뜨악한 얼굴로 희주를 바라보았다.

"무슨 일이야? 누구 전환데 갑자기."

"상담하던 학생인데, 아무래도 만나봐야겠어."

남편은 벌어진 입을 다물지 못하고 아내의 얼굴을 쳐다보았다. 이해할 수 없다는 표정이다.

"이 시간에 상담을 한다고? 제정신이야?"

"하영이야, 선경이 딸. 알지?"

"누구든. 늦었잖아, 내일 보자고 하지."

현관으로 걸어가던 희주는 답답한 마음을 누르고 남편을 돌아보았다.

"가야 될 것 같으니까 가는 거야. 미루다 무슨 일이라도 생기면?"

그 말에 남편의 표정이 굳어지더니 이내 고개를 끄덕이고 돌아섰다. 얼핏 그의 표정을 본 희주는 아차 싶었다. 이제 겨우 진정되고 있는 상처를 건드렸다. 마음이 편치 않았다. 그가 어떤 일을 떠올릴지 알고 있다.

석 달 전 남편은 술 한잔하자는 친구의 전화를 받았지만 일을 핑계로 다음을 기약했다. 하지만 다음 같은 건 없었다. 며칠 후 친구의 자살 소식을 들었다. 그가 목숨을 끊은 것은 남편과 통화를 끝내고 얼마 지나지 않은 시각이었다. 혼자 살던 그의 시체는 뒤늦게 발견되었다.

결혼식에도 왔던 친구라 희주도 얼굴 정도는 아는 사이였다.

함께 장례식장에 갔다. 친구가 자살하던 날, 여러 명의 친구에게 전화를 했었다는 얘기를 들은 남편은 그때부터 말이 없었다. 집으로 돌아온 뒤에도 남편은 오래 괴로워했다. 당신 탓이 아니라고 위로를 했지만 남편은 쉽게 충격에서 벗어나지 못했다.

그 뒤로 몇 번이나 같은 말을 반복했다. 그때 친구를 만나러 갔어야 했다고, 어쩌면 세상에 내민 마지막 손길이었을 텐데 나는 무심히 흘려버렸다고.

남편은 그 일을 다시 떠올린 게 분명하다. 처진 어깨가 눈에 밟혔다. 구두를 벗고 거실로 돌아가 어깨라도 안아주고 싶었지만 시간을 지체할 수는 없었다. 지금 서둘러 가야 하영과의 약속 시간에 겨우 맞출 수 있다. 등을 보이고 서 있는 남편을 바라보며 여러 생각들이 머리를 스쳤다.

'나 같은 건 죽어도 신경 안 쓸 거예요.'

조금 전 전화기 너머로 들려오던 하영의 말을 떠올렸다. 하영의 목소리에 담겨 있던 불안과 예민함과 외로움을 남편에게 설명해야 하나. 자살한 친구의 기억을 다시 상기시킬 수는 없었다.

희주는 시계를 확인하고 결심했다. 지금은 하영에게 달려가는 게 먼저다.

"미안해, 여보. 금방 돌아올게."

"알았어. 다녀와."

남편은 착한 사람이다. 말없이 보내면 아내의 마음이 무거울까 봐 자신의 기분을 감추고 다녀오라는 말을 건넨다. 희주는 한결 마음이 편해졌다.

희주의 책상 옆에 있는 파일함에는 그동안 상담했던 청소년 내담자들의 파일이 들어 있다. 희주는 서랍을 열어 하영의 서류를 찾았다.

파일은 색깔별로 정리가 되어 있다. 이미 종료한 케이스는 파란색 파일에, 상담중인 케이스는 흰색 파일에 보관한다. 그러나 하영의 상담 일지만은 붉은색 파일로 따로 보관중이다.

상담이 종료된 것이 아니라 중단된 상태로 언제든 기회가 닿는다면 계속 지켜봐야 할 필요가 있는 케이스. 숙제처럼 희주의 머리 한편을 무겁게 하는 내담자였다. 안락한 저녁 시간을 박차고 나온 이유 중 하나일지도 모른다.

희주는 하영의 서류를 꺼내 하나씩 읽기 시작했다.

첫 상담의 기록부터 삼 년 가까운 시간이 이 안에 모두 담겨 있다. 상담 일지의 첫 페이지를 펼치자 삼 년 전 그날의 기억이 하나둘 떠오르기 시작했다. 사실 하영과의 상담은 시작부터 부담스러웠다.

"……저 아이를 어떻게 해야 좋을지 모르겠어."

아이의 상담을 부탁하러 온 선경은 불안해 보였다.

탈옥한 연쇄살인범 이병도의 사건으로 떠들썩하던 날부터 꽤 오래 연락이 되지 않아 걱정을 하던 차였다. 지금도 그날의 뉴스가 생생히 기억난다.

온 국민이 알 정도로 유명한 연쇄살인범이 탈옥을 했다는 사실부터 충격이었는데, 심지어 면담을 진행중이던 범죄심리학자의 집에 침입했다가 죽었다니, 희주로서는 직접 선경의 집까지 달려가지 않을 수 없었다. 하지만 선경의 집은 굳게 닫혀 있었고 전화도 받지 않았다. 연락을 하려야 할 방법이 없었다. 뒤늦게 뉴스를 통해 선경이 병원에 입원했다는 사실을 확인하고 병실을 찾아갔지만 안정을 취해야 한다는 이유로 면회를 거절당했다. 걱정이 되어 여러 번 핸드폰에 문자를 남겼는데도 답은 오지 않았다.

거의 일 년 만에 나타난 선경의 모습은 예전 같지 않았다. 당당하고 활기차던 모습은 간데없고 얼굴은 살이 빠져 핼쑥했다. 이병도의 죽음으로 받은 충격에서 아직 벗어나지 못한 것 같았다.

"너, 괜찮은 거야?"

어떤 일이 있었는지 정확히 모른다. 자극적인 기사를 쏟아내는 언론을 통해서만 사건을 접했던 희주는 오랜만에 만난 친구의 모습에 마음이 심란했다. 그동안 무슨 일이 있었는지 물어도 선경은 쉽게 입을 열지 않았다.

희주는 마음을 열지 못하는 내담자에게 늘 그랬듯이 조용히 기다렸다. 상담실까지 찾아왔다면 그래도 자신의 이야기를 할 준비가 되었다는 뜻이니까.

"내 얘기는 나중에…… 언젠가 기회가 있다면 그때 얘기할게."

희주는 시선을 피하는 선경을 지그시 바라보다 입을 열었다. 방향을 바꾸어 이야기를 할 필요가 있었다.

"하영이라고 했나? 아이의 어떤 행동 때문에 상담이 필요하다고 생각한 거야?"

"잠을 잘 못 자. 자다가 소리를 지르면서 깨어나기도 하고, 아무것도 아닌 일에 화를 내기도 하고, 불안한지 자꾸 문이나 창문 밖을 확인하고."

"그렇겠지. 그런 일을 겪었으니."

"아니, 그땐 괜찮았어."

"그럼 최근에 생긴 증상이야?"

선경은 고개를 끄덕이며 말을 이었다.

"늘 조용하던 아이였는데, 요즘은 뭐랄까, 건드리면 폭발할 것 같은 느낌이야."

"진작 오지 그랬어."

선경은 고개를 들어 희주를 쳐다보았다.

"정확히 어떤 일이 있었는지 모르지만 너희 둘 다, 그 사건 직후에 왔어야 해."

희주의 시선이 부담스러운 듯 선경은 시선을 돌렸다. 희주는 그런 변화도 마음에 걸렸다. 희주가 아는 선경은 이렇게 눈을 피하거나 위축되는 성격이 아니었다. 강단 있던 성격이 어떻게 일 년 만에 이렇게 변했는지 의아했다.

"너는 괜찮은 거야? 안색이 안 좋아 보여. 잠은 잘 자고 있니?"

불안하고 창백한 선경의 안색이 더 굳었다. 표정을 보니 잠도 제대로 못 이루고 있는 것 같다.

"그 사건 때문이지?"

희주의 질문에 마지못해 고개를 끄덕인 선경은 깊게 잠들지 못하고 간신히 잠이 들어도 이내 깨어 밤을 새우기 일쑤라고 했다. 멍하니 앉아 있다가 갑자기 가슴이 두근거리고 머리가 아파 진통제를 먹는 날도 많다고 했다.

"이야기를 더 해봐야겠지만 두 사람 다 PTSD가 아닌가 싶다."

"……외상후스트레스장애?"

"외상후스트레스장애는 사건 발생 몇 년 후에 나타나기도 하니까 사건 직후 증상이 없다고 해서 괜찮다는 얘기는 아니지. 지금 네 모습을 봐. 이게 어떻게 괜찮은 모습이야? 하영이도 그렇지만 너도 상담을 받아야 해."

희주의 말을 들은 선경은 당황한 듯 보였다. 그런 점은 미처 생각하지 못한 듯싶었다.

"……그 사건 때문이야? 아니면 다른 문제가 더 있는 거야?"

희주는 선경이 하영과 함께 살면서 갈등을 겪고 있다는 것을 알고 있었다.

자기 자식이라고 해도 아이의 성장기를 거치면서 수많은 갈등을 겪는다. 하물며 두 사람에게는 오랜 시간을 함께하며 자연스럽게 축적되는 모녀의 친밀한 역사가 존재하지 않는다.

어느 날 갑자기 엄마 노릇을 하게 된 선경과 그런 선경에게 적개심을 가지고 있는 하영의 갈등만으로도 벅찬 상황이다. 이병도 사건과 별개로 두 사람의 갈등도 만만치 않았다.

선경은 입술을 깨물며 생각에 잠겼다. 망설이고 있는 게 느껴졌다. 난감해하는 선경의 얼굴을 보자 희주는 다른 가능성을 생각했다.

보통 청소년 상담은 부모의 손에 이끌려 온 아이를 만나는 것으로 시작한다.

우리 아이가 욕을 해요, 아이가 말을 안 해요, 자해를 해요, 동생을 때려요, 학교에 안 가요. 이런 상담은 아이만 상담하는 걸로 그치지 않는다. 내담자와 면담을 하다 보면 이런 행동의 원인은 부모와 연결된 경우가 많다. 그래서 내담자뿐 아니라 부모의 상담도 함께 진행하는 경우가 대부분이다.

PTSD가 아니더라도 하영을 상담하게 되면 자연스럽게 선경의 사생활, 집안에서 벌어지는 사적인 일상과 부부 관계까지 알게 된다. 그것은 서로에게 불편할 수 있는 일이다. 상담자들이 친구나 지인의 상담을 가급적 피하는 이유다.

희주는 선경의 짐을 한 가지라도 덜어주고 싶었다. 무엇보다 얼른 선경이 상담을 받았으면 하는 마음이 앞섰다.

"내가 상담을 하면 불편할 테니까 다른 상담자를 알아봐줄게. 시간 끌지 말고 당장 시작해야 해."

희주는 회원 명부를 꺼내 두 사람의 상담을 맡길 동료로 누가 좋을지 뒤지기 시작했다.

"아니, 다른 사람은 싫어. 네가 해줬으면 좋겠어."

선경의 단호한 말을 들은 희주는 고개를 들어 선경을 쳐다보았다.

"넌 이미 나와 하영이 관계에 대해서도 알고 있고, 그동안 무슨 일이 있었는지도 알고 있으니까 다시 설명할 필요가 없잖아. 낯선 사람들이 호기심 어린 눈으로 보는 것도 싫고."

선경의 결심을 들은 희주는 고개를 끄덕였다. 의자를 끌어당겨 선경의 곁으로 다가가 손을 잡고 처음 묻고 싶었던 질문으로 돌아갔다.

"선경아, 무슨 일이 있었는지 전부 얘기해줘야 해. 그래야 제대로 상담을 할 수 있어. 알지?"

"……."

"그날 사건부터 얘기해줄래? 정확히 무슨 일이 있었던 건지……."

그날 무슨 일이 있었는지는 현장에 있던 선경만 안다. 이병도의 침입과 사망 후 선경이 병원에 입원까지 했다는 걸 듣고 그날 밤 분명 다른 사람은 모르는 사건이 있었을 거라 짐작했다.

고통스러운 기억을 다시 떠올리는 것은 힘든 일이다. 그렇다고 피할 수는 없다. 외상후스트레스장애라면 더더욱 그날의 기억을 떠올리는 게 중요하다.

선경은 잠시 문 쪽으로 시선을 옮겼다. 상담실 밖 응접실에는 하영이 기다리고 있다. 선경은 한동안 문으로 눈길을 주다가 몸을 기울여 나지막이 속삭였다.

"……그날, 이병도를 죽인 건 하영이야. 하영이가 그자를 찔렀어."

예상치 못한 말에 희주는 잠시 두 눈을 깜빡이며 친구를 쳐다보았다. 너무 놀라서 뭐라고 반응을 해야 할지 선뜻 입이 떼어지지 않았다.

"……어쩌다가?"

"그가 내 목을 조르고 있었어. 숨이 넘어가기 직전이었고."

"세상에…… 그걸 보고 널 구하려고 했구나?"

"……내 탓이야. 내가 그 아이 손에 피를 묻혔어."

"무슨 소리야, 그게 왜 네 탓이야?"

"넌 몰라. 그게…… 모든 걸 망가뜨렸어. 하영이도, 나도."

"자책하지 마. 네 잘못이 아니야. 내가 도와줄게."

"……."

"하영인 그날 일에 대해 뭐라고 해?"

"아무 말도. 무슨 생각을 하는지 모르겠어. 난 저 아이에 대해 아무것도 몰라. 그래서…… 두려워."

두 팔을 감싸는 선경의 동작을 보며 희주는 의아한 생각이 들었다. 자신을 구해준 아이에 대한 반응이라고 하기에는 어색한 구석이 있었다. 보통 그런 경우라면 자책을 할 것이다. 아이가 그런 상황을 겪게 된 게 자신의 탓이라 생각할 수도 있다. 하지만 선경이 보이는 반응은 불안과 두려움이다.

이병도가 아닌 하영에 대한 불안과 두려움.

선경은 하영에 대해 이야기할 때마다 자신도 모르게 어깨를 감싸거나 시선이 흔들렸다. 도대체 하영의 무엇을 그렇게 두려워하고 있는 것일까?

똑똑.

노크 소리에 정신이 들었다. 반사적으로 벽시계를 쳐다보니 9시 정각이었다. 상담실 문을 열어둔 덕분에 노크 소리를 놓치지 않았다. 희주는 서둘러 자리에서 일어나 사무실로 나갔다. 어느새 사무실 안은 선뜩함을 느낄 정도로 차가운 기운이 가득했다. 리모컨을 찾아 온도를 올렸다. 다시 노크 소리가 들리자 서둘러 문을 열었다.

문 앞에 서 있는 하영의 모습을 확인한 희주는 적잖이 놀랐다.

어느새 하영은 희주와 거의 마주 볼 정도로 훌쩍 자라 있었다. 일 년 만에 아이에서 어른으로 쑥 자란 느낌이었다. 흰 면티에 짧은 남색 면바지를 입은 하영은 보기만 해도 상큼했다. 서둘러 달려온 듯 거칠게 내쉬는 숨소리와 헝클어진 머리에서는 바람 냄새가 났다. 중학생이 아니라 대학생이라고 해도 믿을 만큼 성숙해 보였다.

"안 늦었죠?"

하영은 핸드폰을 흔들어 보이며 웃었다. 조금 전 흥분한 목소리에서 느껴지던 불안과 날선 예민함은 전혀 보이지 않았다. 그 모습을 보자 안심이 되기보다 의아한 생각이 먼저 들었다. 감정 기복이 심할 나이라고 해도 지금의 표정은 너무 해맑다.

그런 속마음을 감춘 채 희주도 웃으며 하영을 맞았다.

"오랜만이네."

훌쩍 자란 키 때문이 아니라 얼굴과 동작에서 어른스러움이 느껴졌다. 살짝 홍조가 오른 뺨과 커다랗고 반짝이는 짙은 갈색 눈, 탄력 있는 입술은 이제 막 피어나는 꽃처럼 생기가 가득했다. 자전거를 타고 푸른 바다를 누비며 청량음료를 광고하는 모델 같은 모습이었다.

"저, 들어가도 돼요?"

"어, 그래."

하영의 얼굴에서 시선을 떼지 못하던 희주는 얼른 하영이 들어올 수 있게 문 옆으로 비켜섰다. 그때까지 자신이 문 앞에 서서 하영을 막고 있다는 것도 깨닫지 못하고 있었다.

3.

"여긴 변한 게 하나도 없네요?"

하영은 자신을 보고 놀라는 최 선생의 얼굴을 보자 기분이 좋아졌다.

통화를 할 때만 해도 괜히 전화를 걸었나 싶었지만 상담실에서 만나자는 최 선생의 제안을 뿌리치지는 않았다. 상담실 얘기를 듣자 이곳에 다시 와보고 싶다는 생각이 들었기 때문이다. 그건 마치 졸업한 초등학교를 우연히 지나다가 울타리 너머로 교정을 바라보며 느끼는 감정과 비슷했다.

"못 본 사이 많이 컸구나. 깜짝 놀랐어."

하영은 최 선생의 반응을 즐기며 익숙하게 상담실 안을 둘러보았다.

정말로 변한 게 하나도 없나, 하는데 뿌연 시간의 안개에 가려져 있던 기억들이 서서히 선명해진다. 늘 변함없이 같은 구도로 자리 잡고 있는 방 안의 풍경들. 이곳을 드나들며 마주했던 그날의 햇살과 냄새와 방 안을 떠돌던 공기들. 달라진 거라곤 화분의 고무나무 키가 조금 더 자란 것밖에 없는 것 같다.

기억은 사진처럼 뇌리에 박혀 있다. 그러다 그때의 냄새로, 어떤 때는 그 시각의 햇살과 바람, 소리로 기억들이 소환된다. 하영은 너무 많은 기억을 가지고 있었다. 지우고 싶은 기억들조차 차곡차곡 머릿속에 담겨 있다. 상담실에서의 기억은 그나마 좋은 편에 속한다.

하영은 탁자 한편에 놓인 커피포트를 보자 뚜껑을 열어 물이 남았는지 확인하고 스위치를 눌렀다.

"이리 줘. 내가 할게."

"아뇨, 나도 해보고 싶었어요. 요즘 차 만드는 걸 배우고 있어요. 꽃차도 직접 만들어요."

"그래? 좋은 취미네."

두 개의 찻잔을 꺼내고 차가 담긴 통을 열었다. 녹차 향이 느껴졌다. 하영은 주전자에 찻잎을 옮겨 담았다. 곧 물이 끓고 커피포트의 스위치가 올라갔다. 하영은 주전자에 물을 따르고 묵묵히 기다렸다. 향이 코끝을 자극하며 방 안에 퍼지기 시작했다.

차를 마시는 방법은 여기서 배웠다.

상담실에 들어서면 최 선생은 늘 투명한 유리컵에 물을 붓고 다양한 차를 마셨다.

쪼그라져 있던 잎이 펴지며 찻물의 색이 변하는 것을 지켜보는 건 흥미로웠다. 때로는 마른 꽃 한 송이가 활짝 피며 수면으로 떠오르기도 했다. 하영이 관심을 보이자 최 선생은 두 개의 컵을 준비하기 시작했다. 차 덕분에 상담실에 다닌 지 한 달 만에 처음으로 최 선생과 말문을 텄다.

이것도 루틴인가, 하영은 그런 생각을 하며 찻잎이 적당히 우러난 찻잔을 최 선생에게 건네주었다.

"조심하세요. 뜨거워요."

상담실에 들어오긴 했지만 아직은 말할 기분이 아니다. 전화 통화를 하면서 들끓던 흥분은 이제 차게 식었고, 쏟아내고 싶던 말도 마음속 저 깊은 곳으로 가라앉았다.

전화를 끊고 난 하영은 자신이 왜 최 선생에게 전화를 했는지 의아했다.

설마 상담실에서 대화를 나누던 시간들이 그리웠나, 하는 생각도 잠시 들었지만 이내 고개를 저었다. 전화를 끊고 상담실로 오면서 그동안 이곳에서 나누던 대화들을 떠올려보았다.

처음 일 년은 불편했고 이 년째 되면서 흥미롭기도 했지만 삼 년이 되자 지루해지기 시작했다.

상담을 시작하면서 하영은 본능적으로 자기 안의 어두운 그림자를 숨겼다. 혹시라도 상담을 하다 최 선생이 그 존재를 알아채는 건 아닐까 두려웠다. 하지만 몇 달 지나지 않아 그런 걱정은 하지 않아도 된다는 것을 깨달았다.

최 선생과 첫 상담을 마치고 집으로 돌아간 하영은 '최희주'라는 사람과 '심리 상담'이 무엇인지 찾아보았다. 인터넷 검색을 하고 도서관에 가서 관련된 책을 찾아 읽었다. 유튜브도 뒤졌다.

청소년 상담, 상담 방법, 상담 사례, 상담 과정. 검색어를 바꿔가며 몇 시간이고 상담실에 가면 벌어지는 일에 대해 공부했다. 어려운 내용이 많았지만 정보는 차고 넘쳤다.

인터넷에 있는 최 선생의 청소년 상담실 홈페이지는 그다지 도움이 되지 않았다. 최 선생에 대한 학력과 이력, 상담실

사진 몇 장이 있을 뿐 흥미로운 내용은 없었다. 도서관에서 빌린 책이 그나마 나았다. 덕분에 청소년 상담실이라는 곳의 허점도 알아냈다.

시작은 선택적 침묵이었다. 생각보다 어렵지 않았다. 선경 아줌마가 자신에 대해 어떤 이야기를 했을지 불안했지만 곤란한 질문을 받으면 입을 다물었다. 그건 어릴 때부터 터득한 방법이었다.

두 번째는 사실과 거짓을 적절히 섞는 것이었다.

최 선생은 하영이 만들어놓은 길을 따라 착실히 미로 속으로 들어왔다.

자신의 거짓말을 의심하는 것 같지는 않았다. 가끔 의아한 눈길로 쳐다보기도 했지만 그럴 때면 눈물을 떨구거나 식은 땀을 흘리며 몸을 떨었다. 그러면 의심이 담겼던 눈초리는 이내 안타까움과 걱정으로 바뀌었다. 선경 아줌마에게 들어 이미 알 만한 이야기만 털어놓았고 그것도 자신이 원하는 내용으로 다듬은 것들이었다. 하영은 자신에게 타고난 재능이 있다는 걸 알았다.

"애들이 아직도 그대로 있네요."

하영은 상담실 진열대에 가지런히 놓인 인형들을 보자 얼른 탁자에 컵을 내려놓고 인형들 곁으로 다가갔다. 놀이 치료와 역할극에 쓰이는 봉제 인형과 나무 인형이다. 아직도 진열장 한편을 지키고 있다니, 그사이 못 보던 인형도 몇 개 는 것 같다.

하영은 역할극을 하던 나무 인형을 집어 들었다. 아이와 부모 역을 하도록 크기가 각기 다른 인형들이 한 가족처럼 모여 있다. 하영도 그 인형을 이용해 자신이 꾸민 이야기를 하며 인형 놀이에 심취하곤 했다.

친엄마와 아빠에 대한 이야기를 하면서 하영은 실제 있었던 일에 상상을 더해 이야기를 완성했다. 진실과 거짓을 씨실과 날실로 삼아 자신의 과거를 다시 짜나갔다. 역할극을 반복할수록 엉성하던 이음새는 정교하게 변했다. 어떤 게 현실인지, 어느 부분이 꾸민 것인지 하영도 구분하기 어려울 지경이었다.

가끔은 최 선생의 반응을 보며 조금 더 이야기를 꾸며볼까 싶었지만 만들어낸 이야기처럼 보이지 않도록 조심했다. 현실은 앞뒤가 딱 들어맞기보다는 어딘가 조금씩 어긋나 있고 불완전한 법이니까. 모든 걸 다 아는 것처럼 말하면 오히려 의심을 살 염려가 있다.

하영은 말하고 싶지 않은 기억들을 머릿속 깊은 동굴에 묻었다. 선경 아줌마의 집에 오기 직전의 사건에 대해 물으면 계속 모른다고 했다. 아무리 생각해도 떠오르지 않는다고 하고 다른 이야기로 말을 돌렸다.

때로는 침묵이 더 많은 정보를 얻는다. 말을 하는 대신 최 선생의 말을 기다렸다.

최 선생의 질문을 통해 하영은 많은 것을 깨달았다.

최 선생은 상담 전부터 하영에 대해 많은 것을 알고 있었다. 그런 정보를 줄 수 있는 사람은 선경 아줌마밖에 없다. 상담을 핑계로 하영의 과거에 대해 더 자세한 이야기를 꺼내고 싶어 하는 것 같았다.

그 이야기는 더이상 하고 싶지 않았다. 시간이 지나면 오래된 책처럼 찢긴 부분도 있는 법이다. 찢긴 기억을 거짓말로 채울 수도 있었지만 그러기 싫었다. 다시 기억하고 싶지 않다는 게 정확한 표현일 것이다. 생각만 해도 머리가 깨질 듯 아팠다.

최 선생은 믿지 않는 눈치였다. 얘기하고 싶지 않으면 하지 않아도 된다고 했지만 몇 달이 지나지 않아 같은 질문을 다시 했다. 마치 처음 하는 질문처럼.

어느 순간부터 정말로 아무것도 떠오르지 않았다. 기억을 펼쳐보면 하얀 백지밖에 없었다. 엄마와의 일이 모두 떠오르지 않는 것은 아니다. 이상하게 엄마가 죽던 날의 기억만 사라졌다. 외갓집에서의 일도 마찬가지다. 화재로 아빠의 집에서 살게 된 것은 기억나지만 화재가 일어난 날 밤의 일은 기억에 없다. 선택적 기억상실. 책에는 이런 증상을 그렇게 불렸다.

또다시 같은 질문을 받던 날 하영은 기분이 상해서 입을 다물었다. 최 선생은 포기하지 않고 풀어야 하는 숙제처럼 집요하게 하영을 괴롭혔다. 참다못해 비명을 지르며 울었다.

"정말로 아무것도 기억이 안 난단 말이에요. 머리를 쥐어짜도 아무것도 생각이 안 나요."

하영은 머리를 움켜쥐고 고통을 호소했다. 연기로 시작했지만 완벽한 몰입 덕분인지 나중에는 정말로 아파서 온몸이 땀에 젖고 경련이 올 지경이었다.

그날 이후 최 선생은 다시는 그 이야기를 꺼내지 않았다.

상담을 마치고 집에 돌아와 침대에 누워 혼자 이 문제에 대해 생각해본 적도 있다. 기억이라는 건 간절히 원하면 지워지는 것인가 보다, 그렇게 생각하고 잊어버렸다.

그 뒤로 상담은 학교생활이나 집에서 있었던 일, 그날의 기분 같은 것을 묻고 답하는 것으로 채워졌다. 어떤 날은 참새처럼 재잘거리며 보고 있는 책 이야기를 하거나 바보 같은 담임선생과 반 아이들에 대해 수다를 떨었다. 어떤 날은 아무 말도 하기 싫어 멍하니 창밖을 보며 손톱만 물어뜯었다.

나는 도대체 여기서 뭘 하는 걸까.

관심도 없는 내담자에게 앵무새처럼 같은 질문을 하는 최 선생을 보며 가끔은 엉뚱한 소리를 해서 놀라게 만들고 싶은 충동도 들었다. 하지만 그런다고 달라지는 것은 없다. 상담은 견디기 힘들 만큼 지루해져갔다. 다행히 아빠의 도움으로 간신히 상담을 끝낼 수가 있었다.

손바닥에 놓인 인형을 바라보던 하영은 자신을 보고 있는 최 선생에게 눈길을 돌렸다.

"그거 아세요? 전 처음에 선생님이랑 한마디도 하지 않을 생각이었어요."

"그래? 그래서 한 달이나 입을 닫고 있었구나."

구경을 마친 하영은 마음에 드는 봉제 인형 하나를 손에 들고 최 선생의 맞은편에 앉았다. 탁자에 놓인 잔을 들어 차를 한 모금 마셨다. 온기가 사라지기 시작한 녹차는 씁쓸한 맛이 났지만 나쁘지 않았다. 하영은 손에 쥔 인형을 만지작거리며 하던 말을 이었다.

"정말 오기 싫었어요. 아빠랑 한 약속만 아니라면 상담실 같은 덴 오지 않았을 거예요."

"약속? 처음 듣는 얘기네. 아빠랑 무슨 약속을 했는데?"

"어머, 이 차는 향이 참 좋네요. 입안에 은은하게 퍼지는 게 기분 좋아요. 선생님 같아요."

자연스럽게 말을 돌려 대답을 피했다. 칭찬에 약한 최 선생은 가볍게 고개를 흔들며 미소를 지었다.

오랜만에 와서 방심했어, 조심해. 머릿속에서 경고음이 들렸다. 다시 아빠와의 약속 이야기를 꺼낼까 봐 얼른 다른 질문을 던졌다.

"이런 건 어디서 팔아요?"

"보성에 있는 친구가 보내준 거야. 지난봄 돋아난 첫 잎을 딴 작설이야. 향이 부드럽지?"

"나도 보성에 가본 적이 있어요. 산이 온통 녹차밭이었어요."

보성엔 가본 적도 없다. 인터넷에서 본 보성 녹차밭의 사진이 하영이 알고 있는 전부다. 가끔 생각도 하기 전에 입이 먼저 거짓말을 툭 내뱉는다. 요즘엔 이런 일이 거의 없었는데 여기 오니 잊었던 버릇이 나오는 것 같다.

하영은 잠시 차를 입에 머금고 향을 음미하는 시늉을 하며 머릿속으로는 최 선생과 나눌 이야기를 고르고 있었다. 이럴 땐 먼저 입을 여는 것보다 상대가 말을 하도록 기다리는 게 낫다. 생각대로 최 선생이 곧 하영에게 질문을 던졌다.

"이제 좀 괜찮아? 무슨 일이 있었던 거야?"

"……선생님 그거 아세요? 세상의 아이들은 다 불행해요."

"응?"

"아니, 선생님이 가장 잘 알겠네요. 여기서 매일 그런 애들을 볼 테니까……."

"불행하다고 느끼니?"

"……네. 끔찍하고 슬퍼요."

말에는 무서운 힘이 있다. 조금 전까지 가라앉았다고 생각했던 감정들이 다시 올라오기 시작한다. 날씨 때문인가, 요즘엔 기분이 롤러코스터처럼 하루에도 몇 번씩 오르내린다.

"무슨 일 때문에 끔찍하고 슬프다고 느꼈을까?"

최 선생의 말투가 거슬린다. 아직도 자신을 사 년 전 처음 상담받던 열두 살 아이로 생각하는 건가 싶었다. 그때도 어린애 취급하던 말투가 싫었다.

어리다고 인지능력이 떨어지는 것도 아닌데 최 선생은 마치 유치원생을 대하듯이 대화를 이어갔다. 최 선생만이 아니다. 어른들은 나이가 어리다는 이유만으로 아이들이 모두 미숙하고 아무것도 모를 거라고 생각한다.

어떤 아이들은 당신들이 생각하는 것보다 훨씬 영민하고 똑똑해. 당신들이 보여주는 것보다 더 많은 것을 보고 마음속에 담아두고 있어. 우습게 보지 마요. 그렇게 말하고 싶을 때도 있다.

"무슨 일 때문에 끔찍하고 슬프냐구요? 선생님 같은 어른 때문이죠. 선생님 눈에는 아직도 내가 애 같아요? 저 열여섯이에요."

하영은 자신도 모르게 화가 치밀어 최 선생을 쳐다보며 따졌다.

"그렇게 느꼈니? 미안하다, 선생님 말투가 언짢았나 보구나."

성의 없는 사과는 머리를 뜨겁게 만든다. 하영은 더 따져봤자 화만 더할 것 같아 고개를 돌렸다.

"열여섯이라…… 정말 다 컸구나. 이젠 애라고 할 수 없지."

"……."

"아까도 그래서 화가 난 거야? 부모님이 어린애 취급을 해서? 뭐라고 했는데?"

최 선생의 질문을 들은 하영은 만지작거리던 인형의 팔을 잡아당기기 시작했다. 저녁 식사를 하며 벌어진 일에 대해서는 지금도 화가 가라앉지 않는다. 몇 시간 전에 벌어진 일을 생각하자 다시 머리가 부글거렸다. 인형의 팔을 잡아당기는 손에 힘이 들어갔다.

"왜 그렇게 자기들 맘대로냐구요! 나한테 아무 말도 안 하고 자기들 멋대로 결정하고."

"그래, 가족인데 의견도 물어보지 않고 맘대로 결정하면 화나지. 부모님이 무슨 결정을 했는데?"

아차, 싶었다. 이럴 때 정신 차리지 않으면 자신도 모르게 속마음을 털어놓게 된다.

하영은 문득 사 년 전 처음 만난 날부터 최 선생이 모든 것을 알고 있었던 게 아닐까 의구심이 들었다. 자신이 숨기려 하던 모든 걸 알면서 지켜보고 관찰했던 것은 아닐까. 이렇게 예리한 촉을 가지고 있는 경험 많은 상담사라면 열두 살 아이의 거짓말쯤은 간파했을 것이라고 봐야 맞다.

그때는 보지 못했던 것들이 보이기 시작했다. 자신이 생각해도 어이가 없다. 열두 살짜리가 뭘 믿고 어른을 속였다고 의기양양했던 것일까? 뱃속에서 시커먼 연기가 올라오는 기분이 들었다. 속이 답답해졌다.

내가 왜 여길 다시 왔지? 후회가 밀려들었다.

그래, 이제 생각났어. 하영은 깨달았다. 몇 년이나 꾸역꾸역 상담실을 다닌 이유.

선경 아줌마가 자신에 대해 어떻게 생각하는지, 앞으로 어떻게 할 건지 알고 싶었기 때문이다.

상담을 하면서 하영은 최 선생을 통해 선경의 생각을 알고 싶었다. 상담을 시작하고 몇 달 동안 늘 같은 질문을 했던 기억이 났다.

"아줌마가 뭐래요? 내 얘기 뭐라고 했어요? 나 싫대요? 밉대요?"

최 선생의 답은 늘 같았다.

"넌 어떻게 생각하는데? 왜 아줌마가 널 싫어할 거라고 생각하지? 직접 물어보면 어떨까?"

오늘 전화한 이유도 마찬가지다. 하영은 최 선생을 통해 더 많은 정보를 얻고 싶었다. 저녁 식탁에서 갑자기 터진 폭탄에 대해, 작은 조각이라도 단서가 필요했다.

"부모님이 어떤 결정을 맘대로 했길래 화가 났을까? 나한테 얘기하면 좀 나아지지 않을까?"

하영은 머뭇거리다 결국 있는 그대로 얘기하기로 했다. 원하는 것을 얻기 위해서는 그게 빠르다.

"이사 간대요, 한 달 뒤에."

"갑자기 이사를 한다고?"

곧 여름방학이다. 아빠 말로는 새 학기를 새로운 학교에서 시작하는 게 좋을 것 같아서 이사를 서두르기로 했다고 한다. 누가 들으면 하영을 위해 이사를 가는 것처럼 들리겠지만 정작 하영은 이사에 대해서 전혀 모르고 있었다. 하영의 의사는 전혀 고려 사항이 아니었다.

하영은 아빠에게 하고 싶었던 말을 최 선생에게 쏟아부었다.

"나만 모르고 있었어요. 어떻게 나와 의논 한마디 없이 맘대로 정해요? 내 의견, 내 생활, 학교, 친구들. 아무 상관 없어요? 어른이라고, 부모라고 이래도 되는 거예요?"

"그러게, 정말 많이 속상하겠다. 갑자기 이사를 하는 이유는 물어봤어?"

최 선생의 표정을 보니 정말 아무것도 모르고 있는 것 같다.

친구라면서 어떻게 모를 수가 있지? 통화도 안 했나? 최 선생이라면 이사에 대해 미리 들었을 줄 알았다. 그래도 꽤 친한 친구라고 알고 있었는데 아닌 모양이다.

"아줌마가 얘기 안 했어요?"

"요즘 통 연락을 못 했어. 네가 아니었음 이사 소식도 모를 뻔했네."

김이 샜다. 그렇다면 여기까지 온 보람이 없다. 저녁 식사를 하며 아빠에게 일방적으로 통보를 받은 자신보다 더 정보가 없다니. 말하고 싶은 기분이 사라졌다. 더 있어봐야 시간 낭비일 뿐이다.

"그래, 속상하겠다. 생각해보니 나도 어릴 때 그런 적이 있었어. 친했던 친구들하고 헤어지고 며칠을 울기도 하고. 그래서 화가 났구나?"

이사 같은 건 아무래도 상관없다. 어차피 지금 다니는 학교도 다음 학기만 다니면 졸업이고 고등학교라는 전혀 다른 세계가 기다린다. 친구? 헤어진다고 며칠씩 울 만큼 친한 친구도 없다. 같은 교실에서 공부를 한다고 해도 그들과 나누는 대화는 피상적인 것뿐이다.

그렇다고 해도 자신의 선택이 아니라 타인의 의지로 일상이 완전히 뒤바뀌는 것은 불쾌한 경험이다. 그게 부모일지라도 말이다.

하영은 자신의 것이라고 믿었던 세계가 사실은 자신의 뜻대로 할 수 있는 것이 아니라, 부모가 허락하는 범위 안에서

만 가능하다는 사실에 충격을 받았다. 아줌마의 취향이었던 끔찍한 핑크색 방을 자신이 좋아하는 노랑과 초록으로 바꾸는 정도가 하영에게 허락된 자유와 선택인 것이다.

나는 어른들의 손가락에 매달린 마리오네트 인형인가, 그런 생각에 화가 치밀었다. 더 화가 나는 것은, 그럼에도 불구하고 자신이 할 수 있는 게 아무것도 없다는 사실이다. 그래서 열여섯이라는 나이가 너무 싫었다.

하영은 골똘히 생각에 잠겼다. 이대로 당하고 있을 수는 없다. 이렇게 자신을 무시한 것에 대해 후회하게 만들어주고 싶었다. 이대로는 분해서 참을 수가 없…….

갑자기 손안에서 뭔가 툭 떨어졌다. 내려다보니 인형의 몸통에 붙어 있던 팔이 떨어져 나갔다. 생각에 빠져 있는 동안 무리하게 힘을 준 모양이다.

하영은 팔이 떨어져 나간 인형이 마치 자신의 분신처럼 느껴졌다. 속이 뒤틀렸다. 더 있다가는 비명이라도 지를 것만 같았다. 인형을 소파에 내던지듯 내려놓고 자리에서 일어났다.

"갈게요."

"벌써 가려고? 나랑 하고 싶은 얘기가 있었던 것 아니야?"

최 선생은 당혹스러운 얼굴로 하영을 쳐다보며 일어났다.

"이사 간다고, 인사하러 왔어요. 작별 인사."

물끄러미 쳐다보던 최 선생은 두 팔을 벌려 하영을 안았다.

가벼운 포옹으로 끝날 줄 알았던 하영은 생각보다 시간이 길어지자 최 선생의 품에 안겨 있는 게 불편해졌다. 최 선생의 손이 가볍게 머리를 쓰다듬자 소름까지 돋았다. 가늘게 몸이 떨렸다.

먹구름이 몰려들고 있다. 머릿속의 경고음이 점점 가깝게 들리기 시작했다. 얼굴이 창백해진 하영은 얼른 몸을 비틀어 최 선생의 품을 벗어났다.

"아쉽네. 언제라도 하고 싶은 말이 있으면 연락해. 기다리고 있을 테니까."

최 선생은 정말로 아쉬움이 가득한 눈으로 하영을 쳐다보았다. 우리가 그런 관계인가? 하영은 불편한 기분에 서둘러 문 쪽으로 걸음을 옮겼다.

"그럼, 안녕히 계세요."

하영은 최 선생의 시선을 느꼈지만 쳐다보지 않았다. 누구든 그런 눈빛으로 자신을 보는 게 가장 싫었다. 대단하게 걱정이라도 하는 척 바라보지만 사실은 일정한 거리를 두고 서서 관찰하고 분석하는 사람들.

하영은 문을 닫고 뛰듯이 계단을 내려가면서 불쾌하게 남아 있는 최 선생의 온기를 털어내려고 애썼다.

건물 밖으로 나온 하영은 걸음을 멈추고 크게 심호흡을 했다.

울렁거리는 속이 쉽게 가라앉지 않았다. 눈을 감고 숨을 깊게 들이마시며 휘몰아치는 바람이 서서히 멈추는 상상을 했다. 몇 번의 심호흡 끝에 뱃속에 가득 찼던 시커먼 연기가 서서히 사라지고 있었다. 한참을 더 기다리자 머릿속의 경고음도 더이상 들리지 않았다. 그제야 거리의 소음이 귀에 들어왔다.

하영은 천천히 눈을 뜨고 거리를 바라보았다. 다들 바쁘게 걸음을 재촉하고 있다. 갈 곳이 있는 사람은 바삐 움직이고, 어디로 가야 할지 정하지 못한 자신은 쉽게 걸음을 떼지 못하고 머뭇거리며 서 있다.

결국 다시 집으로 돌아가야 하나? 굴욕적이지만 다른 방법이 없다.

열여섯 살, 아무것도 가진 것 없는 자신은 단 하룻밤조차 밖에서 보내는 게 쉬운 일이 아니라는 것을 절실히 깨달았다.

어설프게 집을 박차고 나오는 게 아니었다. 아니, 아빠의 말을 듣고 그렇게 행동하는 게 아니었다. 아무리 화가 난다고 해도 나중 일을 생각해야 했다. 신중하지 못했다.

무거운 마음으로 발걸음을 옮기는데 후둑 후두둑 빗방울이 떨어지기 시작했다. 갑작스러운 소나기에 거리를 지나던 사람들은 가방에서 우산을 꺼내거나 비를 피해 건물 안으로 뛰어들었다. 아무런 대비도 없이 나온 하영은 그대로 내리는 비를 맞으며 걷기 시작했다.

머릿속에는 집으로 돌아가면 벌어질 일들이 떠올랐다. 아빠가 어떤 표정으로 자신을 쳐다볼지 두려웠다. 언젠가 그가 했던 말이 생생하게 들렸다.

"내가 뭐라고 했지? 아빠 말 안 들으면 어떻게 한다고 했어? 당장 그렇게 할까, 응?"

사 년 전 그날 아빠는 커다란 손으로 하영의 어깨를 움켜잡고 나지막이 속삭였다. 목소리만으로도 아빠가 얼마나 화가 났는지 느낄 수 있었다. 가늘게 뜬 눈은 하영의 눈동자를 깊이 들여다보며 차갑게 빛나고 있었다.

하영은 어깨가 아팠지만 아무 말도 못 하고 아빠를 쳐다보고 있었다. 이제 하영의 세상에는 아빠밖에 없는데 오늘 아빠는 너무 무섭다. 겁에 질려 울음이 터지려고 하자, 아빠는 짜증 난다는 표정으로 미간을 찡그리며 말했다.

"그만해, 안 속아."

아빠는 하영의 얼굴을 노려보다 어깨에서 손을 떼고 가버렸다. 눈에 고이던 눈물이 사라지고 머리가 차갑게 식었다. 아빠의 얼굴도 무서웠지만 그것보다 훨씬 더 무서운 건 아빠가 한 말들이었다.

"다시는 눈에 거슬리는 짓 하지 마, 알았어?"

하영은 세차게 고개를 저었다.

난 그냥 아빠와 함께 살고 싶었던 것뿐이라고요. 그런데 왜 내 맘을 몰라줘요?

하지만 아빠 옆에 있기 위해서는 아빠가 정해둔 규칙을 지켜야 했다. 아빠를 곤란하게 하는 일을 만들면 안 된다.

하영은 자신이 얼마나 아빠를 곤란하게 만들었는지 그제야 깨달았다. 그후 아빠의 눈빛이 두려워 가급적 아빠를 피했다. 얼굴을 마주하는 것도 싫어서 방에 틀어박혔다.

병원 일로 바쁜 아빠가 하영의 방까지 올라오는 일은 드물었다. 어쩌다 퇴근해 2층 계단을 올라오는 소리가 들리면 재빨리 침대에 누워 자는 척하거나 책상 앞에 앉아서 공부에 집중하는 척했다.

선경 아줌마가 병원에서 돌아온 뒤 하영은 자기 방에서 잘 나가지도 않았다. 아래층으로 내려갈 때는 숨소리를 죽이고 까치발을 했다.

아줌마도 아프다는 핑계로 안방에서 잘 나오지 않았다. 집안일을 거드는 도우미가 오기 시작한 뒤로 아줌마와 마주치는 일은 점점 더 줄어들었다. 거실로 나오다 하영과 마주쳐도 아줌마는 말을 걸지 않았다. 함께 식사하는 일도 드물었다. 어쩌다 아빠와 셋이 식사를 하게 되어도 대화는 거의 하지 않았다.

몇 달이 그렇게 지나갔다. 하영은 시간이 지나면 모든 게 다시 예전으로 돌아갈 수 있을 거라고 생각했다. 하지만 아줌마는 달라져 있었다.

하영은 자신을 발견할 때마다 조용히 문을 닫거나 마주친 시선을 돌리는 아줌마의 모습을 보며 가슴에 살얼음이 끼는 것 같았다. 아줌마가 미우면서도 그리웠다. 다시 핑크색 이불을 덮어주며 잘 자라고 말해주는 날이 올 거라 생각했는데.

선경 아줌마의 냉담한 눈빛에 차츰 주눅이 들었다. 숨이 막힐 것 같은 시간이 계속되자 하영의 두려움은 점점 커져갔다.

아줌마는 나를 미워해, 내가 싫어진 거야.

잠도 오지 않았다. 겨우 잠이 들어도 끔찍한 악몽에 비명을 지르며 깨어났다. 모든 게 짜증스럽고 화가 났다. 이렇게 오래 벌을 주는 아줌마가 미웠다. 얼굴을 볼 때마다 비명을 질렀다. 말을 걸면 화를 내고 시키는 일은 안 하고 버텼다. 그렇게라도 자신의 마음을 알아주길 바랐다.

어느 날 갑자기 상담을 받아야 한다는 말을 들은 하영은 그게 아빠의 생각이 아니라는 것을 직감했다. 아빠 앞에서는 얌전한 딸로 지냈다. 그러니까 모든 건 아줌마의 계략이다.

갑자기 상담이라니, 아줌마는 내게 벌을 주고 싶구나. 그런 생각이 들었다. 가고 싶지 않았다. 하지만 아빠가 꺼낸 말 때문에 거절할 수가 없었다. 아빠는 상담을 받는 조건으로 하영이 했던 일을 용서하기로 했다.

상담실에 가서 조금도 입을 열지 않기로 했던 건 아줌마에 대한 앙심 때문이었다. 그러다 생각이 바뀌었다. 최 선생은 선경 아줌마의 친구다. 어쩌면 최 선생을 통해 아줌마와 화해할 수 있는 방법을 찾을지도 모른다는 생각이 들었다. 상담실에 갔을 때 최 선생이 했던 말은 일말의 희망을 품게 만들었다.

"아줌마는 널 걱정하고 있어. 이 상담도 그래서 하는 거야."

애석하게도 최 선생과 상담을 가진 삼 년은 결국 아줌마와 다시는 예전처럼 지낼 수 없다는 것을 확인한 시간이었다. 아줌마는 전처럼 하영이 들어설 틈을 주지 않았다. 한집에 있어도 절대 선을 넘어오지 않았고 더이상 2층 방에 올라오지 않는다.

하영은 자신이 마치 투명 인간처럼 느껴졌다. 아빠와 아줌마, 같은 집에 살고 있지만 세 사람은 각자의 섬에서 살고 있다. 몸은 손이 닿을 만큼 가까이 있지만 마음은 너무나 멀고 아득한 바다의 섬처럼 고립되어 있다.

아니다, 그건 착각이었다. 고립된 건 하영 혼자였다.

저녁 식탁에서 아빠가 던진 폭탄은 하나가 아니었다. 갑작스러운 이사 소식보다 더 하영을 놀라게 한 건 따로 있었다. 이렇게 서둘러 이사를 결정하게 된 것도 그것 때문이었다.

"네게 동생이 생길 거야. 새엄마가 아이를 가졌어."

4.

선경은 다시 한번 식탁을 닦은 뒤 주방을 둘러보았다.

한 시간 동안의 청소가 헛되지 않아 전쟁터를 방불케 했던 식탁 주변은 예전 모습으로 돌아왔다. 아직 벽에 얼룩이 남아 있지만 그건 내일로 미루기로 했다. 지금은 손 하나 까딱하기 힘들 만큼 피곤하다. 어서 욕조에 들어가 따뜻한 물속에 몸을 담그고 싶었다.

쓰레기를 버리러 나갔던 남편이 한쪽 손을 움켜쥐고 현관으로 들어섰다. 그는 곧바로 싱크대로 가서 물을 틀었다. 흐르는 물에 손을 들이대더니 작게 신음 소리를 냈다. 선경은 무슨 일인가 싶어 남편에게 다가갔다. 손가락 사이로 피가 흐르고 있었다.

"왜 그래요, 무슨 일이야?"

"괜찮아. 유리 조각에 베인 것뿐이야."

조심한다고 신문지에 싸서 버렸는데 쓰레기봉투를 옮기다가 결국 삐져나온 유리 조각에 손을 베인 모양이다.

그는 자신의 손을 타고 흐르는 물을 말없이 바라보다, 피가 멈추자 키친타월로 물기를 닦고 상처를 누르며 거실로 나갔다.

선경은 서랍을 뒤져 구급상자를 꺼내 밴드를 붙이는 남편의 뒷모습을 물끄러미 바라보았다. 남편은 손이 쓰린지 잠시

신음 소리를 냈지만 이상하게 선경은 아무런 감정도 들지 않았다.

너무 큰 소리에 귀가 멀어버리면 한동안 주변의 소리가 잘 들리지 않는 법이다.

선경은 저녁 시간에 벌어진 일 때문에 반쯤 넋이 나가 시간이 어떻게 지나갔는지 자신이 뭘 하고 있는지도 느끼지 못하고 있었다. 재난 영화의 주인공처럼 무너져 내리는 것들 앞에 속수무책인 기분이었다. 실감이 나지 않았다. 손등을 꼬집어 보고 싶을 만큼 모든 게 무감각했다.

왜 하필이면 저녁을 먹기 시작할 때 그 이야기를 꺼냈을까?

모처럼 속도 편하고 기분도 괜찮았다. 새콤한 것이 먹고 싶어 준비한 토마토 스튜는 맛있는 냄새를 풍기고 있었다. 남편이 이사 얘기만 꺼내지 않았다면 적어도 벽에 토마토 얼룩은 생기지 않았을 텐데.

갑작스러운 이사 얘기에 하영은 미간을 잔뜩 찌푸리며 들고 있던 숟가락을 내려놓았다. 하영이 식사를 거부하고 남편을 노려보자 남편은 서둘러 이사를 결정하게 된 이유를 설명했다.

"우리에게 가족이 생겼어. 그러니까 네게…… 동생이 생길 거야, 새엄마가 아이를 가졌어."

남편이 그 말을 꺼내자마자 하영의 시선은 선경에게로 향했다.

하영의 눈초리는 칼처럼 차갑고 예리했다. 말은 하지 않았지만 눈빛이 모든 감정을 담고 있었다.

선경은 자신도 모르게 두 손으로 배를 감쌌다. 마치 하영의 시선에서 아이를 구하려는 것처럼. 선경은 본능적으로 하영의 기분을 눈치챘다. 넌 이 아이를 미워하는구나.

눈치 없는 남편은 말을 이었다.

"그래서 이사하는 거야. 태어날 아기를 위해서, 또 엄마의 건강을 위해서. 그러니까 너도 그런 줄 알고……."

"아직 태어나지도 않은 아기 때문에, 내 모든 걸 버리라구요?"

"버리긴 뭘 버려. 더 좋은 곳으로 가자는 거지."

남편의 말이 채 끝나기도 전에 하영은 식탁에 놓인 그릇들을 들어 사방으로 집어던졌다. 벽에 부딪힌 그릇들은 깨지고 음식과 함께 흘러내려 바닥에 떨어졌다. 벽에 꽃무늬 같은 얼룩이 생겼다. 바닥에 떨어진 그릇과 접시는 처참했다. 순식간에 주방은 엉망이 되었다.

"이게 뭐 하는 짓이야!"

남편이 큰소리를 쳤지만 하영의 귀에는 들리지 않는 듯했다. 입술을 앙다물고 아빠를 노려보는 하영의 눈에서 불꽃이 튀는 것 같았다. 남편이 자리에서 일어나 손을 뻗었지만 하영이 그 손을 뿌리치며 날카로운 비명을 질러댔다. 짐승의 울부짖음 같았다.

선경은 하영의 비명에 미칠 것 같아 귀를 막았다. 온몸으로 진저리를 치며 소리치는 하영을 바라보자 두려움이 밀려들었다. 이렇게 끔찍하게 반응할 거라고는 상상도 하지 못했다.

남편이 움찔하는 사이 하영은 집을 뛰쳐나갔다. 뒤따라 나가려는 남편을 선경이 말렸다. 지금으로선 부딪쳐봐야 좋을 게 없다. 하영에게도 이 상황을 받아들일 시간이 필요하다.

남편은 화를 참지 못하고 거친 숨소리를 내다가 허탈하게 의자에 앉았다. 선경 역시 충격으로 기분이 엉망이었지만 일이 더 커지는 것을 원치 않았다.

모든 것이 어긋난 채 삐걱거리면서 간신히 지탱하던 시간들이 결국 무너져 내린 느낌이었다.

한동안 두 사람 다 말을 잊고 난장판이 된 주방 한가운데 멍하니 앉아 있었다. 꽤 시간이 지난 뒤에야 굳은 표정으로 앉아 있는 남편이 눈에 들어왔다.

선경은 성급했던 남편의 태도에 화가 났다. 아이가 받아들일 수 있게 하나씩 이야기를 했으면 좋으련만, 감당하기 힘든 일을 연달아 던지니 아이가 폭발할 수밖에.

남편에게서 시선을 뗀 선경은 식탁 주위를 둘러보다 자리에서 일어났다. 남편도 그제야 정신이 돌아왔는지 얼른 일어나 선경에게 다가왔다.

“위험하니 그대로 앉아 있어. 내가 치울게.”

“그래도…… 같이 치워요.”

“유리 조각만 먼저 치울게. 앉아 있어.”

남편은 선경을 의자에 앉히고 조심스럽게 걸음을 옮겨가며 바닥에 떨어진 큰 유리 조각부터 모으기 시작했다. 다행히 슬리퍼를 신고 있어 걸어 다니는 데 지장은 없었지만 날카로운 유리 조각이 슬리퍼 바닥을 뚫을 수도 있으니 안심할 수 없다. 남편은 파편이 없는 곳으로 피해 다니며 빗자루를 가져와 유리 조각들을 쓸어 담았다.

선경은 멍하니 의자에 앉아 남편이 바닥을 치우는 모습을 바라보았다. 머릿속으로는 조금 전 자신을 쳐다보던 하영의 눈빛을 되새기고 있었다. 서늘한 기운이 목덜미를 스치는 듯했다.

하영의 마음속에 어떤 감정들이 지나갔을지 생각해보았다.

갑작스러운 소식에 놀라고 당혹스러웠을 것이다. 생각보다 격한 반응이기는 했지만 그만큼 하영이 느끼는 감정의 파장을 느낄 수 있었다. 선경은 이렇게 임신 사실을 알리고 싶지 않았다. 가급적 늦추고 싶었다. 이사를 끝내고 난 뒤에 해도 늦지 않을 거라고 생각했다. 그때가 되면 서서히 배가 부풀어 오르기 시작할 테니 자연스럽게 알게 되지 않을까 싶었다.

선경 역시 보름 전만 해도 자신의 임신 사실을 전혀 모르고 있었다.

몇 년 동안 체력이 많이 약해지긴 했지만 최근 들어 훨씬 더 쉽게 지치고 피곤했다.

오전에 집안일을 마치면 책을 보거나 원고를 쓰기 위한 자료를 정리하곤 했는데 요새는 이상하게 책상 앞에 앉으면 십 분도 되지 않아 눈꺼풀이 내려앉고 잠이 쏟아졌다. 결국 못 이기고 침대로 들어가 잠깐 눈을 붙이고 일어나면 어느새 몇 시간이 지나 있었다. 그래도 피곤은 가시지 않았다.

기운도 없고 입맛도 없어 병원을 찾았다. 의사와 몇 마디 말을 주고받으며 어쩌면, 이라는 생각이 불쑥 들었다. 곧 검사를 했다. 예상대로 임신이었다.

퇴근하고 돌아온 남편에게 임신 소식을 전했다. 남편은 당황한 표정으로 몇 번 눈을 깜빡이더니 이내 흥분을 감추지 못하고 방 안을 서성거렸다. 기력이 약해져 있으니 초기에는 조심해야 한다는 의사의 말을 전하자 남편은 선경의 두 손을 꼭 잡고 다짐했다.

"걱정하지 마. 내가 다 알아서 할게. 당신은 아기만 생각해."

일주일도 안 되어 남편은 이사 갈 준비를 한다고 했다. 남편에게 임신 소식을 알릴 때만 해도 일이 이렇게 진행될 거라고는 생각도 못 했다. 이사는 전혀 예상하지 못한 옵션이었다.

"갑자기 이사라니, 무슨 소리예요?"

"'무슨 소리'가 아니라, 어디로 가느냐고 물어봐야지."

뭐가 좋은지 남편은 입가에서 미소가 떠나질 않더니 선경이 물어보기도 전에 이사할 곳을 알려주었다.

"강릉이야. 어때? 생각만 해도 설레지?"

너무 뜬금없었다.

"갑자기 강릉은 뭐예요? 당신도 그렇고 나도 그렇고, 생활 기반이 다 여기 있는데 이사를 왜 해요?"

선경은 갑작스러운 이사 얘기에 거부 반응을 보였다. 남편은 선경의 어깨를 감싸고 자리에 앉으며 타이르듯 말했다.

"그래서 서두르는 거야. 당신 여기 있으면 뭐라도 하려고 할 거고, 일도 놓지 않을 거잖아. 아이를 가진 상태에서 어떻게 다시 일을 해? 지금은 태교에만 신경 쓰라고. 배 속의 아이를 위해서, 당신을 위해서도 지금은 하던 일을 내려놓을 때라고. 알겠어?"

임신과 일을 연결해서 생각하지는 못했다. 매일 출근해야 하는 것도 아니고 이제야 간간이 특강을 하거나 청탁받은 원고를 쓰는 정도의 일을 하고 있었다. 임신을 했다고 해도 크게 지장을 받을 만큼 일이 많은 것도 아니다.

"무리할 만큼 일을 많이 하는 것도 아니에요. 이제 겨우 자리를 잡아가는데…….”

“나는 싫다고. 당신 일이란 게 끔찍한 범죄 현장이나 들여다보고 흉악범들의 머릿속을 헤집어 보는 거잖아. 그것 때문에 무슨 일을 겪었는지 벌써 잊었어? 아이가 배 속에서부터 그런 걸 보며 자라야겠어?”

선경은 남편의 말에 충격을 받아 아무 말도 할 수 없었다. 그저 놀란 눈으로 남편의 얼굴을 쳐다볼 뿐이었다. 선경의 표정을 본 남편은 아차 싶었는지 아내의 어깨를 부드럽게 쓰다듬으며 설득했다.

“다 당신을 위해서 하는 얘기야. 모르겠어? 왜 지금 아이가 생겼는지 생각해봐. 이건 당신이 좋아졌다는 증거야. 건강하게 아이를 낳고 충분히 시간을 가진 다음에, 일은 그때 가서 다시 생각해도 되잖아?”

선경은 시선을 피했다. 남편의 얼굴을 쳐다보고 싶지 않았다. 자신의 일을 그렇게 생각하고 있는 줄은 짐작도 못 했다.

“당신은 아무것도 생각하지 마. 나한테 맡기라니까, 강릉이 얼마나 좋은데. 막상 가면 나보다 더 좋아할걸?”

선경은 갑자기 의아한 생각이 들었다. 며칠 사이에 이사를 결정한 것도 그렇지만 기다렸다는 듯 강릉으로 이사를 하겠다며 구체적인 장소를 정한 것도 이상했다.

“왜 강릉이에요?”

"고등학교 때까지 살던 곳이야. 아버지가 남겨주신 집도 있고. 내가 얘기 안 했나?"

처음 듣는 얘기였다. 대학에 입학하면서 서울로 온 건 알았지만 고향이 강릉이라는 것은 모르고 있었다. 더구나 그곳에 집이 있다니. 결혼한 지 오 년이 넘었는데 아직도 남편에 대해 모르는 것들이 있다.

"사진 보여줄까?"

남편은 아이처럼 신난 얼굴로 핸드폰을 꺼내더니 사진을 찾아 선경에게 보여주었다.

산으로 둘러싸인 언덕 위에 넓은 마당이 있는 이층집 한 채가 보였다. 하얀 목조 벽과 갈색 너와 지붕이 흡사 해변 별장 같은 분위기였다.

"맞아, 우리 집 별장이었어. 아버지가 여기 다 정리하고 캐나다로 들어가실 때 이 집은 내게 남겨주셨지. 그동안은 일 때문에 바빠서 갈 틈이 없었지만. 이것 봐, 집에서 바다가 바로 내려다보여. 마을이랑 떨어져서 한적하고, 주위에 산이 있어서 공기가 얼마나 좋은데."

남편은 몇 장의 사진을 더 보여주었다. 집 주위 바닥에는 테라스 데크가 깔려 있고 나무로 만든 야외 테이블도 보였다. 푸른 잔디가 가득한 마당은 하얀 울타리로 둘러싸여 있고 울타리 너머로 바다가 내려다보였다. 별장을 지을 만한 경치였다.

퍼뜩 이상하다는 생각이 들었다.

"이 사진들 언제 찍은 거예요?"

남편이 보여주는 사진은 부동산 사이트에 올려놓은 사진처럼 집의 여러 모습을 담고 있었다. 누군가에게 보여주기 위해 일부러 찍었다는 걸 한눈에 알 수 있었다.

"얼마 전에 다녀왔지. 우리가 살 만한지 살펴보려고. 당신한테 보여주려고 몇 장 찍은 거야."

강릉에 다녀온다는 말은 없었다. 남편은 이미 머릿속에서 구상이 끝난 듯했다.

"잠깐만요, 강릉으로 이사를 가면 당신 병원은 어떻게 하려고요?"

"당연히 그만둬야지. 걱정 마. 강릉에도 병원은 있어. 지방은 외과의가 귀하다고. 서울보다 훨씬 대접받을걸?"

"당신 일까지 그만두게 할 수는 없어요. 이렇게 무리하면서 이사를 할 이유가 없어요."

"우리 아이. 이유는 그걸로 충분해."

"그래도 이렇게 성급하게 결정할 건 아닌 것 같아요. 좀더 생각해봐요."

갑자기 남편의 안색이 바뀌었다. 선경을 달래던 말투는 어느새 딱딱하게 굳어 있었다.

"내가 성급했다는 거야? 난 당신과 아이를 위해 뭐가 최선인지 그것만 생각했는데, 당신에겐 그게 안 보이나? 사람 성의를 무시하는 거야?"

남편은 진심으로 화가 난 것 같았다. 차갑게 고개를 돌리는 모습을 보니 더 말릴 방법이 없었다. 남편이 병원까지 그만둘 생각을 했다는 건 선경에게 부담스러운 일이었다. 하지만 본인이 저렇게 나오니 더이상 반대를 하기도 어려웠다.

이사를 하자면 여러 가지로 생각해야 할 게 많다. 당장 살고 있는 이 집은 어떻게 할 것이며 하영의 학교는 어떻게 하나. 풀어야 할 일들을 생각하니 머리가 복잡했다.

"너무 갑작스러워서 그래요. 이사를 하려면 준비해야 할 것도 많은데."

"걱정 마, 내가 다 알아서 한다고."

"몇 달은 준비를 해야 할 거예요."

"내가 알아서 한다니까. 길어봐야 한두 달이야. 내가 왜 이사를 서두르는지 알아? 당신 몸이 더 무거워지기 전에 움직이는 편이 낫고, 하영이 학교도 곧 여름방학이니까 그사이에 옮기는 게 좋을 것 같아서야. 살 집은 있으니 청소만 하면 돼."

속에 담아둔 이야기는 많았지만 선경은 입을 다물었다. 이렇게 나오면 결국 남편의 결정을 받아들일 수밖에 없다. 그의 말대로 자신과 아이를 배려해서 내린 결정이라는 것만 생각하기로 했다.

막상 이사하는 쪽으로 마음을 정하고 보니 남편 말이 맞는 것 같기도 했다. 이사를 하고 그곳 생활에 익숙해진 뒤 아이를 낳는 게 낫겠지. 바다가 내려다보이는 집도 이사하는 쪽으로 마음이 기울게 했다.

"하영이 어떻게 해요?"

"뭘 어떻게 해?"

구급상자를 다시 서랍에 넣던 남편이 돌아보았다.

"저렇게 싫어하는데……."

"하영이도 곧 받아들일 거야. 내가 얘기하지."

남편은 딸과 기 싸움이라도 하려는 듯 단호한 표정을 지었다. 하영의 반응을 봤으면서도 어떻게 설득을 하겠다는 건지 감이 오지 않았다. 하지만 지금은 아무 생각도 하고 싶지 않다. 배에서 꼬르륵 소리가 들렸지만 입맛은 저 멀리 달아나버렸다. 얼른 쉬고 싶어 욕조에 물이라도 받아야겠다는 생각을 하며 자리에서 일어났다.

선경이 욕실로 걸음을 옮기는데 어디선가 벨 소리가 들렸다. 서재에서 들리는 것 같았다.

선경은 서재로 들어가서 핸드폰을 찾았다. 번호를 보니 희주였다.

"어, 희주야. 오랜만이네."

"이사 간다고?"

잠시 머뭇거리던 선경은 조심스럽게 서재 문을 닫고 책상 앞에 앉았다.

"어떻게 알았어?"

"하영이 다녀갔어. 화가 많이 났던데? 갑자기 웬 이사야?"

"……그렇게 됐어."

통화를 하면서 머릿속으로는 개운치 않게 상담을 끝낸 기억을 떠올렸다. 그 뒤로 거의 일 년이나 연락을 못 하고 지냈다. 걸려 온 전화를 못 받고 나중에 걸어야지 하며 몇 번 어긋나다 보니 어느새 시간이 이렇게 흘렀다.

"하영이랑 사이는 괜찮은 거야?" 희주가 물었다.

그건 선경이 물어보고 싶은 말이다.

겉으로 보기에는 아무 일도 없는 것처럼 보이지만 언제 떨어질지 모르는 외줄을 걷는 것처럼 발끝에 온 신경을 써야 하는 생활. 이게 괜찮은 걸까? 문득 다시 상담실에 나가 희주를 보고 싶다는 생각이 들었다. 정작 상담받는 동안에는 마음에 담아둔 이야기를 전부 하지 못했다. 할 수가 없었다.

자신의 기억이 사실인지, 아니면 두려움이 만든 망상인지도 알 수 없는 상황이라 마음속에만 담아두었다. 그 의문은 몇 년째 선경의 가슴속 깊은 곳에 웅크리고 있다.

이병도 사건이 있던 날, 하영이 준 우유를 먹고 의식을 잃은 선경은 다음 날 병원에서 깨어났다. 의식을 회복한 뒤에도 한동안 멍한 상태였다. 겨우 기력을 차린 뒤 남편의 얼굴을 보자 하영의 일에 대해 물어보고 싶었지만 기회를 잡기가 쉽지 않았다.

중환자실의 면회 시간은 고작 오전과 오후 이십 분에 불과했다. 면회 시간이 지나면 의사인 남편조차도 병실에 들어오지 못했다. 며칠 만에 일반 병동으로 옮긴 뒤에야 남편과 이야기를 나눌 기회가 생겼다.

막상 남편과 단둘이 있게 되자 쉽게 입이 열리지 않았다. 하영이 자신을 죽이려 했다는 이야기를 꺼내기 위해서는 선결되어야 할 문제가 있었다.

하영의 말이 사실이라면 남편은 전처를 죽이라고 아이에게 독약을 건넸다는 얘기가 된다.

'독약을 아이에게 준 게 맞아요?'

그 질문이 몇 번이나 입안에서 맴돌았지만 밖으로 꺼내기가 쉽지 않았다. 그 말을 한다는 건 폭탄의 안전핀을 뽑는 것과 같다. 어떤 규모로 터질지 짐작이 되지 않았다. 하지만 이대로 묻어둘 수도 없었다.

결국 선경은 하영이 준 우유를 먹고 의식을 잃었다는 것과 자신이 의식을 잃기 직전 하영이 우유에 독약을 탔다는 사실을 인정했다는 것에서부터 이야기를 시작했다. 잠깐 움찔하던 남편은 이내 어이없다는 표정으로 꿈이라도 꾼 모양이라며 웃었다. 선경은 남편의 반응이 황당하기만 했다. 이렇게 병실로 실려 올 지경이 되었는데 어떻게 내 말을 안 믿는 거지? 선경은 꿈이 아니라고 정색을 하며 말했다. 강경한 선경의 말에 결국 남편은 웃음기를 빼고는 알겠다고, 무슨 일인지 알아보겠다고 했다.

다음 날 남편은 병실에 응급의학과 전문의를 데리고 와 선경이 응급실에 실려 왔을 때의 상태를 설명하게 했다. 응급의는 선경과 남편의 얼굴을 번갈아 쳐다보며 무슨 말을 해야 할지 몰라 당황하는 기색이었다. 혹시라도 자신의 처치법을 지적할까 봐 신경 쓰는 눈치였다.

"무슨 문제라도 있습니까?"

"이 사람이 응급실에 왔을 때 상태에 대해 설명을 좀 해달라고. 왜 그런 상태가 됐는지."

"환자, 그러니까 당시 상황을 봤을 때 극심한 스트레스와 과도한 수면제가 응급 상황을 만든 것 같습니다."

수면제? 아니에요. 나는 수면제 따위 먹지 않아요.

"아내는 독약을 먹은 것 같다고 해서 말이야."

"독약요?"

응급의는 어리둥절한 표정으로 선경을 쳐다보다 남편에게

눈길을 돌렸다.

"그랬으면 아마 병원에 오기 전에 사망했을 겁니다."

갑작스러운 일로 출장이 취소되어 병원에 있던 남편은 뉴스를 보고 집으로 달려왔고 의식을 잃은 선경을 발견했다. 상태가 심각하다는 것을 확인하고 서둘러 응급실로 호송하고 위세척을 했다고 들었다.

응급의의 말대로, 만약 독약을 먹었다면 남편이 왔을 때 이미 죽었어야 했는지도 모른다. 아무리 빨리 응급실로 옮기고 위세척을 했다고 해도 후유증이라도 남아야 말이 된다. 그러니 선경은 음독 상태는 아니었다는 얘기였다. 남편과 응급의가 주고받는 미묘한 눈빛을 느낀 선경은 더이상 질문할 의욕을 잃었다.

응급의가 가고 난 뒤 남편은 선경의 손을 잡고 원하면 정신과 상담도 받아보라고 진지하게 권했다. 어이없는 제안에 황당했지만 남편은 걱정스러운 얼굴로 선경을 바라보았다.

"당신이 하는 소리가 얼마나 말이 안 되는 얘긴지 알아? 내가 하영이에게 독약을 줬다는 얘기잖아? 당신은 그걸 철석같이 믿고. 이게 정상이라고 생각해?"

선경은 입을 다물어버렸다. 남편이 이렇게 나온다면 하영과 있었던 일에 대해 진실을 듣기는 어려울 것이다.

다음 날 남편은 하영을 데리고 왔다. 병원에 실려 온 뒤 처음 만나는 자리였다.

남편은 그날 있었던 일에 대해 설명해보라고 했지만 하영은 잔뜩 겁에 질린 얼굴로 선경과 남편의 얼굴을 쳐다보며 입을 열지 않았다. 있었던 일을 사실대로 이야기하면 된다는 남편의 말에 하영은 결국 힘들게 입을 열었다.

"이상한 소리가 나서 잠에서 깼어요. 무서운 아저씨가 우리 집에 왔어요. 아줌마 목을 막 조르면서 죽이려고 했어요. 아줌마가 죽을까 봐 겁이 났어요. 그래서…… 내가, 내가 아저씨를 칼로 찔렀어요."

하영은 그때의 일을 떠올렸는지 두려움에 떨며 울음을 터뜨렸다. 남편은 충격을 받은 듯 울고 있는 하영을 품에 안고 토닥이면서도 얼떨떨한 표정이었다.

"미안해, 하영아. 아빠는 무슨 일이 있었는지도 몰랐어. 많이 놀랐겠네, 우리 딸."

남편은 굳은 얼굴로 선경을 쳐다보았다. 그의 시선은 의혹과 불신으로 가득했다.

"도대체 이게 무슨 얘기야, 왜 나한테 얘길 안 했지? 당신 하영이한테 무슨 짓을 한 거야? 이래놓고 하영이가 당신한테 뭘 했다고?"

선경은 가슴이 답답해졌다. 일이 엉뚱하게 꼬여갔다.

그동안 남편은 이병도의 죽음을 선경이 도망치다 벌어진

돌발 상황이라고 알고 있었다. 형사들이 찾아왔을 때 남편도 함께 있었다. 남편은 사건의 후유증으로 누워 있는 아내를 찾아와 신문하는 것에 항의했다. 회복한 후에 오라고 했지만 형사들은 시간이 없었다. 탈주 사건과 맞물려 언론의 비난이 쏟아지고 있는 와중이라 경찰은 하루빨리 사건을 마무리 짓고 싶어 했다.

선경은 사건이 벌어진 날 아침 형사들에게 했던 이야기를 반복했다. 그들 역시 확인을 위해 온 상황이라 별다른 이견은 없었다. 사건 직후 병원에 실려 올 정도로 위급했던 선경의 상황까지 정상참작이 되는 듯했다. 앞으로 어떻게 될지 걱정하는 선경에게, 형사들은 개인적인 의견이라고 강조하면서도 이런 경우는 목숨을 위협당하는 상황에서 벌어진 정당방위에 해당되지 않을까 싶다고 얘기해주었다.

형사들이 돌아가고 난 뒤 남편은 사건이 벌어지는 동안 하영이 2층에서 자고 있어 다행이라고 했다. 그때 말했어야 했다. 둘만 남았을 때 사실을 바로잡았어야 한다. 왜 그때 말하지 못했을까?

하영을 다시 보기 전까지 이병도에 대한 일은 까맣게 잊고 있었다. 남편에게 얘기하는 것도 잊어버리고 있었다. 선경은 어떻게 이야기를 풀어야 할지 답답한 심정으로 남편을 바라보았다. 이제야 상황을 알게 된 남편은 적잖이 놀라는 눈치였다.

하영에게 질문하는 남편의 말투가 한결 부드러워졌다.

"혹시 아침에 아줌마에게 우유를 가져다줬니?"

울먹이던 하영이 고개를 들고 남편을 보다가 무슨 소린지 모르겠다는 표정으로 고개를 갸웃거렸다.

"……난 아빠가 올 때까지 자고 있었는데."

"그래, 맞다. 넌 아빠가 깨울 때까지 침대에서 자고 있었지. 그건 아빠도 기억하지."

남편은 하영이 했던 말을 힘주어 반복하며 선경을 쳐다보았다. 마치 그날 있었던 일을 선경에게 상기시켜주는 듯했다.

선경은 남편의 차가운 눈빛 앞에 할 말을 잃었다. 남편은 그대로 하영을 데리고 병실을 나갔다. 그 뒤 며칠 동안 남편은 얼굴도 보이지 않았다.

병실에 혼자 남은 선경은 몇 번이고 그날의 일을 떠올려보았다. 위세척을 해도 수면제 성분은 남아 있었는지, 아니면 병원에서 놓아준 진정제 때문인지 선경은 중환자실에 있는 동안 자다가 깨다가 하는 상태를 반복했다. 일반 병실로 옮긴 뒤에도 잠으로 며칠을 보냈다. 속을 뒤집어놓아 불편한 것 말고 별다른 이상은 없었다.

상황을 보면 선경이 복용한 건 수면제가 맞다. 그렇다면 하영이 거짓말을 했다는 건가? 우유 속에는 독약이 없었다는 건가? 왜 독약을 먹였다는 거짓말을 하지? 생각할수록 의문이 꼬리를 물었지만 결론은 모두 확실하지 않은 지점에서 끝났다. 그러다 문득 이 모든 게 정말 꿈이었다면, 남편 말대로 꿈을 꾼 것이라면 어떡하지? 하는 생각이 들었다. 이내 거세게 머리를 흔들었다.

'꿈이 아니야. 우유를 마시는 나를 지켜보던 하영이 묘하게 눈을 반짝이던 걸 어떻게 잊어? 나는 꿈을 꾼 게 아니야.'

'정말 확신해? 때로는 꿈이 얼마나 생생한지 알면서. 독약이라면 넌 벌써 죽었어야 하잖아?'

병원에 입원한 뒤 잠에 취해 무수한 꿈을 꾸었다. 엄마 품에 안겨 엉엉 우는 꿈을 꾸다 잠에서 깨었을 때는 뺨에 남아 있는 엄마의 감촉이 너무 생생해서 마음이 저렸다. 하영이 건네준 우유를 먹고 액체가 식도를 넘어가던 감각도 너무 생생했다. 하영의 팔에 안겨 꼼짝 못하고 의식을 잃던 순간도 또렷이 기억한다. 하지만 독약을 먹었다면 자신은 죽었어야 한다.

우유를 준 적이 없다는 하영의 말은 또 무엇인가. 생각을 거듭할수록 혼란은 점점 커져갔다. 어느새 선경은 자신이 꿈을 꾼 건지, 아니면 하영이 건넨 우유를 진짜 먹은 것인지 어느 쪽도 확신하지 못했다.

퇴원하는 날까지 남편은 선경을 찾아오지 않았고 결국 독약에 관한 일은 두 번 다시 입 밖으로 내지 못하게 되었다.

"선경아, 내 얘기 듣고 있니?"

희주의 목소리를 듣고서야 정신이 들었다.

"어? 그래, 얘기해."

"하영이랑 괜찮은 거냐고. 다른 일이 있는 건 아니야?"

"하영인 뭐래?"

"자기 의사와 상관없이 이사를 하게 돼서 화가 나는 모양이야."

"그렇겠지."

"그렇게 남 얘기 하듯 하지 말고."

희주의 말에 뜨끔했다. 선경은 처음 하영과 함께 살 때는 내 아이가 아니라도 진심으로 대하기만 하면 가족이 될 거라고 생각했다. 지금은…… 언제 터질지 모르는 폭탄을 곁에 두고 사는 기분이었다. 자신이 얼마나 어설프고 교만했는지 깨닫고 있었다.

"날이 갈수록 더 어려워. 무슨 생각을 하는지 모르겠어. 이제는 말도 안 하고 자기 방에서 나오지도 않아."

"다른 집도 마찬가지야. 그 나이 때 애들은 시한폭탄이야. 뭘 건드렸는지도 모르는데 수시로 터지니까 더 미치지."

"다른 집도?"

"당연하지. 너 사춘기를 괜히 격동의 시기라고 하는 줄 알아? 다른 부모들도 갑자기 돌변하는 아이 때문에 어쩔 줄 몰라 하는 시기야. 부모랑 대화를 안 하는 건 사춘기 매뉴얼 중 기본이지."

"사춘기……?"

그 생각은 한 번도 해보지 못했다. 선경은 사춘기라는 말에 묘한 안도감이 들었다. 어쩌면 지레 겁을 먹고 하영을 다른 눈으로 보고 있었던 게 아닌가 싶었다. 사실 오늘 보인 행동 말고는 딱히 문제를 일으킨 적도 없었다.

"그런데 아직도 같은 이야기를 하네, 하영이는."

"무슨?"

"네가 자기를 싫어한다고, 자기가 죽어도 신경도 안 쓸 거라고."

"아니야. 그렇지 않아."

정말 그럴까? 아이는 눈치가 빠하다. 내색을 하지는 않지만 선경이 그어놓은 선을 모를 리 없다. 싫어한다고 말하기는 어렵지만 좋아하지도 않는다. 그보다는 어떻게든 피하고 있다. 그게 솔직한 선경의 심정이었다.

"바보야, 그게 무슨 말인지 정말 몰라서 그래?"

"어?"

"자기를 사랑해달라고 하는 거잖아. 하영인 애정을 원하는 거야. 정에 목말라하는 거라고."

선경은 희주의 얘기에 아무 대꾸도 할 수가 없었다.

한번 벌어진 틈은 멀어진 거리를 더 분명하게 확인시킬 뿐이었다. 어쩌다 안쓰러운 마음에 간식을 챙기다가도 막상 얼굴을 마주하면 똑바로 쳐다볼 수가 없었다. 몸이 먼저 굳어져 움직이지 않았다.

"억지로 잘 지낼 수 없겠으면 우선 얘기라도 나눠봐. 이제 와서 하는 얘기지만 두 사람 다 참 어려운 내담자였어."

"……그랬니?"

"속마음을 절대 안 보여주잖아, 그런데 어떻게 상담이 되겠어? 마음속에 있는 말을 꺼내지 않으면 절대 서로에게 다가갈 수 없어."

희주는 작정이라도 한 듯 몇 년 동안 쌓인 이야기를 쏟아부었다. 선경은 묵묵히 희주의 이야기를 들었다.

"삼 년 동안 너희 모녀 상담하면서 내가 무슨 생각을 한 줄 알아? 하영인 끊임없이 너만 바라보는 해바라기고 너는 햇볕 한 줌 안 주는 차가운 태양 같았어. 뭐 때문에 그렇게 하영이에게 냉담한 거야?"

희주가 선경의 가장 아픈 곳을 건드렸다.

선경은 자신이 하영에게 차갑게 굴었다는 것을 부정하지 않았다. 일주일에 한 시간뿐인 상담이었지만 몇 년을 지켜본 희주가 둘 사이에 흐르는 냉기를 눈치채지 못했을 리 없다.

"선경아, 하영이처럼 근본적인 불안을 가진 아이는 늘 민감하게 반응해. 부모가 원하는 모습이 되려고 노력하지. 그 노력이 안 먹히면 싸우기 시작할 거야. 갈등을 일으켜서 관심을 받고 싶어 하지. 그래도 안 되면 어떻게 되는 줄 알아?"

'지금 하영은 어디쯤인가' 하는 생각을 하는데 희주가 말을 이었다.

"그 뒤는 멀어지는 거지. 가족이라고 해도 치대고 부비고 해야 가족이지, 그렇지 않으면 동거인밖에 안 돼. 지금이 마지막 기회일지도 몰라."

"마지막 기회?"

"이대로 사춘기를 지나면 아이는 어른이 되고 떠나버려. 이건 친부모 자식도 마찬가지야. 이런 관계로 계속 살고 싶은 건 아니잖아?"

"……어떻게 시작해야 할지 모르겠어."

"기분이 어떤지, 잠은 잘 잤는지 물어봐. 뭐가 먹고 싶은지 물어봐. 가족인데 뭐가 어려워? 건성으로 하는 대화 말고 진심으로 너에게 관심을 가지고 있어, 너를 바라보고 있어, 내가 곁에 있으니까 걱정 마, 그렇게 느끼게 해주면 하영이도 입을 열 거야."

"그래……."

선경은 애매하게 대답했다. 넌 아무것도 몰라, 라고 말할 수는 없었다. 그만 전화를 끊고 싶었다.

"이사 말고 다른 일은 없어?"

"응?"

"그냥, 하영이와 얘기하면서 그런 느낌이 들어서."

선경은 망설이다 결국 입을 열었다.

"나, 임신했어."

"아……. 축하해."

희주는 잠시 머뭇거리다 축하한다고 했다. 그 말 사이의 멈춤이 묘하게 신경을 자극했다. 그래, 희주는 처음부터 남편을 좋아하지 않았지. 그렇다고 임신 소식까지 이렇게 탐탁지 않아 하는 건 친구로서 섭섭했다.

"반갑지 않은 소식인가 보네?"

"아, 아니야. 이제야 하영이가 온 이유를 알 것 같아서. 정말 하고 싶었던 말은 이사가 아니라 동생이 생긴 일이었구나."

하아, 선경은 자신도 모르게 깊은 한숨이 새어 나왔다.

"더 신경 써줘. 이사는 어떻게 보면 좋은 점도 있어. 낯선 공간은 가족을 결속시켜주니까. 하지만 동생이 생기는 문제는 달라. 아이가 소외된다고 느끼기 쉬워. 둘째가 생기면 맏이가 심술을 부리는 건 흔한 일이지."

"그만 끊어야겠다. 남편이 부르네."

"그래, 이사 가기 전에 얼굴 한번 보자."

"알았어."

선경은 남편 핑계를 대고 서둘러 전화를 끊었다.

진심으로 걱정해서 하는 말이라고 해도 내 심신이 지쳐 있는 상태에서 들으면 모든 게 가시처럼 따갑다. 그렇지 않아도 피곤했던 터라 희주의 말은 마음에 더 까슬하게 닿았다.

희주의 말을 듣다 보니 해야 할 일과 쓸데없는 걱정들이 엉킨 실타래처럼 머릿속을 더 복잡하게 만들었다. 그래도 집을 뛰쳐나간 하영이 희주에게 갔다는 게 한편으론 안심이 되었다. 하영도 나름대로 이 갈등을 해결할 방법을 찾고 있다는 얘기니까.

전화를 끊은 선경은 잠시 의자에 머리를 기대고 눈을 감았다. 머릿속을 복잡하게 만드는 문제들을 하나씩 짚어보았다. 복잡하다고 생각하는 문제들은 하나로 얽혀 있었고 그 끝에는 하영이 있다. 아프지만 희주의 말이 맞다. 한집에 사는 이상 이렇게 살 수 없다. 멀어진 거리를 지켜보기만 할 게 아니라 방법을 찾아야 한다.

눈을 뜨자 진열대의 책들이 눈에 들어왔다. 가지런히 꽂혀 있는 책들은 모두 범죄학과 범죄 심리에 관한 전문 서적들이다. 학자들이 범죄학을 연구하며 쓴 책들도 있고 인류학자가 쓴 『살인의 역사』도 있다. 범죄심리학자가 쓴 『이웃집 살인마』 같은 책이 있는가 하면 살인자의 가족들이 쓴 체험기 같은 책들도 있다. 제목만 봐도 살인자에게 둘러싸여 있는 기분이 들었다. 남편 말대로 선경의 머릿속은 이 책장과 다르지 않다.

책의 제목을 하나씩 눈으로 읽던 선경은 무언가 반짝, 머리를 스치고 지나는 것을 느꼈다. 엉켜 있는 하영과의 관계를 풀 실마리를 찾은 기분이었다.

지금껏 선경은 엄마의 역할로, 엄마의 입장에서 하영을 대하려 했다. 어설프고 경험도 없는 엄마의 역할은 압박감과 부담을 주었다. 마음보다 의무가 먼저였다. 그러다 보니 엄마 같지 않은 자신의 마음을 확인할 때마다 죄책감이 들었다. 친자식이 아니라서 더 조심스러운 부분도 있었다. 게다가 마음속에 남아 있는 의혹들이 계속 선경을 주춤거리게 만들었다.

만약 하영을 의붓딸이라는 관계를 접어두고 그저 한 개인으로 바라본다면 어떨까?

선배 범죄심리학자의 조교로 일하던 시절, 선경은 서울 구치소에서 몇 건의 범죄자 인터뷰에 참여한 적이 있다. 첫 인터뷰 대상은 같은 식당에서 일하는 아주머니를 죽인 삼십 대 초반의 남자였다.

숯불갈빗집에서 아르바이트를 시작한 날, 남자는 자신을 환영하는 회식을 마치고 퇴근을 하려던 중 함께 일하는 주방 아줌마가 한동네에 산다는 것을 알게 되어 같이 집으로 돌아가게 되었다. 남자는 아줌마를 바래다주고 자신의 집으로 가다가 다시 아줌마의 집으로 돌아왔다. 그는 아줌마를 죽이고 아무 일도 없는 것처럼 집으로 돌아갔다. 식당은 그날 이후 출근하지 않았다.

사건 현장에서 지문과 CCTV를 확인한 형사들이 남자의 집에 도착했을 때 그는 한 살짜리 딸을 안고 있었다. 처음 인터뷰에서 그는 자신이 왜 갑자기 살인을 저질렀는지 설명하지 못했다.

이혼하자는 아내를 때려 죽이고도 분이 안 풀려 집으로 돌아오는 아이들을 기다렸다가 하나씩 목을 조르거나 칼로 찔러 세 명의 자녀까지 죽인 남자도 있었다. 남자는 중학생 딸을 죽이기 전에 강간까지 했다.

또 다른 인터뷰어는 남편을 독살한 여자였다. 그녀는 보험금을 타기 위해 자신의 오빠도 죽이고 잠자는 엄마의 눈을 찔러 실명으로 만들기도 했다. 실명은 사망 다음으로 많은 보험금을 받을 수 있다는 말에 그런 범행을 저질렀다고 얘기했다. 그렇게 받은 수억의 보험금은 스키를 타러 다니고 명품 가방을 사는 데 사용했다.

인터뷰를 가기 전에 서류를 읽고 있으면 도무지 선경의 머리로는 납득이 되지 않는 인물들이다. 그러나 몇 시간의 인터뷰를 마치고 나면 그들이 세상을 어떻게 보는지, 왜 그런 범행을 저질렀는지 조금은 알게 된다.

직장에 취직한 첫날 주방 아줌마를 죽였던 남자는 아줌마를 데려다주면서 그녀가 혼자 살고 있다는 것을 알게 되었다. 남자의 부인은 아이를 낳은 뒤 일 년이 넘게 그와의 잠자리를 거부하고 있었다. 그는 집 안까지 들어오게 해서 김치를 나눠준 아줌마의 친절을 착각했다. 강간을 할 목적이었으나 거센 반항으로 살인을 하게 되었다고 말했다.

아내와 세 아이를 죽인 남편은 좀더 간단했다. 이혼을 하고 싶다는 아내에게 화가 나 있었고, 아이들 모두 엄마 편이라는 사실에 분노했다. 결혼 생활 내내 가정에서 폭력을 휘두른 자신의 행동은 별거 아니라는 식으로 무시했다.

남편을 죽이고 엄마의 눈을 멀게 만든 여자는 평생 엄마의 잔소리를 듣고 자랐다. 제발 단정하게 입고 다녀라, 일찍 들어와, 그런 애들은 만나지 마, 이건 오빠 거야, 넌 동생이니까 참아. 여자는 말했다. 나도 남들처럼 재미있게 살아보고 싶었어요, 스키도 타고 명품 가방도 들고. 그게 잘못이에요?

자신의 행동에 조금의 반성도 없고, 후회도 없다. 모든 것을 다른 사람 탓으로 돌리고 자기 맘대로 되지 않은 환경에 분노했다.

그들이 지금과는 다른 환경에서, 누군가의 지지를 받고 분노와 욕망을 억제하는 자제력을 배웠다면 조금은 다른 인생을 살았을까? 확신할 수는 없지만 적어도 지금처럼 끔찍한 결말은 아니었을 것이다. 어린 시절 누군가가 그들을 지켜봐

주고 이해한다고 말해줬다면 조금은 달라지지 않았을까?

하영이 살아온 시간들을 돌아보면 누구 하나 의지가 될 사람이 없었을 거란 생각이 들었다. 어설픈 엄마 역할은 그만두고 하영을 이해하려는 마음으로 다시 시작한다면 약간은 진전이 있지 않을까?

생각해보면 지난 몇 년간 하영은 다른 아이들과 다르지 않았다. 선경의 눈치를 보며 꼬박꼬박 상담을 받고 학교도 착실히 다니며 성적도 우수했다. 누가 봐도 모범생으로 살고 있다. 오늘 저녁 돌발적인 행동에 잠시 놀라긴 했지만 남편의 일방적인 통보를 생각한다면 하영의 분노도 이해하지 못할 바는 아니다.

선경은 희주의 말을 되새겨보았다. 햇볕 한 줌 주지 않는 차가운 태양이라니. 타인의 눈에 보이는 자신은 그렇게 냉정한 사람이었나 싶었다.

하영의 기분이 어떨지 생각하니 가슴이 서늘했다. 지금 한창 사춘기의 혼란스러운 터널을 지나고 있는 하영에게 나는 어떤 존재인가. 선경은 아이의 마음속에 분노와 가시를 키우고 싶지 않았다.

선경은 자신의 열여섯 살을 떠올렸다. 엄마를 잃고 우울의 끝까지 가던 시절, 온통 암흑이던 시절이라 떠오르는 기억도 별로 없다. 죽고 싶다는 생각을 수도 없이 했다. 하지만 곁에는 자신을 안아주는 아빠가 있었다. 하영에게도 그런 존재가 필요하다.

하영은 자기 아빠와도 예전처럼 다정한 모습을 잘 보여주지 않았다. 생각해보니 상담을 받게 된 뒤부터 아빠와 제대로 말도 섞지 않는 것 같았다. 이사하는 문제 때문에 더 멀어지는 건 아닐까? 갑자기 낯선 환경, 낯선 친구들에게 둘러싸이게 된 하영의 불만은 어쩌면 당연한 일이다.

하영에게 먼저 물었어야 한다. 의견을 듣고 함께 고민했어야 한다. 오늘 하영의 모습은 어른들의 잘못으로 생긴 일이다.

선경은 하영에게 묻고 싶은 것들이 하나둘 떠오르기 시작했다.

갑작스러운 빗소리에 고개를 돌려보니 창 너머로 비가 쏟아지는 모습이 보였다. 선경은 자리에서 일어나 서둘러 서재를 나왔다.

선경은 우산을 챙겨 버스 정류장에서 하영을 기다렸다. 버스가 도착할 때마다 내리는 사람을 확인했다. 올 시간이 되었는데 하영의 모습은 보이지 않았다.

'택시를 탄 건가?'

하지만 택시도 대부분 큰길에서 승객을 내려주고 떠난다.

버스에서 내리는 승객도 줄어드는 시간이 되자 이제는 슬슬 걱정이 앞섰다. 희주를 만나고 돌아올 거라고 생각했지만 혹시 다른 곳으로 갔으면 어쩌나 싶었다. 하영의 핸드폰으로 전화를 걸어볼까 하는 생각을 할 때 멀리서 걸어오는 하영의 모습이 보였다.

자동차 불빛에 비치는 윤곽으로도 한눈에 알아볼 수 있었다. 얼굴은 보이지 않았지만 어느새 걸음걸이, 몸동작만으로도 누구라는 걸 알아챌 만큼 하영은 선경에게 익숙한 존재가 되어 있었다.

우산도 없이 걸어오는 하영은 말 그대로 물벼락을 맞은 듯 온몸이 흠뻑 젖어 오돌오돌 떨고 있었다. 선경은 얼른 달려가 하영에게 우산을 내밀었다.

하영은 멈칫, 걸음을 멈추고 선경을 보다가 우산을 밀쳐냈다. 선경은 지지 않고 다시 하영에게 우산을 내밀었다. 고개를 돌리는 하영의 손을 잡고 억지로 우산을 건네주었다.

"잠깐이라도 써. 아직 비가 많이 내리잖아."

"어차피 다 젖었어요."

갑자기 자동차 경적 소리와 함께 덮칠 듯 불빛이 다가왔다. 선경은 얼른 하영을 감싸며 막아섰다. 버스가 도로에 고여 있던 물을 튀기며 빠르게 지나갔다. 선경의 옷이 물에 흠뻑 젖었다.

"아줌마도 젖었네요."

"어서 가자. 이러다 감기 들겠어."

잔뜩 굳어 있을 때는 말을 거는 것조차 어려웠다. 그 무게를 내려놓자 하영을 대하는 게 한결 편해졌다.

어쩌면, 나는 지나치게 겁을 먹고 있었던 게 아닐까. 어린 아이일 뿐인데.

선경은 하영과 나란히 골목길로 들어서며 비로소 하영의 키가 자신과 비슷하다는 것을 깨달았다. 어느새 이렇게 자란 것일까. 자신은 하영을 제대로 바라보고 있었나 하는 자책이 들었다. 선경은 희주의 말을 상기했다.

이사를 가면 좋은 점도 있다고 했지. 낯선 공간이 가족들을 결속시킨다고 했던가? 남편이 보여준 사진을 떠올리며 새로운 곳에 희망을 가져보기로 했다.

2장

왜 칼을 가지고 있냐고?
무서워서요.
나를 지킬 무기 하나쯤은
있어야 하잖아.
안 그래요, 아줌마?"

5.

이사는 생각만 해도 머리가 지끈거렸다.

집 안을 둘러보던 선경은 이 많은 짐을 싸서 먼 거리를 이동하고 짐을 풀 생각으로 시작하기도 전부터 지쳤다. 하지만 막상 이사 준비를 시작하자 선경을 힘들게 하는 일은 따로 있었다. 무엇을 가져가고 어떤 물건을 버릴지 결정하는 일이었다.

하다못해 서랍 하나만 들여다봐도 버려야 할지 가지고 있어야 할지 망설여지는 물건투성이다. 집 안 곳곳에서 있었는지도 모를 것들이 튀어나오고, 보는 순간 추억에 잠기게 되는 물건이 한두 개가 아니어서 그것들을 분류하는 시간만 해도 만만치 않았다. 선경은 이삿짐을 싸기 위해 방을 정리하면서 자신이 살던 공간이 아니라 이 공간에서 살던 이십여 년의 인생을 대청소하는 기분이 들었다.

중학생 때 엄마가 돌아가신 뒤 아빠와 이 집으로 이사해서 이십 년 넘게 살았다. 아빠가 돌아가신 뒤 혼자 살던 집에 남편이 들어오고 하영도 함께 살게 되었다. 그 시간 동안 하나씩 쌓인 짐들을 이제 저울 위에 올려놓고 추억의 무게를 달아야 하는 것이다.

아빠의 장례를 치른 후 몇 번이나 치우려 했지만 차마 처분하지 못한 유품들이 곳곳에서 나왔다. 아빠가 사용하던 안경집이나 다이어리가 들어 있는 닳고 낡은 가죽 가방, 즐겨 입던 외투, 엄마의 증명사진이 든 지갑. 이제는 작별을 할 시간이라고 분리수거 봉투에 담았다가도 다시 꺼내서 만져보고 그러다 보니 정리는 하나도 못 한 채 시간만 보내기 일쑤였다.

남편은 단호하게 말했다. 지난 일이 년간 단 한 번도 쓰지 않고, 어디에 있는지도 궁금하지 않았던 물건은 다 버리라고. 최대한 짐을 줄이자고 의견을 나눈 뒤라 그 말에 수긍을 하면서도 막상 추억과 그리움이 뒤엉킨 물건들을 보면 마음이 흔들렸다. 결국 남편이 병원을 그만둔 뒤에야 본격적인 짐 정리가 시작되었다.

남편은 선경의 물건을 버리는 일부터 시작했다. 몇 가지 물건을 놓고 실랑이도 벌였지만 이미 끝난 얘기라는 남편의 단호함에 결국 작별 인사를 했다. 집 안이 휑하게 느껴질 정도로 물건을 버린 뒤부터는 일사천리로 일이 진행되었다. 그나마 집은 팔지 않고 전세를 주기로 해 아쉬움을 줄였다.

허전함을 느낄 틈도 없이 이삿짐센터 직원이 와서 견적을 내고 하다 보니 어느새 이사 당일이 되었다. 그때까지 선경은 제대로 하영과 이야기를 나눌 시간도 없었다.

집을 뛰쳐나갔던 날 이후 하영은 아무 일도 없다는 듯 식사를 하고 평소처럼 행동했다. 달라진 것도 있다. 방학이 시작된 뒤 하영은 슬그머니 선경의 서재에 있는 책을 보고 싶다는 말을 꺼냈다. 심리학에 대해 가볍게 읽을 책을 몇 권 찾아주었다.

이사에 대해서는 한마디도 하지 않았다. 남편과도 대화를 하지 않는 것 같았다. 하영은 아빠가 말을 걸어도 못 들은 척 자리를 피했다. 자신의 의견을 묻지도 않고 이사를 결정한 아빠에게 여전히 화가 나 있음을 그렇게 표현했다. 하지만 버려야 할 물건들을 상자에 담아 현관 앞에 내놓는 것을 보면 결국 이 상황을 받아들이고 있었다.

아빠에 대한 하영의 침묵시위는 이사 당일까지도 계속되었다. 자동차를 타고 강릉 집에 도착할 때까지 하영은 굳은 표정으로 말이 없었다.

자동차에서 내린 하영이 집과 주위 풍경을 둘러본 뒤 깊은 숨을 들이켜며 공기를 마시는 모습을 본 뒤에야 선경은 비로소 마음이 놓였다. 표정을 보니 이사한 집이 마음에 드는 눈치였다. 짐을 싸는 것도, 푸는 것도 남의 손을 빌렸지만 그래도 선경이 직접 해야 할 일들은 차고 넘쳤다. 일을 도와주러 온 엄 씨가 없었다면 제풀에 지쳐 포기했을지도 모른다.

이사 전 미리 강릉의 집을 보러 왔을 때 엄 씨에 대한 이야기를 처음 들었다. 언덕 아래 해안 도로 쪽에 혼자 사는 여자로 시댁의 일을 봐준 건 꽤 오래전부터라고 했다.

"나 고등학교 때부터 있었나? 아무튼 꽤 오래됐지. 우리 집 관리한 지 이십 년도 넘었을걸?"

삼십 대에 고기 잡으러 나갔던 남편을 태풍에 잃고 혼자 두 아들을 키웠다고 했다. 새벽에 항구로 들어오는 배들을 기다리고 있다가 생선을 받아 고르거나 그물을 손질해서 일당을 벌고, 피서객이 찾아오는 여름이면 해변에 나가 양동이를 들고 다니며 음료수를 파는 등 닥치는 대로 일을 했다고 한다. 이제 자식들은 다 커서 도시로 나가고 혼자 이곳에 살고 있다는 말에 그동안 얼마나 억척스럽게 살아왔는지 한눈에 그려졌다.

"그럼 나이가 꽤 있으신 분인가 보네요."

"정확히는 모르지만 육십은 넘었지 싶은데."

오래 비어 있던 집인데도 생각보다 관리가 잘되어 있어 궁금했는데 그날은 만나지 못했었다.

"그동안 하던 일에 비하면 우리 집 일은 일도 아니지. 비어 있는 집 이따금 들여다보고 휴가철이면 지낼 수 있도록 미리 청소를 하거나 준비하는 게 전부니까. 혼자 자식 키운다고 아버지가 신경 좀 써줬을 거야."

엄 씨는 남편에게 미리 언질을 받았는지 집 안 청소를 해놓고 기다리고 있었다.

주위 풍경에 시선을 빼앗긴 하영을 바라보다 대문 안으로 들어선 선경은 현관과 거실의 큰 창을 활짝 열어놓고 기다리고 있는 엄 씨를 발견했다. 보자마자 반가운 마음에 얼른 다가가 인사를 했지만 엄 씨는 묵묵히 눈인사를 한 뒤 서둘러 이삿짐센터 직원들을 진두지휘했다. 몇 마디 인사라도 나누려던 선경은 머쓱해져 남편을 찾았지만 어디로 갔는지 보이지 않았다. 선경은 한발 뒤로 물러나 분주하게 움직이는 사람들을 지켜보았다.

임신 초기니 조심하라는 의사의 권고와 거들 생각 말고 물러나 있으라는 남편의 말이 아니더라도 자신이 얼마나 집안일에 서툰 사람인지 알고 있었다. 괜히 나서봐야 걸리적거리기만 할 게 뻔했다. 순식간에 큰 가구와 가전이 집 안으로 들어가 자리를 잡고 박스에 들어 있던 짐들이 척척 수납공간에 채워졌다.

선경은 능숙하지만 거칠게 일하는 그들을 지켜보다가 시선을 돌렸다. 손이 거친 사람이 있는지 냉장고 옆에 검은 흔적이 길게 나고 서재에 들어간 선경의 책상 한쪽에는 파인 자국이 생겼다. 더 보고 있다간 싫은 소리가 나올 것 같아서 가급적 보지 않으려고 했다.

"멈춰요!"

엄 씨가 식탁을 나르는 일꾼들을 불러 세웠다. 한눈에 봐도 눈빛이 서늘하니 깐깐한 성품으로 보이는 인상이다. 그런 사람이 정색을 하고 쳐다보니 이삿짐센터 직원들도 멈칫하는 눈치였다.

"지금부터 흠집이 하나라도 더 생겼다간 바로 중지하고 회사로 전화할 테니 그렇게 알아요. 클레임 걸고 따지면 돌아가는 시간은 더 늦어질 거예요."

"예, 예. 조심할게요."

남자들은 익숙한 듯 건성건성 대답을 했지만 엄 씨는 허튼 소리를 하는 사람이 아니었다. 바로 주머니에게 핸드폰을 꺼내 이삿짐 트럭에 적혀 있는 전화번호를 하나씩 누르기 시작했다. 좀더 나이 들어 보이는 남자가 얼른 다가와 사과를 하며 조심할 테니까 전화는 하지 말아달라고 부탁했다.

"하나라도 흠이 생기면 각오해요."

일꾼들의 움직임이 확실히 달라졌다. 거실 큰 창으로 짐을 옮기며 틀에 부딪히는 것도 신경 안 쓰던 조금 전과는 달리

가구들을 조심스럽게 옮겼다.

선경은 그것만으로도 엄 씨에게 믿음이 갔다. 아직 제대로 이야기를 나눠보지는 않았지만 일만큼은 똑 부러지게 한다는 걸 실감했다. 선경은 가구들이 제자리를 찾아가는 것을 지켜보다가 잠시 거실에 놓인 의자에 앉았다. 차를 오래 타고 온 것도 있고 계속 서 있어서 그런지 배가 땅기는 느낌이 들었다. 하지만 오래 앉아 있을 수는 없었다.

박스를 들고 온 일꾼들이 포장을 뜯고 주방 서랍장에 대충 그릇을 채워 넣는 모습을 보니 가만히 있을 수가 없었다. 면장갑을 낀 손으로 그릇을 채워봐야 다시 꺼내서 설거지를 하고 정리를 해야 한다. 차라리 그냥 두고 가는 게 일을 더는 셈이다. 지켜보던 선경은 결국 남은 짐은 알아서 정리할 테니 박스나 거실에 내려놓고 가라고 했다. 선경의 말에 이삿짐센터 직원들은 기다렸다는 듯이 손을 털고 떠났다. 그들이 떠나고 난 뒤에야 겨우 한숨 돌릴 여유가 생겼다.

하영은 거실에 남겨진 박스를 살피며 자신이 표시한 박스를 하나씩 2층으로 옮기더니 자기 방에 틀어박혀 얼굴도 비치지 않았다. 쿵쾅거리는 소리가 들리는 것을 보니 방을 꾸미느라 바쁜 듯했다.

엄 씨가 주방의 수납장에 들어간 냄비와 그릇 들을 다시 꺼내는 것을 보자 선경은 마음이 놓였다. 말수는 없어도 마음이 맞을 것 같은 생각이 들었다. 팔을 걷어붙이고 엄 씨의 곁으로 다가가 함께 설거지를 하려고 했지만 엄 씨가 말렸다.

"주방은 내가 할 테니까 다른 짐이나 정리해요."

선경은 얼른 뒤로 물러났다. 그편이 서로에게 편할 것 같았다.

서재로 들어가는 짐을 찾아 드는데 책이라 그런지 생각보다 무거웠다. 선경이 박스를 들고 주춤거리자 주방에 있던 엄 씨가 얼른 달려 나와 선경의 손에 들린 박스를 빼앗았다.

"괜찮아요, 이 정도는 저도 할 수 있어요."

"옮겨만 놓을게요."

"주세요, 내가 할게요."

남편이 거실로 들어서며 엄 씨의 손에 들린 박스를 받으려고 했지만 엄 씨는 그대로 박스를 서재로 옮겼다. 생선 상자를 나르던 엄 씨에게는 일도 아닌 모양이었다.

"어디 갔다 왔어요? 안 보이던데?"

"어, 집 주변을 둘러봤지. 손봐야 할 곳은 없나 하고. 이건 당신 서재로 들어갈 책인가?"

남편이 남은 박스들을 가리키며 물었다. 선경이 고개를 끄덕이자 남편이 박스를 들고 서재로 향했다. 엄 씨와 남편이 번갈아 선경의 서재로 상자를 날랐다.

선경의 짐을 다 옮긴 남편은 자신의 짐을 들고 맞은편 방으로 들어갔다. 그곳은 남편의 서재가 될 방이었다. 산 쪽으로 난 방이라 창 너머 풍경은 아름다웠지만 채광이 좋지 않았다. 거실을 중심으로 오른쪽에 마주 보는 두 방이 있고 왼편으로는 안방과 화장실이 자리하고 있었다. 오른쪽의 마주 보는 두 방은 자신과 남편의 서재로 쓰기로 했다.

방을 정할 때 마당이 보이는 밝은 방을 남편의 서재로 하라고 했지만 남편은 선경에게 양보했다. 산 쪽을 향하고 있는 방은 예전부터 자신이 쓰던 방이라 자신은 그쪽이 익숙하다고 했다.

"집에 오래 있는 사람이 이곳을 쓰는 게 좋지. 당신이 쓰는 게 맞아. 아기에게도 햇살이 가득한 곳이 훨씬 좋을 거야."

선경은 남편이 자신의 표정을 읽었으리라 생각했다. 처음 봤을 때부터 탁 트인 시야와 햇살이 가득한 이 방이 맘에 들었다.

선경은 바닥에 놓인 몇 개의 박스를 하나씩 열어 책들을 정리했다. 책꽂이는 이내 책으로 가득 찼다. 다른 박스를 열어 내용물을 확인하던 선경은 자신도 모르게 고개를 들어 맞은편 방을 살폈다. 열린 문틈으로 부지런히 짐 정리를 하는 남편의 모습이 보였다.

선경은 남편의 시선을 피해 얼른 박스에서 물건을 꺼내 책상 서랍 아래 칸에 옮겨 넣었다. 남편이 버린 물건 중에 몰래 다시 가지고 온 것들이었다. 아무리 생각해도 아버지의 유품을 전부 버릴 수는 없었다. 부모님을 기억할 몇 가지 물건은 간직하고 싶었다. 다행히 남편은 자기 짐을 정리하느라 바빠 보였다.

정리를 끝낸 선경은 만족스럽게 방 안을 둘러보았다. 의자에 앉아 방을 둘러보던 선경의 시선은 자연스럽게 창밖으로 향했다. 창 너머로 푸른 하늘과 맞닿아 있는 수평선이 한눈에 들어와 마음까지 시원했다. 창밖의 풍경만으로도 이 집이 좋아졌다.

주방으로 나가보니 엄 씨가 설거지를 끝내고 그릇들을 마른 수건으로 하나씩 닦아 수납장에 넣고 있었다. 얼마나 손이 야무지고 빠른지 느낄 수 있었다.

"고마워요. 덕분에 정말 도움이 됐어요."

선경이 다가가 말을 걸었지만 엄 씨의 손은 멈추지 않았다. 가볍게 눈을 마주쳤지만 여전히 말은 없었다. 더 말을 시켜봐야 방해만 될 것 같아 물러났다. 말이 많아서 재잘거리는 사람보다는 묵묵히 자기 일을 하는 사람 쪽이 훨씬 좋다.

선경은 거실을 둘러보며 이제 자신이 살아야 할 새집을 찬찬히 살펴보았다.

목재로 천장과 바닥을 마감해서 그런지 한결 포근하게 느껴졌다. 거실 층고가 높아 집이 꽤나 넓어 보였다. 서울에서 쓰던 소파가 작게 느껴졌다. 거실 창 옆에는 별장에서 흔히 보는 벽난로가 놓여 있다. 여름이라 장작이나 불을 피우기 위한 도구는 보이지 않고 검게 그을린 안은 텅 비어 있었다. 이곳에 불을 피울 겨울을 상상하니 기대감으로 설레었다.

아기의 출산 예정일은 크리스마스이브다. 선경은 벽난로 옆에 커다란 크리스마스트리를 놓고 반짝이는 전등과 선물로 장식을 한 뒤 막 태어난 아이와 함께 눈 내리는 창밖을 바라보는 모습을 그려보았다. 자신에게 벌어질 일 같지가 않았다. 뭐랄까, 잡지에 나오는 화보같이 다른 세상처럼 느껴졌다. 아직 아이가 자신의 배 속에 있는 게 실감나지 않아서 그런가 싶었다.

고개를 돌리자 2층으로 올라가는 계단이 보였다. 계단과 난간도 나뭇결이 그대로 드러나 자연스럽고 아늑해 보였다. 정리가 끝났는지 하영의 방에서는 아무 소리도 들리지 않았다.

선경은 하영에게 올라가서 이사한 집이 맘에 드는지 물어보고 싶었다. 그런 평범하고 사소한 대화가 쌓이면 친밀감도 생기겠지. 침실 정리를 마치면 올라가보리라 생각하고 걸음을 옮기는데 2층에서 비명 소리가 들렸다.

남편이 쏜살같이 튀어나와 2층으로 올라갔다. 놀란 선경도 남편의 뒤를 따랐다. 방으로 가보니 하영이 침대 위에 올라가 발을 동동 구르고 있었다. 다급하게 손가락으로 책상 쪽을 가리키며 소리를 질렀다.

"저기요, 저기. 책상 뒤로 들어갔다구요."

"뭐예요?"

"어, 벌레가 들어왔나 봐. 소리 좀 그만 질러."

"벌레가 아니에요. 막 날아다녀요. 커다랗고 시커먼 게!"

하영이 소리쳤다. 남편이 책상 한쪽을 들자 뒤에서 검은 물체가 빠르게 튀어나와 천장과 벽을 이리저리 날아다녔다.

"박쥐야, 박쥐!"

남편이 소리쳤다. 하영의 말대로 커다랗고 검은 몸통에 번들거리는 느낌의 날개가 있었다.

박쥐도 놀랐는지 정신없이 허공을 휘저었다. 하영과 남편은 박쥐의 날갯짓에 기겁을 하며 고개를 숙이고 몸을 피했다. 문밖에서 보던 선경도 놀라 뒤로 물러났다. 남편이 주위를 두리번거리며 박쥐를 잡을 연장을 찾았지만 막 이삿짐을 푸는 중인 하영의 방에서 그런 게 눈에 띌 리 없었다.

"기다려. 뭐라도 가져올게."

남편이 재빠르게 1층으로 내려갔다. 그사이 박쥐는 천장 한편에 매달려 낯선 침입자들을 살피는 듯했다.

"어쩌다가 들어왔니?"

"몰라요. 다락문을 열었더니 거기서 튀어나왔어요."

천장 모서리에 붙은 박쥐는 하영을 향해 이빨을 드러내며 끼악끼악 기괴한 소리를 냈다.

박쥐를 노려보던 하영은 더이상 참지 못하고 박스를 뒤적거리며 박쥐를 상대할 만한 물건을 찾았다. 가위와 자 같은 문구들을 내던지던 하영은 드디어 맘에 드는 것을 찾았는지 눈을 반짝이며 무언가를 꺼내 들었다.

하영의 손에 들린 건 칼이었다. 하얀 칼집 어딘가를 누르자 날렵한 칼날이 반원을 그리며 튀어나와 반짝거렸다. 선경은 자신도 모르게 미간을 찡그렸다. 하영이 왜 그런 물건을 갖고 있는지 의아했다.

칼을 앞세운 하영은 조심스럽게 박쥐가 매달려 있는 쪽으로 다가갔다. 기괴한 울음소리를 내는 박쥐에게 천천히 다가가는 하영의 표정은 겁에 질려 소란을 부리던 조금 전과 완전히 달라져 있었다. 손에 쥐고 있는 칼이 하영을 대담하게 만든 것 같았다.

선경은 하영이 박쥐를 상대하는 것을 보고 싶지 않았다. 왠지 조바심이 일었다.

"하영아, 아빠가 올 때까지 기다려. 위험해."

"싫어요, 내 신경을 건드리는 건 뭐든지…… 가만두지 않아."

하영은 낮게 중얼거리며 숨을 죽인 채 박쥐에게 다가가다가 휙, 재빠르게 칼을 휘둘렀다. 하지만 박쥐는 가볍게 칼을 피하며 이빨을 내세워 하영에게 달려들었다. 검은 날개가 위협적이었지만 하영은 아랑곳하지 않고 허공에 대고 칼을 휘둘렀다.

선경은 주변을 둘러보다 다급하게 공책을 집어 박쥐를 향해 던졌다. 박쥐가 방향을 바꿔 선경을 향해 달려들었다. 본능적으로 머리를 감싸고 고개를 숙이는데 하영의 칼날이 눈앞에 보였다. 선경은 두 눈을 질끈 감았다. 박쥐의 비명이 들렸다. 울음소리가 더 커졌다. 하영이 휘두른 칼날에 찔린 모양이었다.

선경은 놀란 눈으로 박쥐를 찾았다.

"나가요. 방해하지 말고."

멋대로 방 안을 휘젓고 다니는 박쥐에게 단단히 약이 오른 하영이 선경에게 소리를 질렀다. 선경은 자신도 모르게 주저앉아 주춤주춤 뒤로 물러섰다. 사람과 마주친 박쥐는 도망칠 생각도 안 하고 계속 방 안을 맴돌았다.

어떻게 집 안에 박쥐가 있는 거지? 뭔가 이상하다는 생각이 들었다. 혹시 비어 있는 동안 2층 다락방이 박쥐의 거처가 아니었을까 하는 생각이 들었다.

이대로라면 좋지 않은 결말이 기다리고 있을 뿐이다. 하영이 박쥐에게 상처를 입거나, 박쥐가 칼에 찔려 죽거나. 이사한 첫날부터 그런 모습을 보고 싶지는 않았다. 박쥐를 지켜보던 선경은 박쥐가 도망갈 곳을 찾아 저렇게 헤매고 있다는 것을 깨달았다. 창문을 보니 열린 틈이 좁았다. 박쥐가 빠져나가기에는 무리가 있었다.

선경은 재빠르게 창가로 가서 창문을 활짝 열었다.

박쥐가 구석의 천장에 발톱을 세우고 간신히 매달려 있는 것을 본 하영은 칼을 높이 치켜세우고 달려들었다. 박쥐는 가볍게 하영의 머리 위를 지나 선경이 연 창문을 통해 밖으로 날아갔다. 창문으로 달려가 고개를 빼고 날아가버린 박쥐를 바라보던 하영은 아쉬운 듯 칼을 창틀에 내리찍으며 소리 질렀다.

"잡을 수 있었는데, 방해하지 말라고 했잖아요!"

고개를 돌려 선경을 노려보는 하영의 시선에 독기가 잔뜩 올라 있었다.

"잡아서 뭐 하게. 가버렸으니까 이젠 됐잖아? 그리고 그 칼 나한테 줄래?"

하영은 선경을 똑바로 쳐다보며 창틀에 꽂혀 있던 칼을 빼 들었다. 선경은 등줄기로 냉기가 올라오는 것을 느끼면서도 애써 태연하게 말을 걸었다.

"그런 건 왜 가지고 있어, 위험하게. 이리 줘."

"……내 방에서 나가!"

하영은 최대한 목소리를 낮추고 나지막이 중얼거렸다. 하영의 깊은 눈은 서늘했다.

"하영아."

"왜 칼을 가지고 있냐고? 무서워서요. 나를 지킬 무기 하나쯤은 있어야 하잖아. 안 그래요, 아줌마?"

선경은 자신도 모르게 어깨를 감싸며 뒤로 물러났다. 목이 막혀 아무 말도 할 수가 없었다. 뒤로 쿵쾅거리며 올라오는 남편의 발소리가 들렸다. 숨이 막힐 듯한 긴장감은 이내 사라지고 하영은 재빨리 칼을 뒤로 숨겼다.

"박쥐는? 어디 갔어?"

빗자루를 든 남편이 방을 살피며 물었다. 그 모습이 황당했는지 하영이 어이없는 듯 쳐다보며 물었다.

"그건 뭐예요?"

"이거? 엄씨 아줌마가 이걸로 쫓으면 된다는데? 어디 있어, 어디?"

뒤늦게 나타난 남편은 빗자루를 단단히 쥐고 두리번거렸지만 선경은 어서 빨리 방을 나가고 싶었다.

"밖으로 날아갔어요."

긴장이 풀린 선경은 하영의 방을 나와 계단으로 향했다. 아래층으로 내려오는데 아랫배가 무지근하게 땅겼다. 근육이 놀란 모양이다. 하영의 눈빛과 칼은 잠시 머리 한편으로 치워두기로 했다. 우선은 침대에 누워 쉬고 싶었다. 놀란 가슴을 진정시킬 필요가 있다.

계단을 내려와 안방으로 향하는데 주방에서 포장 쓰레기를 정리하던 엄 씨가 선경을 불러 세웠다.

"어떻게 됐어요?"

"네?"

"박쥐요."

"아, 창밖으로 날려 보냈어요."

"다락방 방충망에 구멍 난 곳이 있었나 보네. 사람 불러서 방충망을 다시 해야겠네요."

선경은 엄 씨와 말문을 트게 된 게 다행스러웠다. 누구라도 이 긴장감을 풀어주었으면 싶었다.

"박쥐가 자주 집에 들어오나요? 여기서 박쥐를 볼 거라곤 생각도 못 했어요."

"산에 가면 가끔 보지만 집까지 들어오진 않는데. 사람이 없으니 들어와 자리를 잡은 모양이네."

말을 하던 엄 씨가 선경을 가만히 쳐다보다가 얼굴에 손을 뻗었다. 차가운 손이 선경의 이마에 닿았다.

"괜찮아요? 얼굴이 창백한데."

선경은 엄 씨의 손을 피해 뒤로 물러서며 자신의 얼굴을 만져보았다. 식은땀이 배어 나왔다. 몸이 좋지 않다는 증거다.

"그래요? 피곤해서 그런가."

"들어가서 좀 누워요. 점심이 준비되면 알려드릴게요."

엄 씨의 말에 선경은 고개를 끄덕이고 얼른 안방으로 걸음을 옮겼다. 갑자기 에너지가 방전되는 느낌이 온몸으로 퍼졌다.

안방으로 들어간 선경은 미처 풀지 못한 짐들을 한쪽으로 밀어두고 홑이불을 찾아서 그대로 침대에 누웠다. 피곤이 몰려와 몸과 마음이 무너지는 느낌이었다. 하영이 했던 말이 머리에 남아 사라지지 않았다.

—무서워서요. 나를 지킬 무기 하나쯤은 있어야 하잖아. 안 그래요, 아줌마?

선경은 질끈 눈을 감았다. 하영에게 그날의 기억이 어떻게 각인되어 있는지 느낄 수 있었다.

희주가 뭐라고 했더라. 그래, 계속 그날의 일을 떠올려보라고 했지. 같은 두려움을 반복해서 마주하면 이제 더이상 그 상황이 두렵지 않다는 것을, 지나간 일이라는 걸 깨닫게 되며 나아질 거라고. 아니야, 희주야. 그건 과거의 일이 아니야. 우리의 머릿속에 그날의 기억이 남아 있는 한 우리는 계속 두려움에 떨어야 해.

생각하지 마, 지금은 아무 생각도 하지 말자. 나중에 하영이와 그날의 일에 대해 차분히 이야기를 하자. 하영이의 마음속에 응어리가 생겼다면 어떻게든 그걸 풀어낼 방법을 찾아낼 거야. 그건 평생 내가 가지고 가야 할 숙제야.

선경은 거듭된 생각으로 지쳤다. 온몸의 힘이 빠져나가는 것을 느끼며 잠 속으로 빠져들었다.

눈을 떠보니 어느새 밤이 되었는지 주변이 캄캄했다.

여름밤인데도 숲속의 집은 도시와 다르게 서늘했다. 어깨를 스치는 서늘한 바람에 눈을 뜬 선경은 자신이 누워 있는 곳이 어딘지 잠시 생각하느라 시간이 걸렸다.

'아, 그래. 여긴 이사 온 집이지.'

여기에 익숙해지기까지는 시간이 좀 걸릴 것이다.

선경은 침대에서 일어나 거실로 나갔다. 스위치를 찾으려고 벽을 더듬거렸다. 창밖은 온통 어둠뿐이었다. 도심에 익숙한 선경에게는 불빛 하나 없는 어둠이 두렵게 느껴졌다. 겨우 스위치를 찾아 거실의 불을 켜자 다행히 두려움이 많이 가셨다. 서재를 열어보아도 2층 방을 기웃거려도 인기척은 느껴지지 않았다.

'어딜 간 거지?'

목이 말라 냉장고를 열었지만 텅 비어 있다. 생수도 사놓지 않았다는 것을 깨달았다. 컵을 꺼내 수돗물을 마셨다. 정체 모를 맛이 희미하게 느껴졌다. 뭐라 설명할 수 없지만 돌을 담근 물맛 같은 느낌이었다. 임신 때문에 혀가 예민해져 그럴 것이다.

차가운 물이 식도를 타고 흐르자 배 속에서 신호를 보냈다.

꼬르륵. 생각해보니 아침에 출발하면서 차 안에서 먹었던 우유가 오늘 먹은 음식의 전부였다. 갑자기 격렬하게 배가 고팠다. 배 속을 흐르는 물이 자극을 준 게 틀림없다.

선경은 싱크대 수납장들을 열어 먹을 만한 것을 찾았다. 라면 몇 개와 인스턴트 수프, 소면이 전부였다. 내일 장을 봐야겠다는 생각을 하며 전기포트에 물을 담아 끓였다. 그릇을 꺼내고 인스턴트 수프 봉지를 뜯었다. 수프에 더운물을 붓기만 하면 된다. 잠시의 허기는 가시게 해줄 것이다. 수프를 그릇에 담으려다 보니 유통기한이 두 달이나 지나 있다. 어느새 물이 끓어 전기포트의 스위치가 꺼졌지만, 선경은 쉽게 결정을 내리지 못하고 수프 봉지에 찍혀 있는 날짜를 보며 이걸 먹어야 하나 버려야 하나 망설였다.

그때 창밖으로 자동차의 전조등 불빛이 흔들리며 들어왔다. 선경은 얼른 봉지를 내려놓고 창 쪽으로 갔다. 자동차가 대문 안쪽으로 들어서서 정차했다. 전조등이 꺼지고 자동차에서 남편과 하영이 내리는 모습이 보였다. 하영의 손에는 배드민턴 라켓 같은 것이 들려 있었다. 남편은 트렁크를 열어 두 손 가득 쇼핑백을 꺼냈다. 둘이 가서 장을 봐 온 모양이었다.

선경은 얼른 거실 창문을 열어 밖으로 나갔다. 불빛에 홀려 유리창에 붙어 있던 날벌레들이 선경의 살갗에 달라붙었다.

“안 돼, 얼른 닫아요.”

하영의 말에 선경은 얼른 거실의 창을 닫았다. 하영이 손에 들고 있던 배드민턴 라켓을 휘둘렀다. 타닥타닥 소리가 나며 날벌레가 사라졌다. 배드민턴 라켓이라고 생각했던 물건은 전기 모기채였다.

"오, 진짜 사 오길 잘했는데?"

마트의 쇼핑백을 들고 오던 남편이 소리쳤다. 그는 이곳에서 한결 활기차 보였다.

"많이 피곤한 것 같아서 안 깨웠어. 배고프지? 조금만 기다려."

남편은 신이 난 얼굴로 쇼핑백의 물건들을 집 안으로 옮겼다. 주방에 들어선 남편은 식탁 위에 포장된 용기들을 꺼내놓기 시작했다.

"하영이랑 먹었는데 너무 맛있어서 당신 것도 사 왔어. 배고프지?"

허기진 선경에게는 무엇보다 반가운 얘기였다.

"뭔데요?"

"생선구인데, 종류별로 다 있어. 고등어, 삼치, 열기……."

남편이 열심히 포장 용기의 비닐을 뜯어냈다. 탁자로 다가가는데 냄새가 먼저 밀려들었다. 냄새를 느끼는 순간 속이 뒤집혔다.

선경은 자신도 모르게 입을 틀어막고 화장실로 향했다. 욕지기가 났다. 아무것도 먹은 것이 없는 속이 뒤집혀 신물이 올라왔다. 몇 번 헛구역질을 하고 난 뒤 수돗물을 받아 입을 헹구었다. 고개를 들자 세면대의 거울 속에 자신의 얼굴이 보였다. 눈은 충혈되어 붉고 눈 밑의 피부는 피곤함으로 어두웠다.

'이게 입덧이라는 건가?'

의사가 곧 입덧이 시작될 거라고 하던 시기에는 아무 일도 일어나지 않았다. 오히려 식욕이 좋아져서 식사 후 과일까지 챙겨 먹었다. 자신은 입덧 없이 지나가는 모양이라고 안심했었다. 임신과 관련된 정보에 의하면 지금은 거의 입덧이 사라져야 할 시기다. 가볍게 속이 울렁거린 적은 있지만 이렇게 속을 뒤집어놓는 경우는 처음이어서 앞으로도 계속 이런 경험을 하게 된다는 게 두려워졌다. 선경은 다시 한번 물로 입을 헹궜다. 여전히 배는 고팠지만 식욕은 사라지고 없었다. 입안에 쓴맛이 맴돌았다.

고개를 돌리자 하영이 쳐다보고 있었다. 걱정보다는 무표정에 가까웠다. 무슨 생각을 하는지 알 수 없는 얼굴에 마음이 복잡해졌다.

선경은 의식적으로 입꼬리를 올리며 짐짓 괜찮은 듯 웃어 보였다.

"괜찮아, 그냥 속이 좀 안 좋은 것뿐이야."

선경의 말에도 하영은 가만히 선경을 쳐다볼 뿐이었다.

"왜, 나한테 할 말 있니?"

"……정말 낳을 거예요?"

"뭐? 무슨 뜻이야?"

"말 그대로예요. 진심으로 아빠의 아이를 낳고 싶은지 궁금해서요."

얼음물을 뒤집어쓴 기분이었다. 뭐라 대답도 못 하고 굳어 있는 사이 하영은 아무렇지 않은 표정으로 2층으로 올라가버렸다. 선경은 하영을 불러 세울 생각도 못 하고 멍하니 서 있었다.

저 아이는 내게 무슨 말을 하고 싶은 걸까?

입안에 남은 불쾌한 감각들이 오래 혀끝에서 까슬거렸다. 메스꺼움이 다시 치밀고 올라와 선경은 얼른 변기로 머리를 숙였다.

6.

하영은 소리를 죽이고 계단을 내려와 주방으로 향했다.

냉장고를 열어 전날 사둔 사과 한 알과 생수병을 꺼내 들고 현관으로 걸음을 옮겼다. 1층에서는 아직 인기척이 느껴지지 않는다. 이사 후 짐 정리를 하느라 어른들은 녹초가 되었지만 하영은 달랐다. 아직 날이 밝기 전인데도 침대에서 꾸물거리고 싶지 않았다.

하영은 이 집에 도착한 뒤로 온몸에서 아드레날린이 치솟는 기분을 느꼈다. 낯선 곳에 대한 흥분과 기대가 상상 이상이라 이사를 반대했던 게 머쓱해질 정도였다. 박쥐의 영향이 컸다. 처음엔 검은 날개에 날카로운 발톱을 가진 박쥐가 갑작스럽게 튀어나와 놀라기도 했지만 박쥐가 도망친 뒤 하영의 머릿속에서는 새로운 장난감에 대한 호기심이 일었다. 이곳은 온통 하영이 모르는 세계다. 그런 생각만으로도 이상하게 흥분되고 가슴이 뛰었다.

하영에게는 한 가지 버릇이 있었다.

낯선 장소나 상황을 마주하면 본능적으로 감각의 촉수를 뻗어 주위를 탐색한다. 새로운 장소, 새로운 환경, 처음 만나는 사람은 모두 관찰의 대상이자 경계해야 할 존재였다. 하영은 살아남기 위해 본능적으로 안테나를 작동했다. 자신이 있는 장소가 안전한지, 이 사람이 믿을 만한지. 그런 촉수를 장착하게 된 건 엄마 때문이었다.

종잡을 수 없는 감정으로 매 순간 긴장하게 만들었던 엄마와의 생활에서부터 시작된 감각은 눈칫밥을 먹어야 했던 외갓집에서도 수시로 작동했다. 아빠와 함께 살면서 하영의 촉수는 더욱 예민해졌다.

하영은 몇 년 동안 끈질기게 선경이라는 사람을 경계하고 관찰했다.

지금은 처음의 경계심도 줄어들고 서로가 정해놓은 선을 넘어오지 않는 한 평온을 유지하고 있다. 조금 더 가까이 가고 싶은 마음도 있지만 둘 사이에는 지뢰가 하나 있다. 괜히 건드렸다가는 자칫 모든 것을 망칠 수 있다. 그것만 지우고 산다면 지금이 가장 조용하고 평안하다고 할 만큼 만족스러운 시간이다.

현관문을 나서자 이른 아침의 차가운 공기가 살갗에 닿았다. 산에서 내려오는 냉기와 바다에서 올라오는 바람이 뒤섞여 집 주위에는 옅은 물안개가 맴돌았다. 팔뚝에 닿는 차가운 습기는 이내 물방울이 되어 흘러내렸다. 얇은 티셔츠가 차츰 젖어가는 것을 느낄 정도였다.

하영은 대문을 나와 왼쪽으로 방향을 틀어 산으로 오르는 오솔길을 찾았다. 뭔가 불빛이 느껴져 고개를 돌려보니 선경 아줌마의 서재에 불이 켜졌다. 하영이 나오는 인기척에 잠을 깬 모양이었다.

아줌마를 볼 때마다 하영은 마음속을 오가는 양가감정에 혼란스러웠다.

아줌마에게 안기고 싶다가도 얼굴을 보기만 해도 화가 났다. 다정하게 말을 걸고 싶은가 하면 고슴도치처럼 가시를 세웠다. 아줌마에게 친근감이 들 때면 엄마의 얼굴이 떠올랐다. 죄책감이 느껴졌다. 자신의 감정을 인정하면 엄마를 배신하는 기분이었다. 이런 혼란스러운 마음을 들키고 싶지 않아 냉담하게 대했다.

잠시 선경의 모습을 보던 하영은 얼른 고개를 돌리고 산으로 걸음을 옮겼다. 생각을 떨쳐내고 걷는 동작에만 집중했다. 몇 걸음 걷지도 않았는데 숨이 거칠어졌다. 평탄한 산책길은 이내 끊어지고 생각보다 가파른 경사 길이 나타났다. 얼마나 지났을까. 의식하지 못한 사이 안개는 걷히고 등 뒤로 햇살의 기운이 느껴졌다. 주위가 완전히 환해진 것을 깨닫고 고개를 드니 선명한 시야로 숲길이 보였다.

하영은 고개를 돌려 바다 쪽을 바라보았다. 수평선과 맞닿아 있는 하늘은 점으로 찍어놓은 것 같은 구름이 몇 개 보일 뿐 온통 붉고 푸른 색이었다. 이제 막 고개를 내민 해가 자신의 존재를 증명이라도 하려는 듯 눈부신 햇살을 뿌리고 있었다.

하영은 손으로 햇살을 가리고 멀리 수평선을 바라보았다. 붉은 해가 수평선을 박차고 올라오는 모습은 왠지 마음을 울컥하게 만들었다. 태초부터 있어왔고, 매일 벌어지는 일이지만 이렇게 직접 눈으로 보고 있자니 시간의 거대한 궤적과 함께하는 기분이었다. 웅장한 자연 앞에 윤하영이라는 존재는 너무 작았다. 하영은 사람들이 왜 해돋이를 보러 가는지 이유를 알 것 같았다.

조금 더 해를 바라보던 하영은 시선을 떨구어 자신이 걸어온 길을 바라보았다.

시선 아래로 마을과는 뚝 떨어진 하영의 집이 장난감처럼 보였다. 다른 집들에 비해 열 배는 커 보이는 잔디 마당과 울타리가 집의 경계를 표시하고 있다. 하영의 집 아래로 여기저기 열 채 정도 되는 집들이 떨어져 있는 게 보였다. 집들 사이로 난 골목길은 해안 도로와 이어져 있다.

해안 도로만 건너면 바닷가였다. 모래보다 바위가 더 많은 해변이라 해수욕장 같은 관광지는 아닌 듯했다. 동네는 한나절이 아니라 한 시간이면 탐색이 끝날 정도로 단출했다. 가게도 없어서 하영의 관심을 끌 만한 건 아무것도 없었다.

하영은 다시 고개를 돌려 산 정상 쪽을 올려다보았다. 나무에 가려 정상이 얼마나 높은지 보이지 않았다. 정상까지 갈 생각이었지만 시간이 얼마나 걸릴지 가늠할 수 없으니 망설여졌다. 혹시나 싶어 핸드폰을 꺼내 지도 앱을 열었다.

액정 화면에 잡힌 지도를 확대하고 이동하면서 자신이 서 있는 곳을 가늠해보았다. 정확하지는 않지만 자신이 올라가려고 하는 곳은 화우봉이라고 적혀 있다.

화우봉. 해발 190미터의 높이라고 나와 있다. 현재 위치에서 얼마나 더 올라가야 하나 짐작할 수 없었지만 서울에 살 때 이따금 올랐던 뒷산의 높이가 140미터 정도였던 걸 생각하면 엇비슷한 시간이면 충분하겠지 싶었다. 더 걸려봐야 넉넉하게 삼십 분이면 도착할 높이였다.

길을 올라가다 보니 사람들이 지나다닌 흔적이 조금 더 선명하게 남아 있는 오솔길이 나타났다. 켜켜이 쌓여 있는 낙엽을 계속 밟고 다닌 듯 바스러지고 번들거리는 길이 보였다. 그 길로 올라서자 이내 둘레길에 대한 안내판이 보였다. 하영이 올라온 길은 샛길이라 사람들의 발길이 뜸한 곳이었지만 둘레길은 그래도 꽤 사람들의 왕래가 있어 정기적인 관리를 하는 것처럼 보였다.

안내판에 그려진 둘레길의 약도를 보니 화우봉을 넘어 산이 있고 산은 또 산맥으로 이어지는 것 같았다. 화우봉 뒤로 해발 600미터가 넘는 삼형제봉이 있고 그 뒤로 무화산까지 이어진 길에 계속 갈랫길 표시가 있었다.

하영은 길을 벗어나 낙엽들이 겹겹이 쌓인 비탈을 오르기 시작했다. 자신이 찾는 곳은 둘레길 주변에 없을 거라고 생각했다. 어떤 곳은 경사가 심해 나뭇가지를 붙잡고 걷기도 했다. 이렇게 험한 곳을 찾아다니는 건 박쥐 때문이다.

어젯밤 박쥐를 검색하면서 하나의 가설을 세웠다. 자신을 놀라게 한 박쥐는 아마도 하영의 집이 빈집이라고 생각해서

지붕 밑으로 들어왔을 것이다. 떼 지어 생활하는 박쥐의 습성을 생각하면 그 박쥐는 멀지 않은 곳에 무리가 있을 것이고 그곳으로 돌아갔다는 추론이 가능하다.

하영은 박쥐들이 살 만한 동굴이 이 산 어딘가에 있을 거라고 생각했다. 집에 있는 것보다 박쥐를 찾아나서는 게 훨씬 흥미진진했다.

트레이닝바지에 나뭇가지와 낙엽이 달라붙어 엉망이 될 때까지 주위를 돌아다녀보았지만 동굴은 보이지 않았다. 하영은 잠시 나뭇등걸에 앉아 생수병을 열어 물을 마셨다. 여기저기 분주한 새소리와 함께 이따금 불어오는 바람이 더워진 몸을 식혀주었다.

하영은 크게 심호흡을 하며 숲의 공기를 들이마셨다. 마음이 차분하게 가라앉았다. 사람 소리가 들리지 않는 게 무엇보다 마음에 들었다.

하영은 멀리 갈 생각을 하고 나온 게 아니어서 자신이 갈 수 있는 만큼만 주위를 둘러보기로 했다. 정상은 생각보다 훨씬 가까웠다. 거의 십여 분 만에 화우봉이라고 적힌 작은 표지석이 있는 곳에 도착했다. 높이에 비해 주변의 경치가 한눈에 내려다보여 만족스러웠다.

정상의 서쪽으로 이어진 능선은 더 높은 산으로 이어져 있고, 주문진 쪽으로 이어진 능선은 다른 마을을 향해 내려갈 수 있는 내리막 능선이었다. 우거진 숲길의 끝에 한눈에 봐도 학교 운동장으로 보이는 인공 잔디밭과 학교 건물이 보였다.

조금 전 안내판에서 봤던 강문중학교였다. 이렇게 가까운 곳에 학교가 있는 줄 몰랐다. 생각보다 거리가 만만해 보여 하영은 그쪽으로 내려가기로 마음먹었다.

방학이 끝나면 내가 다니게 될 학교인가. 미리 학교를 견학하는 것도 나쁘지 않을 것 같았다. 하영은 박쥐 동굴은 다음에 찾아보기로 하고 길을 따라 걸음을 옮겼다.

내려오는 길은 한결 수월해서 오래 지나지 않아 학교 후문에 도착했다. 닫혀 있는 문을 슬쩍 밀어보니 잠겨 있을 거라 생각했던 문이 쉽게 열렸다. 하영은 거침없이 학교 안으로 들어섰다.

베이지색의 멋없이 네모난 건물로 다가갔다. 건물 안에서 둔탁한 소리와 함께 누군가 고함을 지르고 있었다. 체육관으로 쓰는 건물이었다. 창문 너머로 안을 들여다보자 마룻바닥에 매트를 깔아놓고 운동을 시작하는 학생들의 모습이 보였다. 열 명 안팎의 학생들이 매트를 바르게 정리하고 있거나 대련중이었다. 방학이라 아이들이 없을 줄 알았는데 뜻밖이었다.

학생 하나가 매트를 까는 아이들에게 소리를 지르고 있었다.

"똑바로 안 해? 각 잡으란 말이야. 주장한테 한 소리 듣고 싶어?"

격투기 같은 것엔 관심도 없다. 하영은 이내 흥미를 잃고 시선을 돌렸다.

건물 옆 수돗가에는 물이 뚝뚝 떨어지는 대걸레가 세워져 있고 언제 널었는지 모를 구겨진 도복들이 빨랫줄에 매달려 있었다. 등판에는 "강문중 유도부"라고 적혀 있었다. 하영은 손을 내밀어 유도복을 돌려보았다. 앞에는 이름이 적힌 명찰이 박음질되어 있었다.

이내 흥미를 잃고 걸음을 옮기는데 하영의 눈앞에 덩치가 큰 남학생이 서 있었다.

"뭐냐?"

트레이닝복을 입고 스포츠 가방을 어깨에 걸친 남학생이 하영을 쳐다보고 있었다. 짧은 스포츠머리에 한눈에 봐도 운동선수라는 것을 알 수 있는 다부진 몸이었다. 유도부인 듯했다.

"도둑이야? 도복은 왜 건드려?"

하영은 어이가 없어 남학생의 얼굴을 빤히 쳐다보았다.

"너 뭐냐고?"

"뭐 같아?"

"내가 그걸 어떻게 알아?"

"도둑이라며? 조금 전에 그렇게 말한 거 같은데?"

"그러니까 도복은 왜 건드리냐고?"

"야, 이딴 냄새나는 운동복 그냥 줘도 안 가져."

"뭐?"

"지훈아, 주장!"

조금 전 건물 안에서 아이들을 닦달하던 학생이 현관에서 달려 나왔다. 그는 스포츠 가방을 멘 남학생에게 다가오다가 하영을 발견하고 눈이 휘둥그레졌다.

"누구야? 같이 왔어?"

"같이 오기는 누가. 근데 이게 뭐냐?"

지훈이라 불린 아이가 유도부 주장인 것 같았다. 그가 빨랫줄에 걸린 도복을 가리키며 다그쳤다. 지훈의 까칠한 말투에 건물에서 나온 학생이 이마를 긁으며 변명을 시작했다. 그의 도복 가슴에는 강성호라고 적혀 있었다.

"현석이가 어제 깜빡한 모양이야. 조금 전에 널었어."

성호는 구겨진 도복을 손으로 당겨 펴보려 했지만 억센 옷감은 쉽게 펴지지 않았다.

지훈은 아무 말 없이 빨랫줄에 걸린 유도복을 잡고 코에 갖다 대더니 인상을 썼다. 이내 줄에 걸린 유도복을 하나씩 바닥에 떨어뜨렸다.

"야, 뭐 하는 거야?"

"다시 빨아."

"어차피 입으면 구겨질 거 그냥 입지."

"냄새는 어떡할 건데? 나 없는 동안 계속 이렇게 했냐?"

"왜 오자마자 시비야? 너 온다고 아침부터 애들 다 집합시켰구만."

투닥거리는 남자들을 두고 하영이 걸음을 옮기자 성호가 앞을 가로막았다.

"근데 얜 누구야? 못 보던 얼굴인데."

성호는 하영을 보며 실실 웃다가 지훈에게로 시선을 돌리며 물었다. 하영을 지훈과 함께 온 사람이라고 착각한 듯했다.

"서울에서 사귄 거야? 은수는 어쩌고."

"그런 거 아니야, 새끼야."

하영은 그들의 대화를 듣고 있을 이유가 없어 걸음을 옮기려 했지만 성호가 하영의 앞으로 성큼 다가섰다. 숨결이 느껴질 만큼 가까이 다가온 성호는 장난기 섞인 표정으로 건들거렸다. 하영은 밀려드는 짜증을 느끼며 차갑게 말했다.

"좋은 말 할 때 비켜라."

"어라, 말투 보니까 여기 가시나는 아니네. 안 비키면 어쩔 건데?"

그렇지 않아도 지훈이 도둑이냐고 한 탓에 살짝 기분이 언짢았던 하영은 눈앞에서 밉살스럽게 깐죽거리는 성호가 영 마음에 들지 않았다.

지훈은 관심 없는 듯 체육관으로 걸음을 옮기는데 성호는 그럴 맘이 없어 보였다. 하영의 어깨를 검지로 찌르며 시비를 걸었다.

"안 비키면 어쩔 건데? 아악!"

비명 소리에 지훈이 돌아보았다. 하영에게 손가락이 잡힌 성호는 꼼짝 못하고 비명을 지르고 있었다. 꺾인 손가락을 어쩌지 못해 안절부절못하고 있었다.

하영은 태연히 성호를 내려다보았다.

"그만, 그만. 시합 나가야 돼. 부러지면 끝이라고!"

"그건 손가락 내밀기 전에 생각했어야지."

하영이 잡고 있는 손가락을 더 꺾으려는 순간 지훈이 다가와 하영을 밀어냈다.

"그만해!"

하영은 황당한 표정으로 지훈을 쳐다보았다. 지훈은 하영을 밀치고 난 후 난감한 표정을 지었다.

"곧 시합이 있단 말이야. 부상당하면 안 돼."

"그건 네 친구한테 얘기해."

성호는 풀려난 손가락을 붙잡고 아픈 듯 인상을 잔뜩 찡그리고 있었다. 지훈은 성호의 엉덩이를 발로 걷어찼다.

"엄살 그만 부려, 자식아. 왜 시비를 걸어?"

"진짜 아프다고, 새끼야."

지훈은 그대로 성호의 멱살을 잡아끌며 체육관 안으로 들어갔다.

하영은 어이없는 표정으로 두 사람을 쳐다보다가 고개를 저었다. 저 또래의 남자아이들은 왜 그렇게 하나같이 멍청하고 한심한 짓거리를 하는지. 볼 때마다 느끼지만 생각이라는 걸 제대로 하고 행동하는 놈을 별로 보지 못했다.

하영과 친해지고 싶다고 주변을 어슬렁거리던 놈도 몇 있었지만 한두 번 얘기를 나눠보는 걸로도 충분했다. 미성숙한데다 자신에 대한 고민도 진지함도 없었다. 제대로 자기 의사를 표현할 어휘력도 없으니 하영의 말 상대가 되지 않았다. 그러다 보니 호기심도 관심도 생기지 않았다.

하영은 학교의 다른 건물로 발걸음을 옮겼다. 본관으로 보이는 건물이 운동장을 바라보며 서 있었다.

어딜 가나 학교는 같은 모양을 하고 있다. 어디가 본관인지, 식당인지, 체육관인지 한눈에 알아차릴 수 있다. 본관 건물 입구에는 분명 학교의 역사나 자랑하고 싶은 업적을 담은 사진과 트로피가 진열되어 있을 것이다.

하영은 기왕 온 김에 이 작은 학교의 자랑은 무엇인지 구경해보기로 했다.

본관 건물의 현관으로 들어서니, 아니나 다를까 개교와 함께 사십오 년의 전통을 지닌 강문중의 변천사를 담은 사진과 함께 학교의 자랑거리인 듯한 트로피가 몇 개 보였다. 트로피를 들여다보던 하영은 이 학교의 자랑이 유도부라는 것을 알게 되었고, 특히 박지훈이 타 온 메달과 트로피가 가장 크다는 것을 확인했다. 트로피 뒤로 걸려 있는 대형 사진에는 전국체전과 중고등학교 유도 대회에서 금메달을 딴 지훈이 환하게 웃고 있었다.

잠시 지훈의 사진을 보던 하영은 이내 고개를 돌렸다. 더 볼만한 것도 없어서 그대로 건물을 빠져나왔다.

학교는 생각보다 시시했다. 운동장에 서서 주위를 둘러보니 멀지 않은 곳에 바다가 보였다. 정문을 나오니 학교 주변으로 꽤 많은 주택이 마을을 이루고 있었다. 처음으로 마을다운 마을을 보는 것 같았다. 문방구도 있고 슈퍼도 있고 식당도 보였다.

집으로 돌아오는 길은 해안 도로를 이용했다. 2차선 해안도로 건너편에 바다가 있었다. 해변은 거의 바위로 이루어져 파도가 칠 때마다 하얀 물거품이 넘실거렸다. 잠깐 쳐다보는데도 여름 아침의 바다는 눈이 시렸다.

하영은 핸드폰을 꺼내 지도 앱을 켜서 거리를 재기 시작했다. 앞으로 등하교를 하는 시간이 얼마나 되는지 가늠해보려는 것이다. 학교에서 집으로 올라가는 골목길 입구까지 대략 2.4킬로미터. 천천히 걸어도 삼십 분이면 충분했다. 이 정도라면 걸어 다니기에는 적당한 거리라는 생각이 들었다. 학교와 집 앞 마을이 해안 도로 하나로 이어져 있어 길을 찾는 어려움도 없었다.

집으로 올라가는 골목으로 들어서는데 뒤에서 누가 부르는 소리가 들렸다. 돌아보니 어제 일을 도와주었던 아주머니가 도로를 건너오고 있었다.

"어디 다녀오니?"

"그냥 여기저기요. 학교도 구경하고."

다가온 아주머니와 발을 맞추어 언덕길을 오르기 시작했다. 엄 씨라고 했던가? 무뚝뚝하던 어제의 인상과는 다르게 자꾸 하영을 쳐다보며 친근한 미소를 머금었다.

"어때, 잠은 잘 잤어?"

"네."

하영은 자꾸 묘하게 쳐다보는 엄 씨의 눈길에 신경이 쓰였다. 하영의 표정을 읽었는지 엄 씨가 입을 열었다.

"참 세월 빠르네. 처음 봤을 때는 완전히 애기였는데."

엄 씨의 말을 듣자 하영은 소스라치게 놀라 걸음을 멈추었다.

"그게 무슨 소리예요?"

"아빠가 얘기 안 해줬어? 어릴 때 여기 왔었잖아."

"네?"

하영은 갑자기 자신의 몸이 땅속으로 쑥 꺼지는 느낌을 받았다. 정신이 아득해졌다. 싱크홀에 빠지면 이런 느낌일까?

'그래, 뭔가 이상하다 했어.'

하영은 그제야 어젯밤 자신이 느낀 기시감을 이해했다. 이사한 집을 보는 순간 어딘가 낯설지 않은 익숙함과 편안함을 느꼈다.

기시감이 아니라, 이 집에 온 적이 있었다. 엄마와 함께.

7.

은수는 늦었을까 봐 조바심을 내며 학교로 달려갔다.

성호에게 미리 손을 써놓길 잘했다. 그렇지 않았다면 오늘 지훈이 학교에 온다는 사실도 몰랐을 것이다.

그날 이후로 지훈은 은수의 모든 연락을 무시했다. 전화도 받지 않았고 문자를 보내도 답이 없었다. 메신저는 확인도 하지 않았다. 처음엔 걱정이 되다 나중에는 화가 났다. 솔직히 억울하다는 생각도 들었다.

운전은 지훈이 했다. 교통사고가 나는 바람에 조수석에 있던 은수 역시 사고를 당해 정강뼈가 부러졌다. 그 때문에 생살을 찢고 다리뼈에 심을 박는 수술까지 해야 했다. 뒷자리에 있던 미나와 성호는 그나마 가벼운 타박상 정도였다.

골절 수술을 하고 며칠 뒤 입원해 있는 병실로 미나와 성호가 병문안을 왔다. 은수는 성호를 보자마자 지훈의 안부부터 물었다. 성호의 표정이 안 좋았다. 생각보다 심각하다는 것을 직감했다.

"어깨를 다쳤어. 뼈가 골절돼서 수술을 했어. 철심도 박고."

"많이 다친 건 아니지? 연락이 안 돼서 얼마나 걱정했는데, 나 봐, 나도 다리에 철심 박았어."

"너하곤 다르지."

"뭐가 달라?"

"넌 운동선수가 아니잖아. 지훈인…… 시합에도 못 나가게 됐어."

"야, 은수는 여자야. 여자 다리에 흉터 생기는 게 얼마나 큰일인 줄 알아? 평생 치마를 못 입을지도 몰라."

옆에서 미나가 발끈해서 은수의 편을 들었다. 은수도 뭐라고 대꾸하고 싶었지만 할 말을 찾지 못했다. 성호는 짜증이 나는 듯 하아, 하고 탄식했다.

"지금 치마가 중요해? 지훈인 시합을 못 나간다고. 무슨 뜻인지 알아?"

"지훈이가 다친 게 내 탓이라는 거야? 그래서 내 연락도 피하는 거야?"

성호는 잠시 고개를 숙인 채 뭔가 생각하다 은수를 쳐다보았다.

"그건 모르겠고, 아무튼 이 얘기는 전해주래. '다시는 연락하지 마.' 간다."

다시는 연락하지 마? 지훈이 그렇게 말했다고? 은수는 골절 수술을 받은 통증보다 성호가 건넨 한마디가 더 아프고 고통스러웠다. 어느새 눈물이 뺨을 타고 주르르 흘렀다.

미나가 밖으로 나가려는 성호의 뒷덜미를 잡았다.

"너 지금 말 다했어? 은수 다리 안 보여? 운전은 누가 했는데 은수 탓을 해? 사과는 지훈이가 해야지."

"야, 놔. 나도 지금 허리랑 팔이 뻐근하거든."

"뭐 이런 자식이 다 있어, 병문안 와서 그렇게 말하는 사람이 어디 있니?"

"내가 오고 싶어서 온 줄 알아? 지훈이가 말을 꼭 전하라고 해서 어쩔 수 없이 온 거라고."

"와, 이 나쁜 새끼."

"미나야, 관둬. 가라고 해."

은수는 성호의 팔을 잡고 늘어지는 미나를 말렸다. 더 있어봤자 서로의 감정만 건드릴 뿐이었다. 성호는 어깨를 한 번 으쓱하고는 은수의 다리를 보더니 인상을 찡그렸다.

성호가 나가자 미나가 침상 곁에 다가와 앉으며 은수의 손을 잡았다.

"괜찮아?"

은수는 미나의 손을 뿌리치고 창밖으로 시선을 돌렸다.

"나가줄래? 혼자 있고 싶어."

잠시 머뭇거리던 미나는 알았다며 자리에서 일어났다.

창밖을 보던 은수는 미나가 나간 뒤에야 중요한 일을 깜빡 했다는 것을 깨달았다. 미나에게 꼭 확인해야 할 것이 있었는데, 성호 때문에 잊어버렸다. 미나에게는 나중에 문자를 보내야겠다고 생각했다. 지금은 그것보다 더 중요한 일이 있다.

성호의 말을 듣고 처음엔 억울했지만 지훈을 생각하니 이해가 되었다. 아마 지금은 화가 나서 그런 말을 했을 것이다.

지훈은 늘 유도가 자신의 모든 것이라고 말했다. 운동도 빼먹지 않고 부상도 조심했다. 이번 시합이 얼마나 중요한지도 잘 알고 있다. 이번 시합은 지훈이 어느 고등학교를 가게 되느냐는 것과 관련이 있었다. 고등학교만 잘 들어간다면 대학까지 별문제 없을 거라고 했다. 생각할수록 지훈의 일이 걱정스러웠다.

은수는 지훈을 만나 직접 얼굴을 보고 말하고 싶었다. 하지만 다리에 철심을 박고 깁스를 한 지금의 상태로는 아무것도 할 수가 없다. 화장실조차 혼자 힘으로 갈 수 없었다. 우선은 걸어 다닐 수 있게 된 다음 어떻게 할 것인지 생각하기로 했다. 그때가 되면 지훈의 마음도 조금 안정될 것이다.

목발이라도 짚고 병실 밖을 걷게 된 것은 일주일 후였다.

은수는 가장 먼저 지훈의 병실을 찾았다. 간호사들이 있는 데스크에 가서 병실을 물었지만 개인 정보 보호 때문에 병실 번호는 알려줄 수 없다고 했다. 은수는 결국 미나에게 전화를 걸어 유도부 애들에게 병실 번호를 알아내라고 독촉을 한 뒤에야 지훈의 병실을 찾아갈 수 있었다.

병실 앞에 도착했지만 선뜻 들어갈 수가 없었다. 어떻게 얼굴을 봐야 하나 생각하고 있는데 문이 열리고 지훈의 엄마가 나왔다. 지훈의 엄마는 은수를 보더니 표정이 굳어졌다.

"저, 지훈이 잠깐 보려고 왔어요."

지훈의 엄마가 대답하기도 전에 병실 안에서 먼저 목소리가 들려왔다.

"필요 없으니까 꺼지라고!"

병실에 누워 있는 사람의 목소리라고 믿기지 않을 만큼 큰 소리였다. 지훈의 목소리를 들은 은수는 충격으로 얼어붙었다. 이렇게 화가 난 목소리는 처음 들어보는 것 같았다.

은수는 얼굴이 화끈 달아올라 지훈의 엄마에게는 제대로 인사도 못 하고 자신의 병실로 돌아왔다. 눈물이 멈추지 않았다. 침상에 누워 벽만 쳐다보며 몇 시간을 울었다. 아무래도 이상해서 성호에게 전화를 걸었다. 지훈의 부상이 어느 정도인지 물었다.

"지금은 혼자 내버려두는 게 최선이야. 연락하지 말라니까 거길 왜 찾아가?"

"어느 정도냐고, 그것만 말해."

"……."

성호의 침묵이 은수를 불안하게 만들었다.

"다시 운동할 수 있는 거지? 치료하면 괜찮은 거지?"

"……지훈이는 자기가 제일 좋아하고 세상에서 가장 잘하는 일을 못 하게 될지도 몰라."

은수는 자신도 모르게 고개를 저었다. 아니야. 그럴 리 없어. 나도 골절이지만 삼 개월이면 다시 걸을 수 있다고 했어. 뼈가 더 단단히 아물면 뼈에 박은 철심을 제거하는 수술을 한 번 더 해야 하지만 성장기라서 괜찮을 거라고 했어. 달리기도 할 수 있을 거라고 했단 말이야.

"부상도 부상이지만 경찰에 잡혀갈지도 몰라."

"뭐?"

"지훈이 운전면허 없잖아. 지훈이가 이번 일로 제일 힘들어하는 게 뭔지 알아? 아버지한테 완전히 찍혔다는 거야."

성호는 작정한 듯 은수의 마음에 비수를 날렸다. 지훈이 얼마나 아버지를 어려워하는지는 은수도 잘 안다. 시의원의 아들이 무면허 운전으로 교통사고를 냈다면 여러 가지로 문제가 될 수밖에 없다. 사람들 입에 어떻게 오르내리고 있는지 모르지만 분명 지훈의 아버지는 난처한 입장에 처했을 것이다. 지금은 전화하지 않는 게 좋을 거라는 성호의 말에 아무런 대답도 못 하고 전화를 끊었다.

갑갑한 병실 생활에서 은수가 할 수 있는 일은 별로 없었다. 이따금 지훈의 병실 앞에서 서성거렸지만 차마 병실을 들어가볼 용기는 없었다.

얼마 지나지 않아 지훈은 어깨 수술을 위해 서울로 이송되었다. 강릉에서는 감당할 수 없는 수술이라는 말에 은수는 하루 종일 우울해했다. 병실에 누워 왜 일이 이렇게 되어버렸는지 생각을 거듭했다.

그날 밤 유리를 찾으러 가지 않았다면 아무 일도 없었을까? 그냥 돈만 뜯어내고 보냈더라면 교통사고 같은 건 일어나지 않았을까? 어디서부터 잘못된 것인지 생각해봐도 답이 나오질 않았다.

어쩌면 엄마의 말처럼 그날은 마가 끼어 모든 일이 꼬인 건지도 모른다.

평소보다 더 심하게 때린 것도 아닌데 유리가 죽었다. 그때부터 불운이 시작된 건가?

유리를 버리러 가면서 도로에서 잠깐 보았던 검은 고양이가 생각났다. 고양이를 발견한 지훈이 핸들을 트는 바람에 자동차가 휘청거렸었다. 어쩌면 그게 경고였나?

조심해. 너희들, 오늘밤은 살아남으려면 아주 조심해야 할 거야.

충돌은 갑작스러웠다.

유리를 버리고 돌아오면서 지훈은 기분이 별로 좋지 않았다. 유리를 만나기 전까지만 해도 속초로 올라가 놀 생각이었지만 상황이 바뀌었다. 지훈은 그대로 집에 돌아가겠다며 강릉 쪽으로 방향을 틀었다.

캄캄한 커브 길에서 마주 오는 트럭을 보지 못했다. 트럭은 전조등도 켜지 않은 채였다. 트럭 운전사는 술에 취했는지 중앙선을 넘어 지훈의 차선으로 달려들었고 지훈은 갑작스럽게 튀어나온 트럭을 피하기 위해 급하게 핸들을 틀었다.

지훈이 급하게 핸들을 꺾는 바람에 자동차는 해안 도로의 시멘트 난간을 들이받으며 부서지고 모든 게 뒤죽박죽이 되었다. 안전벨트를 하지 않은 채 조수석에서 다리를 꼬고 앉아 있던 은수는 그대로 앞쪽으로 튕겨나가 글러브 박스에 거세게 부딪혀버렸다. 다른 사람은 어떻게 됐는지 생각할 겨를도 없이, 다리에 격렬한 통증이 밀려와 비명을 질렀다.

"아! 발, 내 다리!"

고통에 몸부림치다 지훈의 신음 소리가 들려오자 정신이 들었다. 눈을 뜨고 지훈이 있는 쪽을 돌아보았다. 지훈은 찢어진 이마에서 피를 흘리며 어깨를 부여잡고 있었다.

"지, 지훈아!"

뒷자리에 있던 미나가 간신히 문을 열고 밖으로 나갔다. 미나는 지훈의 얼굴에 흐르는 피를 보자 어떻게 하냐며 발을 동동 굴렀다. 허리를 짚으며 나오던 성호가 핸드폰을 찾아 119에 전화를 했다.

긴급 전화를 한 뒤 성호는 지훈을 자동차에서 빼내려고 했지만 보닛과 앞좌석의 문이 구겨져 좀체 열리지 않았다. 미나까지 가세해서 겨우 문을 열 수 있었다.

비명을 지르며 자동차에서 나온 지훈은 도로 위에 누워 쉽게 일어나지 못했다. 오른쪽 팔과 어깨를 완전히 움직이지 못하게 된 것 같았다. 미나의 부축을 받으며 밖으로 나온 은수는 발이 땅에 닿자마자 그대로 바닥에 굴렀다. 격렬한 통증에 비명이 터져 나왔다.

멀리 구급차의 사이렌 소리를 듣고 시선을 돌린 성호는 망설이는 표정이 되더니 갑자기 어둠 속으로 달려가기 시작했다.

"야! 너 어디 가, 강성호! 야!"

성호를 부르던 미나는 어이가 없는지 어둠을 향해 욕을 퍼부었다. 은수는 점점 가깝게 들리는 사이렌 소리를 듣다가 자동차 트렁크가 열려 있는 것을 보았다. 느낌이 이상해 목을 빼고 안을 보니 유리의 가방이 그대로 있었다. 미쳤어, 왜 저건 안 버리고 온 거야?

"미나야, 너 저 가방 들고 얼른 가."

"뭐? 야, 나도 병원 가야 돼. 여기 팔도 아프고 무릎도 아프고……."

"빨리 말 들어. 경찰 오기 전에 저 가방 없애라고!"

미나는 그제야 은수가 무슨 말을 하는지 파악했다.

"이 차에는 지훈이랑 나 둘만 있었던 거야, 알았지?"

미나는 고개를 끄덕이고 얼른 트렁크에서 유리의 가방을 꺼낸 뒤 어둠 속으로 달아났다.

도로에 누워 있는 지훈의 곁으로 가려고 팔로 기어가던 은수는 살이 베이는 듯한 통증에 그대로 드러누워 울음을 터뜨렸다.

요란한 소리를 내며 도착한 구급차의 전조등 불빛에 은수는 눈을 감았다.

체육관으로 달려가던 은수는 걸음을 멈추고 잠시 고민하다가 한쪽 다리를 저는 시늉을 하며 체육관 현관으로 들어섰다. 자신의 다리를 보면 병실에서처럼 소리를 지르지는 않겠지 싶었다.

체육관 개인 사물함 앞에 지훈과 성호의 모습이 보이고 주위로 유도부원들이 침울하게 서 있었다. 은수는 한쪽 다리를 절뚝거리며 조심스럽게 그들 곁으로 다가갔다.

지훈은 사물함에 든 유도복과 운동복, 수건 같은 것들을 꺼내 스포츠 가방에 넣고 있었다. 개인 사물함을 비우고 있다는 것을 깨달은 은수는 그대로 걸음을 멈추고 얼어버렸다.

지훈은 서울에서 수술을 받고 재활 훈련을 하고 있다고 들었다. 그 이야기에 은수는 마음을 놓았다. 수술이 잘 끝나 몇 개월만 기다리면 다시 예전처럼 운동을 할 수 있을 거라고 믿었다. 성호에게 오늘 지훈이 학교에 올 거라는 말을 듣자 드디어 재활 훈련이 끝났다고만 생각했다.

은수는 이대로 몸을 돌려 도망치고 싶었다.

사물함을 모두 비운 지훈은 사물함 문 쪽에 붙어 있는 사진을 잠시 보다가 떼어냈다. 전국체전에서 강원도 대표로 나가 은메달을 받은 날 찍은 사진이었다. 그는 사진을 가방 안에 쑤셔 넣고 지퍼를 채웠다.

"앞으로는 준기가 주장 해라."

"아닙니다. 성호 선배님이 있는데."

"됐어. 우리는 한 학기만 더 있으면 졸업인데 이제 너희가 맡아야지. 잘할 수 있지?"

"그래도 훈련은 나와주실 거죠?"

"그동안 손 놨던 공부를 따라잡아야지."

지훈은 애써 태연한 표정으로 후배들의 어깨를 툭툭 쳐주며 돌아서다가 은수를 발견했다. 그의 표정이 순식간에 험악하게 일그러지는 것을 보자 은수는 차마 다가설 수가 없었다.

지훈은 그대로 은수의 곁을 지나쳐 체육관 건물 밖으로 나갔다. 은수는 서둘러 지훈의 뒤를 쫓아갔다. 지훈의 걸음을 따라잡으려니 은수의 걸음이 빨라졌다. 다리가 불편한 척 잔머리를 굴리려던 생각은 사라지고 없었다.

"야, 박지훈. 거기 서!"

지훈은 은수의 말이 들리지 않는 듯 빠른 속도로 걸어갔다. 은수는 있는 힘을 다해 달려가 지훈의 앞을 가로막았다.

"야, 서라고. 내 말 안 들려?"

걸음을 멈추고 잠시 은수를 쳐다보던 지훈이 미간을 찡그리며 귀찮은 듯 말했다.

"얘기해."

"어떻게 된 거야? 정말 운동 그만두는 거야?"

"그만두는 거 아니고 못 하게 된 거야."

"나한테 화내지 마. 나도 속상해."

"속상해? 그럼 나는 어떨 것 같아? 유도에 내 인생을 걸었다고. 국가대표가 꿈이었는데 다 망쳤어, 너 때문에!"

"운전은 네가 했잖아. 내 다리의 상처는 안 보여?"

은수는 치마를 슬쩍 들어 보였다. 그날 이후 한 번도 입지 않았던 치마였지만 오늘은 자신에게 새겨진 상처를 지훈에게 보일 필요가 있을 것 같아 일부러 입었다. 지금은 많이 아물었지만 철심을 빼내고 다시 꿰맨 자리는 여전히 커다란 지렁이처럼 흉측해 보였다.

지훈의 얼굴에 찬 기운이 흘렀다. 그는 잠시 은수를 쳐다보다 나지막이 말했다.

"앞으로 아는 척하지 마."

지훈은 거칠게 은수를 밀쳐내며 교문을 나섰다.

만나서 이야기하려고 했다. 자신이 얼마나 무서웠는지, 그리고 매일 밤 얼마나 기도했는지. 다시는 나쁜 짓 하지 않을 테니 제발 지훈이가 전처럼 운동을 할 수 있게 해주세요.

은수는 허수아비처럼 팔을 늘어뜨리고 멍하니 서 있다가 고개를 들어 골목을 걸어가는 지훈의 뒷모습을 쳐다보았다. 자신에게 매몰차게 구는 지훈에게 화가 났다. 자신도 모르게 입술을 잘끈잘끈 씹기 시작했다.

모든 게 그 기집애 때문이야. 망할 기집애, 겨우 발길질 몇 대였을 뿐인데 왜 죽어버린 거야? 이게 다 너 때문이야.

은수는 주위를 둘러보았다. 뭐라도 손에 잡히는 걸 던져서 깨뜨리고 짓밟고 싶었다. 화가 나 미칠 것만 같은데 분풀이를 할 곳이 아무 데도 없다. 결국 은수는 목이 터져라 비명을 지르며 머리를 움켜쥐었다.

8.

선경은 하루 종일 한 가지 생각에 매달렸다.

하영의 칼에 대해 남편에게 어떻게 얘기해야 하나 하는 것이었다. 박쥐로 한바탕 소동을 겪은 일보다 하영이 칼을 휘두른 것에 더 놀란 선경은 그 문제에 대해 하영과 다시 이야기할 기회를 엿보고 있었다.

하영은 아침에는 산에 다녀오고 낮에는 2층에 있는 자기 방에서 나오지 않았다. 선경이 올라가 문을 두드려보았지만 하영은 책을 보고 있다거나 자는 중이니까 방해하지 말라며 문도 열어주지 않았다. 의사를 무시하고 막무가내로 문을 열고 들어갈 수는 없으니 문을 사이에 두고 이야기를 걸어보기도 했다.

"하영아, 얘기를 좀 하고 싶은데, 문 좀 열어볼래?"

"……."

문 너머에서는 아무 소리도 들리지 않았다. 몇 번이나 불러도 돌아오는 것은 정적이었다.

하영과의 심리적 거리는 좁힐 수가 없었다. 조금 가까워졌나 싶으면 어느새 커다란 빙벽으로 가로막혀서 냉기가 흘렀다. 그러다가 불쑥 벽을 깨고 들어와 말을 걸었다. 대화가 시작되는가 싶다가도 조금만 다가가면 입을 다물고 방으로 들어가 문을 닫아버린다.

안 좋은 생각은 자꾸 나쁜 방향으로 뻗어갔다. 하영이 방 안에서 무슨 일을 하는지 걱정스러웠다. 날카로운 칼날을 만지고 있는 하영의 표정을 떠올리면 자신도 모르게 두려운 생각이 들었다 .

선경은 희주에게 전화를 걸어 이사를 끝내고 안부 인사를 하는 것처럼 운을 떼다가 하영의 일을 털어놓았다.

"정말로 하영인 무서운 게 아닐까? 그래서 자신을 지킬 무기로 칼을 선택한 것이라고 한다면……."

"아무리 자신을 지키고 싶다고 해도 열여섯 살 여학생이 칼을 가질 생각을 한다는 건 좀…… 이상하지 않아?"

적절한 단어를 찾기 어려워서 '이상하지 않냐'고 물었다. 사실 선경의 머릿속에 떠오른 단어는 '공격적인, 과격한, 잔인한' 같은 것들이었다. 어쩌면 직업에서 오는 선입견이 아닐까 싶은 생각도 들었다. 하지만 박쥐를 보면서 칼을 휘두르던 모습을 떠올리면 하영의 내면에 잠재된 공격성을 확인한 느낌이다.

"이유 없이 칼을 소지했다면 원인을 살펴봐야 하지만, 하영이의 경우에는 이병도 사건 이후로 자신의 안전에 대해 불안을 느낄 만한 이유가 있잖아."

"그렇긴 하지만……."

"선경아, 불안한 건 너 아니니? 하영의 손에 들린 칼이 아니라 하영일 두려워하는 것 같은데."

"그건……."

선경은 뒷말을 잇지 못했다. 늘 희주는 부정할 수 없게 정곡을 찌른다.

"상담을 진행할 때, 하영이는 어떤 기억을 떠올리는 걸 유난히 힘들어했어. 그 이야기를 꺼내기만 하면 격렬한 고통을 호소하면서 기억을 떠올리는 걸 거부했어. 혹시…… 그 기억과 관련이 있는 게 아닐까? 그게 뭔지 너는 알지?"

선경은 무슨 일이 있었는지 털어놓고 싶은 충동을 느꼈지만 가까스로 침묵을 지켰다. 희주와 이야기를 나누는 것은 심리적인 분석에는 도움이 될지 몰라도 문제 해결에는 아무런 도움을 주지 못했다. 결국 희주와는 그렇게 통화를 끝냈다.

선경은 이 문제를 남편과 상의해봐야겠다고 마음먹었다.

남편은 9시 가까이 되어서 돌아왔다. 저녁은 환영회 겸 회식을 하면서 간단히 먹었다고 했다.

"첫 출근은 어땠어요?"

선경이 남편에게 새 직장에 출근한 소감을 물었다.

"병원이 다 그렇지 뭐."

남편은 냉장고에서 캔을 꺼내더니 꽤 길게 맥주를 들이켰다.

"여긴 대리운전도 없더군. 덕분에 회식인데 술도 못 했어."

"차 두고 택시 타면 되잖아요?"

"……그렇군. 택시를 타는 방법이 있었네."

대답을 하는 남편의 표정은 그다지 밝지 않았다. 마음에 걸리는 게 있는지 딴생각을 하는 표정이었다.

남편은 냉장고에서 캔을 하나 더 꺼내 식탁에 앉았다. 그는 병원 일에 대해서는 거의 이야기를 하지 않는다. 직장에서 있었던 일을 집까지 가져오는 건 부부 사이에 아무 도움이 안 된다고 했다. 식사를 하다 우연히 이야기가 나와도 남편은 "얘기해도 모를 텐데"라며 화제를 바꿨다. 말하고 싶지 않은 것은 굳이 캐묻는 성격이 아니어서 선경은 남편의 병원 일에 대해서는 거의 모르고 살았다. 하지만 오늘은 새 직장의 첫 출근이기도 하고 아침과는 달리 기분이 침울해 보여 신경이 쓰였다.

"괜찮아요? 기분이 별로 안 좋아 보여요."

선경은 수납장에서 간단한 마른안주를 꺼내 남편의 앞에 놓아주고 맞은편에 앉았다.

남편은 대답을 하기 전에 한숨부터 내쉬었다. 뭔가 일이 있기는 있구나 싶었다.

"각오하긴 했지만 많이 다르네. 다빈치 Xi까지는 바라지도 않는다고."

"다빈치…… Xi요?"

"아, 외과 수술 로봇이야. 얘기해도 모르겠지만."

외과 수술에 로봇이 쓰인다는 건 예전부터 들어서 알고 있다. 희주 신랑이 외과 수술용 기계를 수입하는 업체에서 일하고 있어서 몇 가지 주워들은 기억이 있다. 로봇의 이름까지는 머릿속에 남아 있지 않지만.

"이렇게 설명하면 되겠네. 최고로 날이 잘 든 칼을 쓰다가 갑자기 애들이나 쓰는 플라스틱 칼을 들고 요리를 해야 하는 셰프의 심정이라고나 할까."

첫 출근에서 이전 직장과의 격차를 직접 겪고 나자 실망감이 큰 듯 보였다.

"그게 얼마나 정교한 기계인지 알아? 정밀하게 최소의 부위에 시술하고 흉터도 거의 안 남고 회복도 빠르다고. 내내 그걸 쓰던 사람에게 십 년 전에나 쓰던 장비로 수술을 하라니, 나는 여기서 진료를 하고 싶은 거지 '웬만하면 서울 큰 병원으로 가세요' 같은 말을 하고 싶은 게 아니라고."

선경은 뭐라 대꾸를 해야 할지 난감했다. 이사를 결정했을 때 이런 것까지는 미처 생각하지 못한 모양이다.

"좀더 신중했어야 되는데. 당신 병원까지 옮기면서 이사할 필요는 없었는데……."

어깨가 처져 있는 남편을 보자 선경은 염려하던 일이 벌어진 것 같아 안타까웠다. 이사가 너무 즉흥적이라 말리고 싶었지만 남편은 앞뒤 가리지 않고 밀어붙였다. 이제야 직장에 대한 아쉬움을 이야기하니 마음이 좋지 않았다.

"무슨 뜻이지?"

남편의 목소리가 차가워졌다. 고개를 들어 남편의 얼굴을 본 선경은 자신도 모르게 손에 힘이 들어갔다. 그의 굳은 표정에 온몸이 긴장하고 있다는 신호였다.

"지금 내가 잘못했다는 건가?"

"당신이 속상해하니까 하는 말이에요."

"여기 내려온 게 후회된다는 말 같은데?"

"아니에……."

남편은 마시고 있던 캔 맥주를 꽉 움켜쥐었다. 캔이 맥없이 찌그러졌다. 남은 맥주가 남편의 주먹으로 흘러내렸다. 순간 선경은 얼어붙은 채 꼼짝할 수가 없었다.

"당신 때문이잖아. 당신이 임신을 해서 여기로 이사 온 거 아냐. 나는 당신을 위해서 다 버리고 왔는데, 당신은 날 비난하는 거야? 당신을 더 배려했다는 이유로?"

"여보, 그런 거 아니에요. 알잖아요?"

"왜 이렇게 이기적으로 변했지? 난 적어도 당신이 나한테 고마워할 거라고 생각했어. 내가 왜 이사를 했는데, 신중하지 못했다고? 난 당신과 아이를 위해서 최선을 다한 것뿐이야!"

남편의 목소리가 점점 커졌다. 선경은 당혹스러웠다.

"여보……."

"어떻게 나한테 그렇게 말할 수가 있지? 정말 실망이군."

남편은 자리에서 일어나 욕실로 들어가버렸다.

선경은 휘몰아치는 폭풍을 겪은 듯 정신을 차릴 수가 없었다. 갑자기 화를 내는 남편을 보자 어떻게 대처해야 할지 몰랐다. 병원에서의 일로 기분이 안 좋은 것은 이해하지만 이사 문제로 자신을 몰아붙이는 것은 이해가 되지 않았다. 자신의 임신이 이사의 계기가 된 것은 맞지만 이 일을 결정한 건 자신이 아니다. 남편의 이직은 더더욱 생각하지도 않았다. 그런데도 남편은 모든 일의 책임이 선경에게 있다는 듯 말했다. 물론 남편이 자신과 태어날 아이를 생각해서 한 결정이라는 것은 인정한다. 하지만 미리 상의를 했더라면, 좀더 여러 가지 가능성을 열어두고 방법을 찾았더라면 지금처럼 생각보다 열악한 병원 때문에 의욕이 떨어지는 일은 없었을 것이다.

그 책임까지 자신에게 넘기는 것은 억울하다는 생각이 들었다. 하지만 한편으로 남편이 했던 말이 귓가를 맴돌았다.

—신중하지 못했다고? 난 당신과 아이를 위해서 최선을 다한 것뿐이야!

좀더 신중했어야 한다는 선경의 말을, 남편은 자신을 비난한다고 받아들인 것 같다.

선경은 자신이 큰 실수를 했음을 깨달았다. 그렇지 않아도 기분이 좋지 않은 상황에 자존심을 건드린 것이다. 왜 그런 말을 했을까, 남편은 그렇게 자신의 아킬레스건을 건드리면 돌변하는 걸 알면서. 선경은 입술을 깨물며 어떻게 그의 기분을 풀어줄지 생각했다.

욕실에서 샤워하는 소리가 들렸다. 선경은 식탁 위의 캔을 치우고 행주로 맥주를 닦아내며 남편이 샤워를 마치고 나오기를 기다렸다. 샤워를 마치고 남편이 욕실에서 나오자 얼른 다가가 수건을 내밀었지만 남편은 쳐다보지도 않고 자신의 서재로 들어갔다.

선경은 짧은 한숨을 내쉬고 서재로 따라 들어갔다. 될 수 있으면 빨리 화를 풀어주는 게 좋다. 오래 끌어봐야 좋을 게 없다. 먼저 사과를 하지 않으면 며칠이고 냉랭한 기운을 뿜어대며 선경을 긴장시킨다. 차라리 얼른 사과하고 이 상황을 정리하는 게 낫다.

남편은 책상 옆의 조명에 불을 켜고 수건으로 머리의 물기를 닦으며 의자에 앉았다. 뒤따라 들어온 선경은 외면한 채 책상 위에 있는 책들을 펼쳤다.

선경은 조용히 그의 뒤로 다가가 조심스럽게 수건을 빼앗아 그의 머리를 털어주었다. 그리고 남편의 뒷덜미와 어깨를 주무르기 시작했다. 남편은 묵묵히 선경의 손길에 몸을 맡겼다.

"미안해요. 내가 실수했어요. 잘못 말했어요."

"……."

"나 때문에 병원까지 옮겨서 얼마나 고마워하는데요, 당신이 속상해하니까 나도 마음이 안 좋아서 그랬어요."

긴장으로 굳어 있던 남편의 목이 조금 느슨해지는 게 느껴졌다.

"화 풀어요. 나 정말 이 집이 맘에 들어요. 당신도 알잖아요?"

남편의 손이 선경의 팔목을 잡았다. 선경은 남편이 이끄는 대로 그의 맞은편에 섰다. 그의 커다란 손바닥이 선경의 부푼 배를 감쌌다.

"다시는 나 서운하게 하지 마. 나는 당신과 아기만을 위해서 결정한 일이라고."

"알아요."

"몸은 어때? 괜찮아?"

"이따금 뭉치고, 뻐근하고……. 걱정 말아요. 무리하지만 않으면 괜찮아요."

"힘들면 아줌마보고 더 자주 오시라고 하지?"

"지금도 충분해요."

엄 씨는 이삿짐을 정리한 뒤로는 일주일에 두 번, 월요일과 목요일에 방문한다. 올 때마다 시장에서 사 온 재료로 밑반찬을 만들어두고 집 안팎을 청소하고 텃밭까지 관리해준다. 집

안을 어지럽히는 사람이 없으니 그것만으로 충분했다.

선경은 일주일에 한 번도 충분하다고 생각했지만 남편은 두 번 이상을 고집했다. 앞으로 몸이 점점 더 무거워질 텐데 무리하지 말고 집안일은 아줌마에게 맡기라고 했다.

"하영인? 자나?"

남편이 하영의 이름을 말하자 선경의 몸이 굳었다. 아내의 긴장을 눈치챈 남편은 고개를 들어 선경의 얼굴을 쳐다보았다.

"무슨 일 있었어?"

"별일은 아닌데……."

선경이 말끝을 흐리며 선뜻 이야기를 꺼내지 못하자 남편의 표정이 다시 굳었다.

"무슨 일인데? 심각한 일인가?"

"하영이…… 칼을 가지고 있어요."

남편은 이해가 안 된다는 듯 선경의 얼굴을 빤히 쳐다보았다.

"칼을 가지고 있다니, 그게 무슨 말이야?"

"내가 예민한 건지도 모르겠어요. 하지만…… 날카로운 칼을 가지고 있는 게 불안해요."

남편은 한동안 선경의 얼굴을 쳐다보며 생각에 잠겼다. 선경은 그가 무슨 생각을 하고 있는지 궁금했다.

"하영이 칼을 가지고 있는데 왜 당신이 불안하지?"

"네?"

예상치 못한 남편의 질문에 말문이 막혔다.

"그게 어때서? 일상생활에 필요한 연장일 뿐이야. 당신도 칼 쓰잖아, 주방에 꽂혀 있는 칼만 해도 다섯 개는 될걸? 그럼 나는 불안해야 하는 거야?"

선경은 남편의 말에 충격을 받았다. 반박하고 싶은 마음은 가득했지만 남편의 논리를 뒤집을 답을 찾지 못했다.

생각해보면 그 말이 맞을지도 모른다. 칼의 용도만 생각한다면 학생들에게 칼은 친숙한 도구다. 하지만 하영이 가진 칼은 그런 문구용 칼이 아니라, 낚시터에서 물고기를 잡아 회를 뜨거나 선경의 사건에 흉기로도 등장하는 칼이다. 훨씬 크고 공격적인 용도로 쓰이는 칼.

"당신, 왜 그렇게 하영일 이상한 쪽으로 모는 거지?"

"네? 그게 무슨……."

"몇 년 전엔 당신에게 독약을 먹였다고 했지. 그것 때문에 상담도 받았으면서 아직도 그런 망상을 하고 있는 거야?"

"……망상요?"

"열한 살짜리 아이가 독약을 먹였다고 하더니, 이제는 대단한 흉기라도 가지고 있는 것처럼 구네. 도대체 그 어린애를 두고 무슨 상상을 하고 있는 거냐고."

남편은 선경을 밀어내고 자리에서 일어나 방 안을 서성거렸다. 갑자기 생각지도 못한 말들이 쏟아져 나오기 시작했다.

"그동안 많이 참았어. 말도 안 되는 얘기를 해도 충격적인 사건을 겪었으니 그런 거라고 이해했어. 하지만 아무리 생각해도 이해가 되지 않아. 도대체 하영일 왜…… 나쁜 아이로 모는 거야? 당신 하영이 때문에 목숨을 건진 거 아니야? 근데 왜 아이가 당신을 죽이기라도 할 것처럼 얘기하는 거야? 왜?"

선경은 입을 벌린 채 남편의 흥분된 목소리를 듣고만 있었다. 생각을 하려고 해도 집중이 잘되지 않았다.

"그런 건가? 사실은 원하지 않았는데, 남편의 아이라니까 어쩔 수 없이 받아들였지만 마음속으로는 미워하는, 그런 거야? 그러고 보니 두 사람 얘기도 잘 안 하지. 아이는 당신 눈치를 보면서 피해 다니고. 혹시 나 없을 때 학대하는 거 아니야?"

"여보!"

"모든 게 맘에 안 들어? 이제 아이가 생기니까 하영이가 더 눈에 거슬리는 건가?"

"어떻게, 어떻게 그런 말을 해요?"

"그럼 도대체 왜 하영일 괴롭히는 거냐고?"

"당신은 그때 없어서 몰라요. 그때 하영이 눈빛을 봤어야 한다고요. 칼로 누구든 찌를 기세였어요."

남편은 걸음을 멈추고 믿을 수 없다는 듯 선경을 노려보았다. 가만히 선경의 표정을 바라보던 남편은 고개를 저으며 나지막이 말했다.

“또 당신을 죽이려고 했다는 말을 하고 싶은 거야?”

“난…… 난 그냥 당신한테 부탁하려고 한 것뿐이에요.”

“부탁? 무슨 부탁? 하영이 칼을 뺏으라고?”

“…….”

“그러고 나면? 다음에는 또 뭘 뺏을 건데? 당신 지금 얼마나 이상한지 알아? 내가 알던 이선경이 아니야. 도대체 무슨 생각을 하는 거야?”

이제 남편의 목소리는 흥분과 절망을 거쳐 평온을 되찾은 듯했다. 그는 걱정스러운 얼굴이 되어 선경의 손을 잡았다. 맥주의 알코올 덕분에 빨라진 맥박이 선경의 손바닥에 그대로 전해졌다.

“임신하면 심리적으로 불안하고 예민해지기도 해. 거기에 이사까지 해서 낯선 환경에 스트레스를 받는 것도 이해해. 하지만 당신이 생각해도 너무 엉뚱하잖아? 차분히 앉아서 당신의 머릿속을 한번 살펴보라고. 지금 왜 그런 소리를 하는지.”

이미 남편은 이 상황에 대해 답을 내렸다. 이제 그는 어떤 말을 들어도 자신의 생각을 바꾸지 않을 것이다. 당신이 틀렸어.

선경은 답답했다. 남편과 이야기를 할수록 뭔가가 계속 어긋나고 있다는 것을 깨달았다. 그와 이야기를 하다 보면 자꾸 움츠리고 기가 꺾였다. 언제부턴가 그의 눈치를 보고 있었다. 정말 내게 문제가 있는 건가?

"진심으로 당신이 걱정돼서 하는 말이야. 자라는 아기를 위해서도 편안한 마음, 좋은 생각을 가져야지, 안 그래?"

남편은 선경의 손을 놓고 두 손으로 선경의 얼굴을 감쌌다. 조명을 등에 지고 있어서 그의 표정이 잘 보이지 않았다. 그는 천천히 선경의 얼굴로 다가왔다. 어둠 속에 반짝이는 그의 눈동자가 서늘하게 느껴졌다. 남편의 숨결이 얼굴의 솜털을 일어서게 할 지경이었다.

"문제는 하영이 아니라 당신이야. 나쁜 생각은 지워버려. 아기만 생각하라고."

선경은 자신도 모르게 소름이 돋았다. 살갗의 신경들이 일일이 깨어나는 것 같았다. 한기가 느껴졌다. 입을 벌려 숨을 뱉으면 하얀 입김이 보일 것 같았다. 선경은 자신도 모르게 뒤로 물러나며 말을 더듬었다.

"아, 알았어요. 먼저 자러 갈게요."

선경은 서둘러 남편의 손아귀에서 벗어나 서재를 나왔다. 한달음에 거실을 가로질러 안방으로 들어선 뒤에야 안도의 한숨을 내쉬었다. 선경은 그제야 자신이 남편 앞에서 숨도 제대로 못 쉬고 있었다는 것을 깨달았다.

당혹스러웠다. 자신이 느끼는 감정은 두려움이다. 남편의 무엇에 겁을 내고 있는 것일까? 자신을 걱정하는 말을 들으며 왜 두려움을 느끼는지 이해하기 어려웠다.

여태 깨닫지 못했던 남편의 한 면을 본능적으로 감지한 느낌이었다. 가족이라고 모든 것을 알지 못한다. 당연히 남편에 대해서도 아직 모르는 모습이 있을 거라고 생각한다. 하지만 그 모습을 엿보고 느끼는 감정이 두려움이라니, 선경은 자신의 감정이 혼란스러웠다. 선경은 침대에 누운 채로 오랫동안 잠들지 못했다.

9.

하영은 또 산책을 나갔다. 햇살에 얼굴이 탈 정도로 밖으로 쏘다니느라 집에 붙어 있지 않았지만 선경은 오히려 마음이 놓였다. 아무것도 하지 않고 집에만 있었다면 계속 신경이 쓰였을 것이다.

이사 뒤의 피로 때문인지 임신 때문인지 잠이 많아졌다. 아침잠이 많아진 것은 물론이고 점심을 먹고 난 뒤 책을 읽다가도 어느새 졸고 있다. 아침에 일어나는 것을 힘들어하자 남편은 알아서 출근할 테니 더 자라고 했다. 오늘도 깨어보니 어느새 9시가 넘어 있었다.

안방에서 나와 집 안을 둘러보니 이미 하영도 산책을 나가고 집은 텅 비어 있다. 선경은 주방에서 주스를 따라 마시며 거실 창 너머로 보이는 마당의 풍경을 바라보았다. 여름 햇살이 나뭇잎 위에서 바삭바삭 부서지고 있다. 뜨거운 하루가 시작되고 있다는 걸 느낄 수 있다.

선경은 서재로 걸음을 옮겼다. 책상에는 어제 보던 자료들이 그대로 펼쳐져 있다. 학회지에 실을 논문을 준비하고 있지만 마음 한편에서는 이 일을 계속할 수 있을까 걱정이 되었다. 어떻게든 다시 의욕이 넘치던 그때로 돌아가보려고 하지만 생각과 달리 몸과 마음은 주저하고 있다.

희주와 상담을 하는 동안 선경은 자신이 겪은 사건을 몇 번이나 되새겨보았다.

여전히 그날의 공포와 두려움이 뇌리에 각인되어 선경을 괴롭혔다. 희주는 그날의 일을 몇 번이고 떠올리며 거기에 맞서야 한다고 했지만 끔찍한 악몽을 되풀이하는 것은 말처럼 쉽지 않았다.

기억은 위협이 되지 못한다는 것을 알면서도 선경은 번번이 위축되어 고개를 돌리고 도망쳤다. 그 일로 자신을 지탱하던 기둥 하나가 무너진 것 같은 기분이었다. 건강이 안 좋은 것도 핑계라면 핑계였다. 학회 행사도 참여하지 않았고 학교의 강사 자리도 마다했다. 다들 얼굴을 내밀라고 했지만 한동안 사람들의 관심 밖으로 사라지고 싶었다. 남편도 충분히 건강을 되찾은 다음에 일을 하라고 권했다.

겨우 몸과 마음을 추슬러 일을 해볼까 하는 시점에 임신을 확인했다. 아쉬움도 있었지만 한편으로는 안도하는 마음도 있었다. 이 논문을 마무리해서 보내놓고 한동안 쉴 생각이다. 지금은 출산과 육아에 모든 신경을 집중하기로 했다.

선경은 책상에 앉으며 습관처럼 아랫배를 만져보았다.

임신을 한 뒤로 하루가 다르게 변하는 몸을 느끼고 있다. 잠이 많아진 것도 그중의 하나였고 아랫배를 만져보면 분명히 느낄 수 있을 만큼 배가 나온 게 느껴졌다. 조금만 오래 앉아 있으면 허리와 등이 뻐근했다. 그래서 아예 한 시간 간격으로 알람을 설정해두었다. 자료를 읽다가도 알람이 울리면 일어나 주위를 걸었다.

도시에서 살다가 이렇게 적막한 곳에서 적응할 수 있을까 싶었지만 모든 게 만족스러웠다. 아직 보름밖에 지나지 않았지만 이사를 결정한 남편의 선택을 인정했다. 팔월의 뜨거운 여름에 에어컨 없이 지낼 수 있다는 건 선경의 입장에서 정말 다행스러운 일이다. 마당의 잔디밭은 발바닥이 익을 정도로 따끈따끈했지만 나무 그늘만 들어가면 시원했다. 도시처럼 건물이 내뿜는 열기도 없고 집 앞이 확 트인 곳이라 창을 열면 바람이 사방에서 들어온다.

어제 펼쳐놓은 자료를 읽고 있는데 창문 밖에서 자동차 소리가 들렸다. 이 시간에 남편이 퇴근했을 리도 없고 아는 사람이 없으니 찾아올 사람도 없다. 누군가 싶어 고개를 들어 대문 쪽을 바라보았다.

회색 경차가 집 앞에서 멈추더니 누군가 운전석에서 내렸다. 아이보리색 바탕에 붉은 꽃무늬가 화려하게 그려진 원피스를 입은 사십 대 초반 정도의 여자가 거침없이 대문으로 들어서고 있었다.

선경은 무슨 일인가 싶어 자리에서 일어났다. 여자는 선경을 발견했는지 부채를 든 손을 흔들었다.

"안녕하세요."

여자는 친한 친구에게 하듯 카랑카랑한 목소리로 밝게 인사했다.

선경은 약속하지 않은 방문객의 목소리를 듣는 순간 마음이 불편했다. 자료를 읽으려던 계획이 어긋난 것은 물론이고 집 안의 조용한 분위기를 한순간에 흔드는 목소리였다. 수다쟁이 특유의 톤이 느껴지자 선경은 얘기를 듣기도 전에 여자를 돌려보내고 싶어졌다.

"책 보는 중이었어요? 어머, 그럴 줄 알았다니까. 이제야 말이 통하는 사람이랑 어울리겠네."

"잠시만요."

선경은 창문 너머에서 말을 건네는 여자의 대화를 자르고 서재를 나가 현관으로 향했다. 현관문을 열어 데크가 깔려 있는 마당으로 나가자 햇살이 금세 피부를 따끈따끈하게 만들었다. 선경은 햇살을 가리기 위해 손을 이마에 갖다 대며 여자를 쳐다보았다.

"무슨 일이시죠?"

"새 이웃이 왔으니 인사 왔죠. 민기네는 안 계세요?"

"민기네? 엄씨 아줌마요?"

"그 집 큰아들이 민기거든요. 이민기, 이동기. 자식이 둘이에요. 큰아들은 직장도 잘 다니고 착실한데 둘째 아들은 아주 사고뭉치예요. 서른 넘은 놈이 아직도 카드 빚 때문에 엄마한테 손을 벌린다니까요."

너무 말이 많다. 초면인데 굳이 알아야 할 필요도 없는 말을 쏟아내기 시작한다.

"아줌마 보러 오셨어요? 일주일에 두 번 오세요. 오늘은 오시는 날이 아니고요."

"맨날 보는 아줌마를 보러 여기까지 왔겠어요? 새로 온 이웃이랑 인사 좀 나누려고 왔다니까 그러네. 아직 시골 생활에 대해 잘 모르는 것 같아서 몇 가지 알려드리기도 할 겸 해서. 좀 들어갈까요?"

선경의 대답도 듣기 전에 여자는 어느새 집 안으로 발을 들여놓고 있었다. 이웃이라는데 야박하게 나가라고 할 수도 없어 어쩔 수 없이 뒤를 따라 집 안으로 들어왔다. 여자는 여기저기 둘러보며 가구도 열어보고 부산스럽게 돌아다니면서도 입을 쉬지 않았다.

"그래, 역시 집에는 사람이 있어야 한다니까. 빈집일 때는 금방 무너질 것 같더니 이렇게 달라진 거 봐."

"저, 근데…… 누구시죠?"

"어머 내 정신 좀 봐, 아직도 내 소개를 안 했네. 저 이런 사람이에요."

여자는 들고 온 지갑을 열어 명함을 내밀었다. 명함에는 커다란 고딕체로 "피아노 교습 안윤희"라고 적혀 있었다.

"피아노 교실 하고 있는 안윤희예요. 안 선생이라고 부르면 돼요. 다들 그렇게 불러요."

여자는 너무나 당연하게 선생이라는 호칭을 쓰라고 했다.

"무슨 용건이신지? 제가 지금 하던 일이 있어서요."

선경이 에둘러 바쁘다는 뜻을 나타냈다. 하지만 여자는 선경의 얼굴을 빤히 쳐다보다가 딱하다는 듯 혀를 찼다.

"여기는 서울이랑 달라요. 무슨 뜻인지 알아요? 서로 옆집에 숟가락이 몇 개가 있는지, 점심에 뭘 먹었는지까지 다 안다 이거예요. 그러니까 내 말을 듣는 게 앞으로 여기서 사는 데 여러 가지로 좋을 거예요. 다들 기다리고 있어요. 저 아랫

동네 사람들요. 이 길 올라오면서 봤죠?"

"뭘 기다려요?"

"동네에 새로 왔으면 인사를 해야지. 일주일을 기다려도 소식이 없고 열흘이 넘어도 아무 말이 없고……. 이러다 미운 털 박히면 어쩌려구. 지역사회 무서운 줄 모르나 본데, 한번 눈 밖에 나면 살기 힘들어요."

선경은 그제야 여자가 왜 찾아왔는지 이해했다.

귀농한 사람들이 텃세 부리는 동네 토박이들과 마찰을 일으키는 경우가 종종 있다는 기사를 본 적이 있다. 인사를 어떻게 해야 하는지 모르겠지만 이 동네에 왔으니 여기 방식을 따르는 시늉이라도 내야겠지 싶었다.

"그러네요. 떡이라도 돌려야 하는 건데, 인사가 늦었네요. 인사를 어떻게 하면 좋을지 엄씨 아주머니 오시면 상의해볼게요."

엄 씨 얘기를 하자 여자의 표정이 바뀌었다.

"아니, 뭐 민기네한테 굳이 얘기할 건 없고."

하필이면 그때, 선경의 배에서 꼬르르 소리가 들렸다. 그러고 보니 아침에 일어나 먹은 거라곤 주스 한 잔이 전부다. 이 핑계를 대서 여자를 내보내야겠다 싶었다. 선경이 입을 열기 전에 여자가 먼저 말을 건넸다.

"아직 식사 전이에요? 잘됐네. 마침 나도 배가 고프던 참인데 같이 나가요."

"네? 어딜요?"

"혼자서 뭐 해 먹으려구요, 이 더위에? 내가 아주 맛있는 집 아니까 나만 믿고 따라와요."

여자는 선경의 팔을 잡아끌며 밖으로 나가려 했다.

"자, 잠깐만요."

"임신했다면서요? 그럼 잘 먹어야지. 시내 구경은 했어요?"

오지랖인지, 관심인지, 배려인지 종잡을 수 없는 여자의 태도에 선경은 떠밀리고 있었다.

"차는 그냥 내 거 타요. 아직 길도 잘 모를 테니까. 얼른 옷 갈아입고 나와요."

여자는 서둘러 현관을 나갔다. 갑자기 밀어닥친 여자의 무례함에 선경은 아무 말도 못 하고 멍하니 서서 여자의 뒷모습을 쳐다보았다.

선경은 막무가내인 여자에게 거절의 뜻을 분명히 전하기 위해 마당으로 나섰다. 여자의 자동차로 걸어가는데 산에서 내려오는 하영과 마주쳤다. 하영은 선경과 여자를 번갈아 쳐다보며 상황을 파악하려고 했다.

"네가 윤 선생 딸이구나. 그렇지 않아도 너 때문에 왔는데."

하영은 아무런 대답도 하지 않고 여자를 빤히 쳐다보았다. 여자는 부산스럽게 지갑을 꺼내 명함을 내밀었다.

“혹시 서울에서도 피아노 배웠니? 안 배웠으면 우리 교실로 와. 악기 하나는 할 줄 알아야 사는 게 재미있지. 앞으로 강문중학교 다닐 거지? 우리 딸도 강문이야. 피아노 교실에도 강문 다니는 애들 많고. 친구들도 금방 사귈 수 있고 좋을 거야.”

악기 얘기를 꺼내는 순간 이미 하영의 호기심은 시들해졌다. 하영은 여자가 내민 명함을 빤히 쳐다보다가 그대로 집으로 들어가버렸다. 선경은 하영의 단호함이 마음에 들었다. 자신도 하영처럼 단호한 태도로 여자를 돌려보냈으면 이런 실랑이를 안 했을 텐데, 하는 생각이 들었다.

“어쩜, 지 엄마랑 똑같이 생겼다고 하더니.”

여자를 돌려보내려던 선경은 하영의 엄마라는 말에 귀가 솔깃해졌다.

생각해보니 이상한 일도 아니다. 남편과 시댁에서 쓰던 별장이니 하영의 엄마도 당연히 왔을 것이다. 갑자기 선경은 입이 가벼운 이 여자와 잠시 시간을 같이 보내도 좋겠다는 생각이 들었다. 한 시간만 같이 있으면 여자가 아는 건 모두 알게 될 것이다.

안 선생은 자동차 시동을 걸고 에어컨을 켰다. 자동차 안은 아직 열기로 가득했다. 여자는 자동차 문을 열고 닫으며 차 안의 공기를 몰아냈다.

"얼른 타요. 금방 시원해질 거예요."

"잠깐만요, 옷 갈아입고 나올게요."

선경은 서둘러 집 안으로 들어가 옷을 갈아입고 나왔다. 선경은 안 선생의 곁에 올라타고 차 안을 둘러보았다. 룸미러에는 염주 목걸이와 재수 부적이 매달려 있고 글러브 박스 위에는 하와이안 여자 인형이 까딱까딱 머리와 몸을 흔들고 있었다.

"안전벨트 맸어요? 그럼 출발해요."

안 선생은 콧노래를 흥얼거리며 운전대를 돌려 골목길을 내려가기 시작했다.

"어디로 가는 거예요?"

"당연히 주문진이죠. 그나마 제일 가깝고, 생각보다 맛집도 많고, 예쁜 카페도 몇 개 새로 생겼어요. 그러고 보니 이름을 안 물어봤네. 이름이 뭐예요?"

"선경이에요, 이선경."

"선경 씨는 뭐 좋아해요? 입덧은 끝났어요?"

귀로는 여자의 질문을 들었지만 이제 막 골목길을 빠져나와 해안 도로로 들어서며 눈앞에 펼쳐진 바다에 시선을 빼앗긴 선경은 대답할 순간을 놓쳤다.

매일 바라보던 바다였지만 언덕 위에서 바라보던 바다와 이렇게 지척에서 바라보는 바다는 느낌이 달랐다. 물결 위로 눈이 부시게 부서지는 햇살과 바위에 부딪치는 하얀 파도는 보기만 해도 시원했다.

선경은 에어컨이 켜져 있다는 것도 잊고 자동차 창문을 내리고 바람을 맞으며 파도 치는 짙은 바다를 바라보았다. 생각해보니 이사 온 뒤로 보름이 넘었는데도 아직 이렇게 가까이 바닷가에 내려온 적이 없다.

"어린애 같네. 잠깐만 보고 닫아요. 모래 들어오니까."

안 선생이 웃으며 말하는 소리에 돌아보며 선경은 계면쩍게 웃었다.

"이렇게 가까이서 바다를 보는 게 첨이에요. 짐 정리하고 산책하러 와봐야지, 생각만 하고."

"앞으로도 그럴 거예요."

"네?"

"어쩌다 한번 봐야 '아, 좋구나' 하지. 눈 뜨면 날마다 보는 게 바단데 무슨 감흥이 있겠어요?"

바다에서 부는 더운 바람에 땀이 배어 나오기 시작했다. 선경은 얼른 창문을 닫았다. 여자의 얘기가 한결 잘 들렸다.

"우리 지금 가는 집은 동네 사람들은 다 아는 맛집이에요."

안 선생은 주문진항 시장 입구에 차를 세웠다. 차에서 내리니 아스팔트의 열기가 훅 올라왔다. 그녀는 도로를 무단횡단하며 한 식당으로 들어갔다. "생선구이"라고 적힌 글씨를 보자 선경은 걸음을 떼지 못했다. 이사한 첫날 맡았던 생선 냄새가 떠올랐다. 냄새만 맡아도 구역질을 할 텐데. 선뜻 걸음이 옮겨지지 않았다.

안 선생이 문을 열고 들어가다가 뒤를 돌아보았다.

"안 오고 뭐 해요?"

"속이 안 좋아서요."

"일단 와보라니까요."

안 선생은 그대로 안으로 들어가버렸다. 선경은 뜨거운 도로 위에서 어쩔 줄 몰라 하다가 하는 수 없이 식당으로 들어갔다. 실내로 들어가자 차가운 에어컨 공기와 함께 생선 굽는 냄새가 코를 확 찔렀다. 선경은 자신도 모르게 코를 막았다.

"다른 곳으로 가면 안 될까요? 제가 입덧을 해서요."

"속이 뒤집어져요?"

"아직은 괜찮은데, 냄새가 좀……."

"바닷가에서 생선 냄새를 어떻게 피해? 유리 엄마, 우리 생선 백반 둘."

식당 안에는 열 개 정도 되는 탁자가 놓여 있었고 한 자리 정도만 비어 있었다. 안 선생의 말대로 관광객보다 동네 주민으로 보이는 사람이 더 많았다. 안 선생이 빈 탁자에 앉으려고 하자 유리 엄마가 물병과 컵을 들고 다가오며 안쪽을 가리켰다.

"여긴 예약이 있으니까 안쪽에 앉아."

안 선생은 익숙한 듯 물병과 컵을 건네받고 안쪽의 쪽방 같은 곳으로 들어갔다. 서랍장과 옷걸이만 있는 작은 방에는 서너 명이 앉으면 꽉 찰 정도의 공간에 작은 상이 놓여 있었다.

"우리도 전화하고 올걸 그랬네."

선경은 여자를 따라 나선 것을 후회했다. 왜 갑자기 충동적으로 따라나서서 이런 불편한 곳에 오게 된 것인지 스스로 생각해도 의아했다. 그만큼 하영의 엄마에 대해 궁금했던가 싶었다.

"이제 좀 괜찮아요?"

그 말을 듣고서야 선경은 식당을 들어설 때보다는 속이 가라앉은 것을 깨달았다.

선경은 찬찬히 방 안을 둘러보았다. 때가 묻어 오래된 벽지는 이 식당의 역사를 말해주는 것 같았다. 서랍장 위에는 조금 전 보았던 유리 엄마의 사진이 액자에 담겨 있었다. 사진 속에 함께 있는 교복 입은 여학생은 딸인 것 같았다.

"딸인가 봐요?"

선경의 말에 사진을 쳐다보던 안 선생은 주방 쪽을 슬쩍 바라보다가 고개를 숙이고 다가와 낮은 목소리로 속삭였다.

"가출했어요. 벌써 석 달 됐어."

"네? 아직 어려 보이는데."

“중3인데 뭐가 어려. 하여튼 요즘 애들은 무슨 생각을 하는지 모르겠다니까. 얌전히 학교도 잘 다니던 애가 갑자기 편지 한 장 달랑 써놓고 가출이라니, 나라면 어디 있는지 당장 찾아서 데리고 올 텐데.”

“어디 있는지 알고 데려와?”

쟁반을 든 유리 엄마가 뒤에서 들어오며 한 소리 하자 안 선생은 찔끔하는 표정으로 눈치를 살피다 이내 넉살 좋은 웃음으로 눙쳤다.

“그러게, 알아야 데려오지. 아직도 연락 없어?”

“월세까지 들고 튄 년이 퍽이나.”

“아니, 그래도 세상이 얼마나 험한데, 뭔가 수소문은 해봐야 하는 거 아니야?”

“됐어, 알아서 기어 들어와도 아는 척도 안 할 거야.”

유리 엄마의 단호한 표정을 본 안 선생은 결국 입을 다물었다. 더 말을 걸어봐야 화를 돋울 뿐이다. 가출한 딸에게 화가 많이 나 있는 것 같았다.

유리 엄마는 쟁반에 담아 온 반찬을 내려놓고 다시 주방으로 향했다.

“말은 저렇게 해도 용하다는 점쟁이한테까지 가서 딸이 언제 돌아오느냐고 물어봤대요.”

“엄마 마음이 다 같죠.”

"이렇게 밤낮으로 고생하는 엄마 생각해서라도 그러면 안 되지. 아니, 뭐가 부족해서 가출을 해, 가출을."

안 선생은 혀를 차며 대화를 끝내고 상 위에 차려진 반찬을 맛보았다.

선경은 사진 속 학생을 쳐다보았다. 무엇 때문에 가출을 했을까?

희주의 상담실을 오가며 스치듯 여러 명의 청소년들을 보기도 했고 희주에게서 아이들에 대한 이야기를 들은 적도 있다.

희주는 하영 또래의 청소년에게는 어른들과는 완전히 다른 또 하나의 세계가 있다고 말했다. 무모하고 단순하고 충동적이며 감정적인 세상. 하영과 비슷한 또래여서일까, 선경은 쉽게 아이에게서 눈을 떼지 못했다.

이윽고, 유리 엄마가 구운 생선을 담은 커다란 쟁반을 들고 나타났다. 상 위에 쟁반을 올리자 선경은 자신도 모르게 숨을 참으려고 했지만 크게 거부감이 느껴지지는 않았다. 숨을 들이켜보았다. 막 구워 온 바삭한 생선구이는 식욕을 자극했다.

안 선생은 벌써 젓가락을 들고 생선 살을 바르기 시작했다.

"일단 한번 먹어보라니까 그러네."

선경은 조심스럽게 수저를 들고 식사를 시작했다. 밥은 달고 맛있었다. 반찬으로 나온 젓갈과 김치도 입맛을 돋우기 알맞게 짭짤했다. 무엇보다 생선이 압권이었다. 생선을 입에 넣자 따뜻한 온기와 함께 바삭하고 고소한 생선 껍질의 맛이 느껴졌다. 속살은 부드럽고 쫄깃했다. 비린내는 전혀 없었다. 안 선생이 손을 잡고 데려온 이유를 알 것 같았다.

갑자기 허기가 한꺼번에 몰려와 정신없이 먹는 일에 집중했다. 정신을 차리고 보니 어느새 밥상에는 빈 그릇만 남았다. 선경은 오랜만에 맛있게 한 그릇을 다 비웠다. 얼마 전 자신의 속을 뒤집어놓은 음식이 맞나 싶었다.

"이상하네요, 남편이 사가지고 왔을 때는 보기만 해도 토할 것 같았는데."

"생선은 식으면 맛없어요. 이렇게 금방 구워서 바로 먹어야 맛있죠."

안 선생의 말이 맞는 것 같다. 덕분에 맛있게 식사를 하고 나니 기분이 한결 좋아졌다. 선경이 식사비를 계산하자 안 선생의 수다스러운 입이 다시 바빠졌다.

안 선생은 근처에 맛있는 카페가 있다며 자신이 커피를 사겠다고 했다. 선경은 기다렸다는 듯 그녀의 뒤를 따라 카페로 향했다. 안 선생의 말대로 최근에 지어진 듯 카페는 모든 게 반짝반짝거렸다.

"강릉이 커피 거리로 유명하잖아요, 관광객도 많이 오고. 그래서 여기도 벤치마킹을 하겠다고 가게들이 생기기 시작하는데, 내가 볼 때는 아니야."

주문진항은 생선회를 즐기는 사람들이나 수산물을 사러 오는 관광객이 더 많기 때문에 강릉과는 성격이 다르다는 게 안 선생의 주장이었다. 누구도 궁금하지 않을 이야기를 몇 마디 더 하다가 선경은 자신의 궁금증을 풀어줄 질문을 던졌다.

"그런데 하영이 엄마를 아세요?"

"네?"

안 선생의 표정에 갑자기 긴장감이 돌았다.

"아까 하영이를 만났을 때 하영이 엄마와 닮았다고 하신 것 같아서요."

"아뇨, 잘 몰라요. 여름에 피서 온 걸 본 적이 있긴 해도 먼발치에서 봤으니까."

"그래요?"

"여기로 이사 오니까 어때요? 서울에 살다 왔으니 많이 심심할 텐데."

생선 가게 얘기를 할 때는 시시콜콜 자기가 알고 있는 얘기를 다 하던 사람이 급하게 대화의 주제를 바꾼다. 입단속을 하는 것 같은 느낌을 받으니 기분이 묘했다.

선경은 다시 물어볼까 하다 그만두었다. 입을 다무는 걸 보면 하영의 엄마에 대해서는 쉽게 입을 열 것 같지 않았다.

왜 갑자기 긴장한 얼굴이 되었을까? 이곳에서 무슨 일이 있었던 것일까, 아니면 선경에게 비밀로 해야 할 이유가 있는 것일까?

그 뒤로는 대화가 겉돌았다. 나사가 풀린 것처럼 이야기를 풀어놓던 사람이 갑자기 말을 조심하고 있다는 게 느껴지니 선경도 대화를 이어가기가 쉽지 않았다.

안 선생은 곧 아이들이 피아노를 배우러 올 시간이라고, 집까지 데려다주겠다며 자리에서 일어났다. 몇 번 사양했지만 결국 안 선생의 차에 탈 수밖에 없었다. 동네 입구까지는 버스를 타고 간다고 해도 거기서부터 언덕 위까지 올라가는 길은 만만치가 않다. 임신한 몸으로 이런 더위와 땡볕에 걸어 올라가는 건 좋은 생각이 아니다.

집 앞에 도착하기 전까지 안 선생은 말을 잊은 사람처럼 조용했다. 뭔가 골똘히 생각하는 눈치였다. 안 선생은 선경을 내려주고 차를 돌린 뒤 잠시 그대로 있었다. 차가 떠나는 것을 보고 집 안으로 들어가려던 선경은 의아한 생각이 들어 고개를 숙이고 차 안의 안 선생을 쳐다보았다.

안 선생이 차창을 열고 잠시 머뭇거리다 입을 열었다.

"하영이 엄마에 대해서 알고 싶으면 민기네한테 물어보세요."

"네?"

"제일 잘 아는 사람은 그 아주머니니까요."

안 선생의 말투는 비밀이라도 발설하는 사람 같았다. 느낌이 이상해서 뭐라 답을 해야 할지 모른 채 멍하니 있다가 자동차가 떠난 뒤에야 정신이 돌아왔다.

선경은 안 선생이 무슨 의미로 그런 말을 했는지 유추해보았다. 뭔가 비밀이 있는 것처럼 은밀한 분위기였다. 선경으로서는 생각지도 못한 반응이었다. 그저 하영의 엄마가 어떤 사람이었나 알고 싶은 정도의 가벼운 호기심이었다. 남편이나 하영이 아닌 제삼자가 본 하영 엄마는 어떤 사람이었는지 궁금했을 뿐이다.

엄씨 아줌마에게 물어보라는 말은 마치 그 얘기가 판도라의 상자라도 되는 것 같은 느낌이 들게 했다. 호기심을 못 이기고 열면 어떤 비밀을 알게 되는 걸까?

선경은 애써 판도라의 상자를 열고 싶은 생각은 없었다.

10.

박쥐 동굴을 찾기 위한 탐색은 보름 만에 시들해졌다.

등산로와 화우봉 주변, 길이 없는 곳까지 다닐 수 있는 곳은 모두 샅샅이 뒤졌지만 박쥐가 살 만한 동굴은 발견하지 못했다. 어쩌면 박쥐는 훨씬 더 먼 곳에서 왔을 수도 있다는 생각이 들었다.

하영은 화우봉에 올라 멀리 보이는 산봉우리를 보며 저곳까지 가볼까 하는 생각도 들었지만 빽빽한 나무와 짙은 그림자를 보아 하니 왠지 자신의 영역이 아닌 것 같았다. 그곳까지 갈 만큼 박쥐에 집착하는 것도 아니다. 어쩌면 박쥐 동굴을 찾겠다는 것은 집에서 도망치고 싶어 만든 핑계일 것이다.

이틀 연속 비가 내리는 동안 하영은 방 안에만 갇혀 있는 게 갑갑해서 온몸이 근질거렸다. 학교라도 다니면 덜 지루할 텐데, 개학은 아직 일주일이나 남았다.

강문중학교를 다녀온 뒤 하영은 인터넷으로 학교에 대해 검색을 해보았다. 학교 홈페이지는 형식적인 인사말과 학교 소개 같은 것들로 채워져 있었다. 공지 사항만 계속 업데이트가 되어 있고 다른 게시판은 몇 개월 전에 올린 글이 대부분이었다. 학교 행사와 관련된 사진이 몇 장 있었고 어디를 봐도 구색만 갖춘 내용이었다. 학교 홈페이지라는 게 애매하긴 하다.

그래도 덕분에 몇 가지 유용한 정보는 얻었다. 전체 학생 수 304명. 그렇다면 3학년은 대충 100여 명이 된다는 얘기다. 교사 소개와 반을 보니 3학년은 네 개의 반이 있다. 하영은 이 반들 중 하나에 배정이 되는 것이다. 다른 정보는 한 번씩 읽어보는 것으로 끝냈다.

서울에서 학교를 다닐 때는 학교 홈페이지에 들어가본 적이 거의 없었다. 반이 정해지면 학급 밴드나 단톡방이 만들어지고 담임의 공지 사항은 그 안에서 전달된다.

하영은 어느 곳에도 소속되어 있지 않다.

예전에 다니던 학교의 채팅방은 이미 나와버렸고 새로 다니게 될 학교는 아직 반도 배정받지 못했다. 하루에도 수십 개씩 글이 올라오던 단톡방이 사라지자 하영의 핸드폰은 조용하기만 했다. 글을 쓰지 않아도 반 아이들이 올리는 글을 읽다 보면 시간 가는 줄 몰랐는데 지금은 남아도는 시간을 주체하지 못하고 있었다.

전날 잠자리에 들면서, 하영은 내일 아침 눈을 떴을 때도 비가 내린다면 버스를 타고 강릉 시내라도 가봐야겠다고 마음먹었다. 잠결에도 내내 빗소리가 들려 잠을 설쳤다.

아침에 눈을 뜨자마자 바로 창밖을 확인한 하영은 얼른 옷을 갈아입었다. 다행히 비는 그쳐 있었고 물안개만 조금 끼어 있었다. 산책하는데 그 정도는 문제도 아니다.

아래층으로 내려오다가 안방에서 나오는 선경과 마주쳤다. 하영은 그대로 시선을 피하고 지나치려 했지만 선경이 부르는 말에 걸음을 멈추었다.

"아직 길이 미끄러울 텐데 괜찮겠어?"

'집에 있는 것보다는 나아요.'

하고 싶은 말은 마음에 담아두고 아무 말 없이 그대로 집을 나섰다. 여름이지만 비가 내린 뒤라 그런지 차가운 공기에 정신이 번쩍 들었다. 다시 방으로 들어가 방수 점퍼를 걸치고 나오고 싶었지만 선경과 또 마주치는 것이 싫어 그대로 산으로 향했다.

쉬지 않고 계속 걸음을 옮긴 덕분에 숨이 가쁘고 몸은 뜨거워졌다. 비가 온 뒤라 새소리가 부산하게 들려왔다. 비 때문에 갇혀 있던 새들도 신이 난 모양이다.

하영은 숨을 깊게 들이쉬었다. 나무들이 내뿜는 신선한 공기가 코끝을 타고 들어와 가슴 속까지 시원하게 만들었다.

십여 분을 걸었을까, 오늘도 가보지 않은 길을 찾아 걸음을 옮기던 하영은 낙엽 위로 디딘 발이 미끄러지면서 비탈길로 미끄러져 내려가기 시작했다. 주변의 나무라도 잡으려 애썼지만 낙엽과 잔가지는 미끄럼을 막는 데 아무런 도움이 되지 못했다. 어쩌다 손에 잡힌 잔가지는 저항도 없이 툭툭 부러졌다.

얼마나 미끄러졌을까. 갑자기 몸이 붕 뜨더니 어딘가로 툭 떨어졌다.

비탈길 아래 예상하지 못한 곳에 떨어진 하영은 한동안 일어나지 못했다. 바닥에 떨어진 충격으로 등이 뻐근했다. 충격은 가슴에 그대로 전해졌다. 무지근한 통증이 지나간 뒤 하영은 조심스럽게 발목과 무릎, 다리를 움직여보았다. 팔도 관절

마다 확인했다. 다행히 삐거나 다친 부분은 없는 것 같았다. 낙엽이 쌓인 곳이라 다행이었다.

하영은 조심스럽게 일어나 주위를 살펴보았다. 비가 온 뒤라 그런지 나뭇잎에서 물이 툭툭 떨어지는 소리가 들렸다. 아니다, 이건 나뭇잎을 타고 낙엽 위로 후두둑 떨어지는 소리가 아니라 빈 공간에서 울리는 공명이다. 주위를 살펴보니 바위와 나무뿌리가 뒤엉킨 곳 뒤로 시커멓게 아가리를 벌린 어두운 공간이 보였다. 흐린 날씨 탓인지 안이 잘 보이지 않았다.

하영은 잠시 어떻게 할까 망설였다. 깊이를 가늠할 수 없는 곳에 들어가다 자칫 발을 헛디디기라도 하면 큰일이다. 조금 전 넘어지면서 받은 충격도 하영을 주저하게 만들었다.

하영은 찬찬히 검은 어둠의 입구를 살펴보았다. 둘레로 팔을 뻗으면 삼십 센티미터 정도의 여유가 있는 길이였다. 양팔을 펼친 길이는 키와 같다고 배웠다. 그렇다면 입구의 지름은 대략 이 미터 정도 되는 것 같다. 늘어진 나무줄기와 튀어나온 바위 때문에 다른 쪽에서 보면 입구를 찾기 힘들다.

하영은 핸드폰을 꺼내 손전등 앱을 켰다. 불빛을 빈 공간에 비추었다. 동굴이라고 하기에는 협소한 공간이 보였다. 안은 균열이 간 암석과 바위로 이루어져 있었다.

호기심은 무모한 모험을 하게 만든다.

며칠 동안 집 안에 갇혀 있던 하영은 평소와는 다른 자극이 필요했다. 결국 핸드폰 불빛으로 발밑을 비춰가며 조심스럽게 한 발 한 발 어둠 속으로 들어갔다.

안으로 들어갈수록 서늘한 기운이 하영의 주위를 감쌌다. 머리 위로 툭툭 물방울이 떨어졌다. 위를 비춰보니 손을 뻗으면 닿을 듯한 높이에 자리한 바위들 사이로 물이 맺혀 떨어지고 있었다. 손가락으로 쳐보니 쉽게 부서진다. 균열이 가 있는 암석 사이로 물이 흐르고 있다는 건 좋은 징조가 아니다.

단단해 보여도 작은 균열이 결국 모든 것을 무너지게 만든다. 더 들어가다 무너지기라도 하면 아무도 찾지 못하는 이곳에 갇혀 죽을 수도 있다. 생각만으로도 팔에 소름이 돋았다. 서늘한 바람이 안에서부터 새어 나와 하영을 감쌌다. 사악한 기운이 하영을 더듬는 것 같았다.

무슨 소리가 들려 움직임을 멈추고 가만히 귀를 기울였다. 무언가 푸드득거리는 소리, 끽끽거리는 울음 소리가 들렸다. 박쥐! 박쥐라는 생각에 정신이 번쩍 들었다.

하영은 점퍼에서 주머니칼을 꺼내 칼날을 펼쳤다. 핸드폰의 조명은 아래로 내려 발 앞을 비추었다. 소리를 죽이고 조심스럽게 발걸음을 옮겼다. 갑자기 발에 팔뚝만 한 굵기의 미끈한 무언가가 지나갔다. 놀라는 바람에 핸드폰을 떨어뜨렸다. 하영은 발을 스치고 지나는 것을 향해 재빨리 칼을 휘둘렀다. 얼른 핸드폰을 집어 불빛을 비추니 뱀이었다. 일 미터는 되어 보이는 뱀이 발밑에 있었던 모양이다.

불빛 너머로 얼핏 날카로운 이빨을 드러내고 입을 벌린 뱀이 하영을 물기 위해 날아오르는 게 보였다. 하영은 몸을 피하며 뱀을 향해 칼을 뻗었다. 칼끝에 뱀의 몸뚱이가 닿은 느낌이 있었지만 제대로 베었는지는 확인할 수 없었다. 뱀은 모든 신경이 머리에 가 있어서 머리만 공격하면 된다는 글을 읽은 게 떠올랐다.

하영은 재빨리 칼을 바닥에 던지고 주위에 있는 돌멩이를 집어 들었다.

약이 오른 뱀은 도망치지 않고 다시 하영에게 다가오고 있었다. 하영은 뱀의 머리를 향해 돌멩이를 내려쳤다. 돌로 뱀의 머리를 누르고 칼을 집어 뱀의 몸통을 찔러 힘껏 그었다. 꿈틀거리는 뱀의 몸뚱이가 벌어지며 내장들이 튀어나와 바닥으로 떨어졌다. 그러나 죽지 않은 뱀은 몸을 꼬아 하영의 팔을 감싸고 조였다. 뱀의 피인지 체액인지 미끈한 액체가 기분 나쁘게 팔을 타고 흘렀다. 완전히 죽이지 않으면 계속 자신을 괴롭힐 것 같았다.

하영은 다시 돌멩이를 들어 뱀의 머리를 내려쳤다. 뱀의 머리가 완전히 으깨어진 뒤에야 꿈틀거리는 움직임이 잦아들었다.

그제야 한숨 돌린 하영은 바닥에 떨어진 핸드폰을 주워 찬

찬히 뱀의 모양을 살펴보았다. 잿빛 뱀은 독사처럼 보이지는 않았다. 하영의 발을 건드리지 않았다면 뱀은 무사했을 것이다. 하영은 너덜너덜해진 뱀의 사체를 집어 어둠 속으로 던져버렸다.

하영은 웅덩이에 고인 물로 손을 씻었다. 혹시라도 물린 자국이 있나 싶어 팔을 만져보았지만 다행히 상처는 보이지 않았다. 온몸의 신경을 자극하던 아드레날린은 차츰 잦아들었다. 이제 동굴의 어둠 속이 궁금하지 않았다. 더이상 안으로 들어가고 싶은 마음도 없었다. 발길을 돌려 입구 쪽으로 걸음을 옮겼다.

그때 뭔가 발목을 확 잡는 바람에 몸이 휘청, 꼬꾸라질 뻔했다. 걸음을 멈춘 하영은 바위 쪽으로 물러나며 발목을 잡아채는 물체를 바라보았다.

그것은 가방이었다. 백팩의 어깨끈이 하영의 발에 걸려 있다. 이런 곳에 가방이라니 누가 쓰레기라도 버린 건가 하는 생각이 잠시 스쳤지만 주위에는 그 가방 말고 다른 쓰레기는 보이지 않았다. 좋지 않은 예감이 들었다.

하영은 잠시 백팩을 쳐다보다가 끈을 잡아 들어 올렸다. 가방은 생각보다 묵직했다. 잠시 고민하다가 가방을 들고 서둘러 좁고 어두운 공간을 벗어났다.

밖으로 나온 하영은 걸음을 멈추고 뒤를 돌아보았다. 누군가 의도적으로 이 동굴 속에 가방을 두었다는 생각이 들었다. 주변을 살펴보면 이곳은 사람이 다니는 곳도 아니다. 쓰레기를 버리려는 사람이라면 일부러 이런 곳까지 오지 않는다. 이 장소에 대해 잘 알고 있는 사람이 가방을 숨길 목적으로 이곳에 던져 넣었을 것이다.

'왜 가방을 숨겨야 했을까?'

답은 간단하다. 사람들 눈에 띄면 안 되는 이유가 있는 것이다.

하영은 우선 다시 등산로를 찾아 걸음을 옮겼다. 미끄러지는 바람에 방향을 잃기는 했지만 두려움은 없었다. 보름 동안 산 구석구석을 다닌 덕분에 눈에 익은 장소만 발견하면 집으로 가는 길을 찾는 것은 어렵지 않은 일이다.

오 분 정도 길도 없는 곳을 걷던 하영은 결국 눈에 익은 소나무를 발견했다.

등산객들이 지나가면서 표시로 나뭇가지에 매어둔 끈이 보였다. 오래전에 매달아둔 것인지 원래는 붉었을 비닐 끈의 색은 바래어 희뿌연 색이 되어 있다.

이 끈을 처음 발견했을 때 하영은 자신이 지나갔다는 표시로 끈의 끝부분을 한 번 묶어두었다. 소나무가 서 있는 곳으로 올라서니 길이 보였다. 이제 어느 방향으로 가면 집으로 갈 수 있는지 한눈에 그려졌다.

그제야 하영은 걸음을 멈추고 동굴에서 가져온 가방을 열어보기로 했다.

백팩의 지퍼에는 이 센티미터 정도 크기의 앙증맞은 토끼 인형이 매달려 있었다. 원래는 흰색 도자기였을 인형에는 얼룩이 묻어 있다. 가방을 열자 안에는 몇 가지 옷들과 노트, 파우치, 지갑이 들어 있었다.

먼저 지갑을 꺼내 열어보았다.

학생증과 증명사진, 체크카드, 도서 열람증, 쿠폰 카드 같은 것들이 빽빽하게 들어 있다. 지폐를 넣는 주머니를 펼쳐보았지만 돈은 없었다.

학생증을 꺼내보았다. 이유리. 강문중학교. 발행 날짜와 유효기간을 계산해보니 현재는 3학년, 하영과 같은 학년이다.

하영은 학생증에 있는 사진을 오래 들여다보았다.

삼 년 전에 찍었을 사진 속의 유리는 눈가에 웃음기가 가득하고 애써 웃음을 참고 있는 모습이었다. 막 초등학교를 졸업한 앳된 얼굴과 지갑에 든 증명사진을 나란히 놓고 보니 삼 년 동안의 성장으로 달라진 모습이 느껴졌다.

중학생 유리의 얼굴은 무표정했다. 삼 년간의 중학교 생활이 얼굴에서 생기를 사라지게 만든 것일까? 그동안 무슨 일이 있었는지 모르지만 동굴에 가방이 남겨진 사실과 유리의 우울해 보이는 얼굴이 하영의 신경을 묘하게 자극했다.

유리 본인이 가방을 숲속 동굴에 숨겼을 리는 없다. 그러기엔 당장 필요한 것들이 든 지갑과 파우치가 고스란히 남아 있으니까. 누군가 잘 아는 사람이 가방을 빼앗거나 훔쳐서 이곳에 숨겨두었을 것이다. 친구일 가능성이 높다. 중학생의 가방이 어른의 관심을 끌 이유가 없으니까.

그런 생각이 스치자 하영은 곧 지갑을 가방에 넣고 지퍼를 잠갔다.

개학은 일주일 정도 남았다. 방학이라 학교에는 학생들이 없다. 학생들을 통해 이유리를 찾는 일은 개학 때까지 미루어야 할 것 같다. 우선은 가방을 가지고 집으로 돌아가기로 했다. 개학할 때까지 남은 일주일을 이 가방이 왜 동굴에 숨겨져 있는지에 대한 미스터리를 푸는 것으로 보낼 생각이었다.

하영은 점심을 준비하는 엄 씨의 주변을 서성거렸다. 식탁에 수저를 놓으며 슬쩍 엄 씨의 눈치를 보다 묻고 싶은 말을 꺼냈다.

"뭐 하나 물어봐도 돼요?"

아침부터 산을 오르내리느라 힘을 쏟은 하영은 배가 고팠다. 야채와 햄을 볶는 냄새가 2층까지 올라오자 참지 못하고 내려와 엄 씨가 볶음밥을 만드는 것을 지켜보았다.

아줌마를 보자 가방 생각이 났다. 이곳에 오래 살았으니 인근에 있는 아이들에 대해 알고 있지 않을까 하는 생각이 들었다.

볶음밥에 넣을 달걀을 부쳐 두 개의 그릇에 나눠 담던 아줌마는 고개를 돌려 하영을 쳐다보았다.

오늘은 선경 아줌마의 정기검진일이다. 산부인과에 다녀온다더니 점심을 먹고 온다는 연락이 와서 아줌마가 하영의 점심을 준비하고 있다.

"강문중학교 아시죠?"

"당연히 알지. 우리 아들도 거길 나왔으니까. 이 동네 사람들 대부분이 거기 출신이지."

"혹시 이유리라는 학생 아세요?"

이름을 꺼내는 순간 엄 씨의 표정이 굳어졌다. 그릇을 옮기던 엄 씨는 동작을 멈추고 하영을 빤히 쳐다보았다.

"유리는 어떻게 알지?"

하영은 엄 씨의 표정을 보고 뭔가 심상치 않다는 느낌을 받았다.

"지난번에 학교 구경 갔다가 아이들이 하는 얘기를 들었어요."

하영은 얼른 둘러댔다. 엄 씨의 굳었던 표정이 조금 풀어졌다. 엄 씨는 들고 있던 그릇을 식탁에 내려놓으며 혀를 찼다.

"애들도 걱정할 만하지."

"무슨 일이 있어요?"

"그게 언제였더라. 몇 개월 전에 가출했어."

가출? 하영은 그제야 가방 안에 여러 벌의 옷이 들어 있었던 게 이해가 되었다. 잠깐, 가출한 애 가방이 숲속에 버려져 있다? 불온한 생각이 머리를 스치고 지나갔다. 어떤 이유로 유리라는 아이는 가출을 했지만 가방은 이곳을 떠나지 못하고 남겨진 것이다.

"어떤 아이였어요?"

하영의 질문을 받은 엄 씨는 가볍게 고개를 저었다.

"어떤 아이였다고 말할 만큼 잘 알지는 못하지. 그냥 누구네 집 딸이다, 몇 살이고 어느 학교 다닌다는 정도만 알아. 오가면서 마주치면 인사나 하는 정도니까."

생각보다 얻을 수 있는 정보가 없어 하영은 실망했다.

"어서 밥 먹어. 다 식겠다."

엄 씨의 말에 숟가락을 든 하영은 식사를 시작했다. 하지만 머릿속은 온통 왜 가출한 유리의 가방이 숲속 동굴에 있었는가 하는 생각뿐이었다.

재빨리 식사를 마친 하영은 얼른 2층으로 올라가 다락방에 숨겨둔 유리의 가방을 꺼냈다. 산에서 가지고 온 뒤로 대충 뭐가 있나 확인만 하고 그대로 올려둔 터라 보다 꼼꼼하게 가방을 살펴볼 생각이었다.

우선 옷가지를 모두 꺼냈다. 청바지와 체육복 바지, 티셔츠 두 장, 속옷과 양말. 마치 짧은 여행을 가듯 간단한 내용물이 들어 있었다. 가출할 때 어떤 물건을 가지고 가야 하는지 모르지만 유리의 가방은 뭔가 허술한 느낌이었다. 파우치도 열어보았지만 간단한 기초 화장품과 빗, 틴트, 거울이 전부였다.

내용물을 모두 빼내자 가방 뒤쪽에 가려진 지퍼가 보였다. 천을 만져보니 뭔가 딱딱한 것이 잡혔다. 하영은 지퍼를 열어 내용물을 꺼냈다. 꽃무늬가 그려진 다이어리였다.

하영은 조심스럽게 다이어리의 첫 장을 열었다.

비닐 커버에 사진이 한 장 끼여 있었다. 유리가 조금 나이 든 여자의 팔짱을 끼고 찍은 사진이었다. 교복을 입고 어느 식당 앞에서 서 있는 모습이…… 그런데 이 식당, 눈에 익다.

간판은 반쯤 잘려 나갔지만 출입문에 붙은 메뉴로 어딘지 금방 알 수 있었다. 생선구이 백반, 고등어구이, 삼치구이. 이사 오던 날 아빠와 갔던 생선구이 식당이다.

하영은 유리와 함께 있는 여자의 얼굴을 살펴보았다. 사진을 만지는 손가락이 움찔거렸다. 핸드폰 화면이라면 확대해서 볼 텐데. 대충 얼굴을 알아볼 수는 있었지만 선명하지 않았다.

식당에서 봤던 아줌마인가 싶지만 얼굴이 기억나지 않는

다. 그 식당을 다녀온 지 벌써 보름이 넘었다. 아줌마보다 음식에 정신이 팔려 아줌마의 얼굴은 자세히 볼 생각도 하지 않았다. 생선구이 가게가 유리와 연관이 있는 집인지는 나중에 찾아가보면 된다.

하영은 머릿속에 완전히 입력해두려고 한참 사진을 보다가 무심코 뒤를 살펴보았다. 사진 뒷면에는 "엄마와 함께"라는 볼펜 글씨와 함께 붉은 하트가 그려져 있었다. 날짜를 보니 작년에 찍은 사진이었다.

사진을 다시 비닐 커버에 끼워놓고 첫 장을 넘겼다. 짐작한 대로 일기였다.

어느 날은 간단하게 그날의 날씨와 그날 있었던 일을 한두 줄 적었고 어떤 날은 몇 페이지에 걸쳐 빼곡히 그날에 있었던 일과 자신의 감정을 썼다. 꽃무늬 스티커가 붙어 있는 장도 있었고 종이가 찢어질 정도로 검은 볼펜으로 여러 번 그어대 시커멓게 채워진 곳도 있었다.

하영은 일기를 쓰지 않는다.

다른 아이들이 학교에서 시키는 일기가 아니라, 자신만의 일기를 쓰기 시작할 즈음 하영은 상담실에 다녔다. 일기장에 쓰고 묻어두어야 할 이야기를 상담이라는 명목으로 기억해내고 말해야 했다. 거부감은 오래갔다. 비밀은 더 깊은 곳으로 숨어들었다.

하영은 일기를 쓰지 않는다.

일기장은 어른들이 자식의 비밀을 힘들이지 않고 알아내려고 만든 시스템이라는 생각이 들었다. 글씨도 제대로 쓰지 못하는 어릴 때부터 그림일기를 쓰게 한다. 매일 일기를 쓰는 것은 좋은 습관이라는 세뇌를 몇 년이고 지속한다. 학교에 들어가면 아예 일기 검사까지 한다. 아이들은 자신의 일기가 누군가에게 읽히는 것을 알면서 일기를 쓴다. 당연히 보여주기 위한 일기가 될 수밖에 없다.

일기가 기계적이고 뻔한 내용을 담고 있다면 그건 아이 탓이 아니다. 누군가 볼 걸 뻔히 아는 일기장에 자신의 진짜 속마음을 털어놓을 리 없다. 설령 그렇게 보이는 일기라고 해도 그건 어른들이 일기를 볼 것이라는 점을 알고 쓰는 계산된 내용이다. 그걸 가지고 아이들의 마음을 알게 되었다고 생각한다면 큰 착각이다.

죽고 싶어, 라고 일기장에 적어 부모를 긴장시킨다. 그건 '바비 인형이 갖고 싶어'와 같은 의미다. '나에게 관심을 보여주세요'의 다른 표현이다.

비밀은 보여주고 싶을 때만 볼 수 있다. 감추고자 마음먹으면 그 비밀은 절대 일기로 기록되지 않는다.

하영은 일기를 쓰지 않는다.

기록으로 남기고 싶은 하루 같은 건 없다. 머릿속에 각인되는 기억만으로도 충분하다. 지우개가 있다면 지워버리고 싶은, 아니 갈기갈기 찢어서 어딘가 버리고 싶은 기억들. 그걸 일부러 글로 남기는 일 따위는 절대 없다.

유리는 그런 끔찍한 기억들을 기록으로 남겼다. 하영은 날이 어두워질 때까지 몇 시간이고 꼼짝도 하지 않고 책상에 앉아 유리의 일기를 읽었다.

이 일기장은 누군가에게 보여주기 위한 것이 아니다. 몇 장 읽지 않았지만 알 수 있다.

하영에게는 신선한 충격이었다. 이렇게 자신의 속마음을 솔직하게 글로 쓸 수 있다니. 그러다 문득 깨달았다. 유리에게는 이 일기장만이 유일한 이야기 상대였구나.

하영은 유리가 남긴 글을 읽어가다가 한 문장에서 읽기를 멈추었다. 단어를 되짚으며 다시 한번 같은 문장을 읽었다. 자신도 모르게 문장을 중얼거렸다.

"죽여버리고 싶어, 너희들 다."

일기장을 덮으며 하영이 느낀 것은 단 한 가지였다.

어서 빨리 개학을 했으면!

3장

자, 이제 눈 감고
아주 커다란 꽃밭에
있다고 생각해봐,
엄마랑 어떤 꽃이
몇 개나 있는지
하나씩 세는 거야.”

11.

선경은 외출 준비를 마치고 현관에서 하영을 기다렸다.

하영이 다니게 될 학교로부터 개학 전에 반 배정을 할 테니 등본을 가지고 오라는 연락을 받았다. 얼마 전 전입신고를 하면서 전학을 원하는 중학교를 선택할 수 있다는 얘기를 듣고 오랜만에 가족이 모여 회의를 했다.

남편은 고등학교와 대학 진학을 고려해서 강릉 시내에 있는 중학교에 다닐 것을 권했고 하영은 집에서 가까운 곳인 강문중학교에 다니겠다고 말했다.

"강문보다는 강릉 쪽이 훨씬 나아. 대학 진학도 생각해야지."

"대학 생각했으면 서울에 있는 게 나았죠."

하영은 아직도 이사에 대한 앙금이 남아 있는 것처럼 자기 아빠를 빤히 쳐다보며 말했다. 순간 말문이 막힌 남편은 가만히 하영을 쳐다보다 입꼬리를 올려 미소를 만들었다.

"이사 와서 제일 신난 사람이 누구지?"

하영은 수박을 베어 물며 아빠를 쳐다보는 눈길을 피하지 않았다. 둘 사이에 다시 팽팽한 긴장감이 느껴지자 선경은 얼른 남편의 팔을 톡 치며 과일 그릇을 앞에 밀어주었다.

하영에게서 시선을 뗀 남편이 선경을 쳐다보다 포도를 집어 먹으며 물었다.

"당신 생각은 어때?"

남편은 선경의 응원을 원했다. 하지만 선경 역시 하영과 생각이 같았다.

여기까지 내려와서 강릉이니 강문이니 하는 것은 의미가 없어 보였다. 또 걸어서 삼십 분인 거리와 버스를 타고 이십 분인 거리에는 차이가 있다. 버스를 기다리는 시간까지 계산하면 등교에 더 많은 시간이 걸린다. 아침저녁으로 버스를 타고 시달릴 것을 생각하면 집과 가까운 강문 쪽이 훨씬 낫다. 무엇보다 하영이 원하는 대로 해주고 싶었다.

"하영이가 원하는 학교로 해주는 게 어때요?"

남편의 표정이 싹 바뀌었다. 전혀 예상치 못한 답을 들었다는 표정이었다.

"어떻게 두 사람 다 앞으로의 일에 대해서는 생각을 안 하는 거지? 하영이야 아직 어리니까 그렇다고 쳐도 당신은 하영의 진학에 대해서 진지하게 생각해야 하는 거 아니야?"

뭔가 가슴에 턱 걸렸다. 말속에 담긴 가시가 느껴졌다.

"내가 하영이의 진학에 대해 가볍게 생각한다는 거예요?"

"답이 뻔한데 엉뚱한 소리를 하니까 이러는 거 아니야."

남편은 듣고 싶은 답을 내놓지 않은 선경을 몰아세웠다.

언제부턴가 남편은 자신이 내린 결정을 누군가 바꾸려 하면 화를 참지 못했다. 언성을 높이며 상대를 공격했다. 자신의 논리를 반박하는 것은 누가 되었든 가차 없었다.

선경은 그나마 조금 잠잠해진 남편과 하영의 사이가 다시 냉랭해질까 신경이 쓰였다. 고개를 돌려 하영을 쳐다보자 의외로 덤덤한 표정을 짓고 있었다.

"경솔하게 굴지 말고 잘 들어. 지금이 정말 중요한 시점이야. 알겠어? 강릉에 있는 학교로 해. 진학률이 제일 좋은 학교가 어딘지 알아보고 지망 학교 쓰도록 하자."

처음부터 남편은 자신의 결정을 통보할 생각이었다. 강릉에 내려온 뒤로 남편의 고집이 더 심해졌다. 선경은 남편의 이런 태도가 갑갑했다. 또 다른 것이 선경의 신경을 건드렸지만 그게 무엇인지는 명확하게 설명할 수 없었다.

남편이 자리에서 일어나려고 하자 과일을 먹던 하영이 아빠를 쳐다보며 입을 열었다.

"내가 강문에 가면 안 되는 이유라도 있어요?"

"뭐?"

"그렇게 반대하는 게 이상해서요. 어느 쪽을 가든 큰 차이도 없는데."

"강릉이 고등학교 진학에 훨씬 유리하……."

하영이 남편의 말을 자르고 들어왔다.

"강문중학교 아빠 모교 아니에요? 엄씨 아줌마가 그러던데, 아빠 모교라고. 아줌마가 그거 말고도 아빠에 대해서 많이 가르쳐줬어요."

"그, 그래서 뭐?"

강경하던 남편의 태도가 갑자기 바람 빠진 풍선처럼 느껴졌다. 목소리도 사그라들었다. 의아했다. 남편의 이런 모습을 본 것은 처음이었다.

하영은 조금도 흔들림이 없는 시선으로 아빠를 쳐다보며 말했다.

"나는 강문에 다닐 거예요. 그렇게 결정했어요. 한 학기뿐이잖아요."

선경은 자신도 모르게 감탄의 눈으로 하영을 쳐다보았다. 두 사람의 역사에서 처음으로 반전의 순간을 목격한 기분이었다.

하영은 차분하게 자신이 원하는 바를 이야기하고 답을 기다렸다. 어른스럽게 행동한 것은 하영이었다. 남편은 더이상 반박할 핑계를 찾지 못한 듯 흔들리는 시선으로 하영을 보다가 소리쳤다.

"그래, 어디 마음대로 해봐! 오늘 결정을 후회하게 될 거다."

그러고는 화를 내며 서재로 들어갔다. 하지만 하영은 태연했다. 식탁에 놓인 과일 접시를 치우며 아무 일도 없었다는 듯 평온하기만 했다. 선경은 그런 하영이 낯설었다.

뭔가 달라져 있었다. 불과 한두 달 전, 이사를 가지 않겠다고 화를 내며 접시를 집어던지던 아이는 어디 가고, 그 안에서 차분하고 단단한 뭔가가 느껴졌다. 무엇이 이렇게 하영을 바꾸어놓은 것일까?

매일 아침마다 산에 오른 것이 아이의 마음을 단단하게 만들었을까. 뜨거운 여름 한 달을 보내고 난 하영은 이제 자신의 미래는 자신이 선택하겠다는 의지를 보여주는 것 같았다.

가족회의는 그렇게 끝났고, 하영은 강문중학교를 1지망으로 신청했다.

다행히 학교에는 얼마든지 전학생이 들어갈 자리가 남아 있었다. 지방의 소도시에는 갈수록 젊은 인구가 줄어들고 학생 수도 줄어들고 있다고 들었다. 하영이 다니게 될 강문중학교도 몇 년 전까지는 한 학년에 150명씩 다니던 곳이라고 했다. 지금은 학년당 100여 명 정도라고 하니 학생 수가 삼십 퍼센트는 줄어든 것이다.

2층에서 하영이 내려왔다. 포니테일 스타일로 머리를 묶어 시원해 보였다. 희고 투명하던 피부는 보기 좋게 그을렸다. 한결 건강해 보였다.

현관을 나선 선경이 데크를 내려가다 발을 헛디뎌 비틀거렸다. 하영이 재빨리 다가와 선경의 팔을 잡았다.

"괜찮아요?"

"응, 괜찮아."

선경은 자신도 모르게 아랫배를 만졌다. 배가 눈에 띄게 나왔다. 이제는 헐렁한 블라우스를 걸쳐도 배가 나온 것을 눈치챌 정도가 되었다. 어느새 가슴도 많이 부풀었다. 임신을 통한 변화를 매일매일 느끼고 있었다.

"왜요? 아파요?"

"아니, 아니야."

선경은 심장이 출렁하는 기분을 느꼈다. 아기가 움직이는 것을 처음으로 느꼈다. 이 생경하고 묘한 기분은 뭐라고 설명할 수가 없었다. 자신도 모르게 발을 멈추고 비틀거린 것은 그 때문이었다. 태동이라는 것이 이런 것이구나. 선경은 비로소 자신의 배 속에 있는 아기와 첫인사를 한 기분이었다.

선경이 배를 만지는 모습을 본 하영은 걱정스러운 표정으로 쳐다보았다.

"안 좋은 거예요? 힘들면 쉬어요. 학교는 혼자 가도 되니까."

"아니야, 아기가 처음으로 발로 찼어. 그래서 잠깐 놀란 거야."

선경의 설명을 들은 하영은 선경의 배 쪽으로 시선을 떨구었다.

"아기는 지금…… 얼마나 커요?"

"이제 오 개월이 다 되어가니까 이 정도쯤 되려나?"

선경은 손바닥을 펼쳐 크기를 가늠해주었다. 지난번 정기 검진에서 측정한 바로는 십삼 센티미터 정도라고 했다. 며칠 지났으니 그보다는 더 컸을 것이다. 하영은 선경의 손을 가만히 쳐다보았다. 마치 선경의 손바닥 안에 아이가 들어 있기라도 한 것처럼.

"……무슨 생각을 할까요? 아니, 아직 생각 같은 건 못 하나?"

하영은 표정은 우울해 보였다. 선경은 희주가 해준 말이 떠올랐다.

—아이는 소외된다고 느끼기 쉬워. 둘째가 생기면 맏이가 심술을 부리는 건 흔한 일이지.

지금 동생을 질투하는 건가, 하는 생각이 들자 선경은 자신도 모르게 긴장했다.

"얼른 가요. 더워요."

하영은 이내 선경에게서 시선을 떼고 대문을 향해 걸음을 옮겼다. 하영의 뒤를 따라 걸으며 선경의 마음은 복잡해졌다.

열여섯 살에 동생이 생긴다는 건 어떤 의미일까? 하영은 동생을 어떻게 생각할까? 선뜻 물어보기가 두려웠다. 벽으로 날아가던 접시와 산산이 부서지며 아수라장이 되던 주방의 모습이 떠올랐다.

선경은 고개를 저었다.

'아니야, 그건 이사 때문에 화가 나서 그런 거야.'

'알고 있으면서. 그때 하영의 눈을 봤잖아.'

다른 목소리가 들려오자 선경의 가슴이 서늘해졌다. 자신의 배를 노려보던 하영의 눈빛은 차고 서늘했다. 그 표정은 아직도 선경의 기억에 또렷하게 남아 있다.

출산까지 아직 몇 개월의 시간이 있다. 설령 동생에 대해 질투의 감정을 가지고 있다고 해도 몇 개월의 시간 동안 아이와 친해지게 할 방법이 있을 것이다. 동생을 받아들일 수 있도록 하영과 더 많은 대화를 할 필요가 있다.

앞서 가던 하영이 자동차 앞에서 걸음을 멈추고 돌아보자 선경은 걸음을 재촉했다.

자동차는 나무 그늘 아래 세워져 있었지만 땡볕의 열기로 잔뜩 달아 있었다. 운전석의 가죽 시트에 앉자 엉덩이가 뜨거웠다. 그 열기가 오히려 좋았다. 따끈한 목욕물 속에 있는 것처럼 몸에 전해지는 열기가 기분 좋았다.

하영은 더위를 참지 못하고 에어컨을 켰다. 선경이 에어컨의 방향을 하영에게로 돌리자 하영은 급하게 에어컨을 껐다.

"왜, 덥잖아. 켜도 돼."

"아니에요. 배에 찬 바람이 가면 안 되잖아요."

하영은 아무렇지 않게 창문을 내리고 이마에 송글송글 맺히기 시작한 땀을 닦아냈다.

'그래, 지레 겁먹지 말자.'

선경은 다시 한번 자신의 선입견을 경계했다.

자동차가 좁은 언덕을 내려가 해안 도로에 들어서자 선경은 비로소 하영에게 말을 걸 여유가 생겼다.

"그래도 원하는 학교로 가게 되어 다행이네. 강문중학교가 아빠 모교라고 했지? 그래서 가고 싶은 거야?"

"아뇨, 그냥 호기심이 생겨서요."

"호기심?"

"산에서 내려올 때 몇 번 그쪽으로 내려온 적이 있거든요."

"그랬구나. 그럼 학교에 가는 게 처음이 아니네."

"……."

하영은 창문에 팔을 걸치고 얼굴을 기댔다. 힐끗 쳐다보니 바다를 보며 생각에 잠긴 표정이었다. 왜 강문중학교를 고집했는지 이제야 이해가 되었다. 이름만 들어본 학교와 직접 가서 눈으로 본 학교는 친밀감이 다를 것이다.

선경은 학교까지 말없이 운전에 집중했다.

몇 분 뒤 학교에 도착했다. 주차를 하고 교문으로 들어섰다. 학교에서 교무실을 찾는 것은 어려운 일이 아니다. 대개 교무실은 본관 1층에 있다.

선경과 하영은 본관 현관으로 들어가 교무실로 향했다. 교무실에서는 기다리고 있었다는 듯 오십 대 초반으로 보이는 교사가 자리에서 일어났다. 눈썰미가 좋아 보이는 교사는 인사를 하며 말을 걸었다.

"전학 문제 때문에 오셨죠?"

"네, 반 배정 하신다고 연락받았습니다."

"제가 교무주임입니다. 등본은?"

선경은 준비한 서류를 꺼내어 교무주임에게 건넸다. 눈치 빠른 하영은 단정한 인상을 주려는 듯 다소곳하게 선경의 옆에 서서 인사했다.

"어머, 아주 예쁘게 생겼네."

선생은 인사치레가 아니라 진심으로 하영의 얼굴을 보고 놀란 듯했다. 이런 반응을 볼 때마다 선경은 새삼 하영의 외모를 다시 보곤 했다. 확실히 하영은 눈에 띄는 미모를 가지고 있다. 사람들의 반응에 하영은 늘 불편한 표정을 보였다.

"잠깐만 앉아 계시겠어요?"

선생은 서류를 확인하고 누군가를 손짓으로 불렀다.

검푸른 원피스를 입은 선경 또래의 여자 교사가 자리에서 일어나 다가왔다. 길지 않은 머리를 바짝 올려 묶고 은테 안경을 낀 그 교사는 표정부터 깐깐한 인상을 주었다.

"여기는 노희정 선생. 3학년 2반 담임입니다. 윤하영 학생은 노 선생님 반으로 배정되었습니다."

"잘 부탁드립니다."

선경과 하영, 노 선생은 인사를 나누었다.

"등본 주소를 보니 집은 멀지 않네요. 걸어서 통학을 하는 건가요?"

"네, 그럴 생각입니다."

하영의 대답에 노 선생이 고개를 끄덕였다.

"잠깐만 기다리세요. 2학기 교과서와 교복을 구입할 가게 위치를 알려드릴게요. 아, 그런데 한 학기만 다니는데 교복을 구입하기가 아깝겠네요. 원하면 선배들이 물려준 교복을 찾아볼 수도 있어요."

"괜찮습니다. 새로 구매할게요."

선경은 바로 대답했다. 몇 개월밖에 입지 않을 거라고 해도 하영에게 누군가가 삼 년이나 입었던 교복을 입히고 싶지는 않았다.

담임선생이 돌아오기를 기다리는 동안 선경과 하영은 교무실 한편의 응접 테이블에 앉아 있었다.

교무실을 둘러보던 하영이 나지막이 말했다.

"서울에서 전학할 때 생각나네요. 그때도 아줌마와 같이 학교에 왔었는데."

하영의 말에 선경도 오 년 전 일을 떠올렸다. 초등학생이던 하영은 어느새 중학생이 되었고 한 학기만 다니면 고등학생이 된다.

이내 노 선생이 교과서를 가지고 돌아왔다.

"교복은 개학하기 전에 우선 하복만 구입하시면 될 거예요. 동복은 개학한 뒤에 학교에서 공동 구매를 진행할 텐데, 그때 신청해도 되고 개인적으로 구매하셔도 됩니다."

"네. 고맙습니다, 선생님."

선경과 하영이 인사를 하고 일어서려는데 노 선생이 핸드폰을 꺼내 들었다.

"사진 한 장 찍어도 될까?"

"네?"

노 선생이 핸드폰을 내밀자 하영은 당황한 듯 머뭇거렸다.

"아, 우리 학생들 반톡방에 소개하려고. 개학하기 전에 미리 인사하면 좋잖아? 전화번호도 알려주고. 초대할게. 공지사항 같은 건 다 거길 이용하니까 그렇게 알고."

"사진은 찍고 싶지 않은데요."

노 선생은 하영의 반응이 뜻밖이라는 듯 의아한 표정을 지었다.

"어차피 개학하면 얼굴 알게 될 거고, 전에 있던 학교에서도 반톡방에 사진 같은 건 올리지 않았어요. 개인 정보니까요."

"아, 아니 그냥 미리 얼굴이나 익히라는 건데……."

노 선생은 진심으로 당혹스러운 표정을 지으며 선경을 쳐다보았지만 선경은 이 문제에 있어서 결정권자가 아니었다. 게다가 하영이 불편하다고 느끼는 것도 충분히 이해가 되었다.

"선생님, 곧 개학이니 소개는 그때 하는 게 어떨까요? 사진은 저도 좀 신경이 쓰이네요."

선경이 제시할 수 있는 유일한 협상안이었다. 노 선생은 여전히 떨떠름한 얼굴이었지만 별말은 하지 않았다. 하영은 전화번호를 알려주었고 교무실을 나왔다.

교무실 문이 닫히자마자 선생들끼리 떠드는 소리가 들렸다. 먼저 걸음을 옮기던 선경은 자신의 팔을 잡는 하영 때문에 걸음을 멈췄다.

"엄마나 딸이나 엄청 깐깐하네. 괜찮아요, 새로 구매할게요. 사진은 찍지 마세요. 노 선생 피곤하겠네."

누군지 모르는 선생의 목소리가 선경과 하영의 말투를 흉내 내며 뒷담화를 시작했다.

"아, 왜 하필 우리 반이야?"

"그 반이 학생 수가 제일 적잖아. 참, 이유리는 아직도 소식 없어? 출석 일수 위험하지 않아?"

"이대로 출석하지 않으면 유급이에요. 연락은 해보는데 전화도 안 받고 답이 없네요."

이유리? 아, 생각났다. 선생들의 뒷담화를 듣던 선경의 귀에 익은 이름이 들려왔다. 생선구이 가게에서 사진으로 본 그 아이가 이 반이었구나.

학교를 나온 선경과 하영은 바로 노 선생이 알려준 교복 판매점에 가기로 했다. 다음 주에 개학이니 곧바로 사서 준비하는 게 좋을 것 같았다.

"곧 점심시간인데 아빠한테 전화해서 같이 먹을까?"

자동차에 올라타며 선경이 말했다. 학교 선택 문제로 데면데면해진 분위기를 풀 기회라고 생각했다. 하영은 답을 하지 않았다. 싫다는 말을 하지 않았으니 좋다는 뜻이다. 세월은 결코 그냥 흘러가지 않았다. 서로가 서로에게 익숙해졌다는 것을 이런 순간에 확인한다.

남편은 전화를 받지 않았다. 연결이 되지 않는다는 안내 멘트를 듣다가 끊었다. 진료중인가 싶어 다시 걸지 않았다.

자동차에 시동을 걸고 내비게이션에 교복 판매점의 주소를 입력했다. 학교에서 일 킬로미터 정도 떨어진 가까운 곳에 있었다. 가게에 들러 하영에게 맞는 교복을 찾아 입어보는 도중에 남편에게 전화가 왔다.

"어, 무슨 일이야?"

"진료중이었어요? 하영이랑 같이 반 배정받느라 학교에 왔어요. 나온 김에 같이 점심 먹을까 싶어서 지금 병원으로 가려고 하는데."

"어쩌지? 지금 손님이 와서 외부에 있는데. 점심은 같이 못 할 것 같아."

"그래요? 알았어요. 그럼 집에서 봐요."

전화를 끊는데 탈의실에서 하영이 나왔다. 흰 셔츠에 푸른색 체크무늬 스커트가 시원해 보였다. 한 학기만 입을 교복이니 몸에 딱 맞는 게 낫겠다 싶었다.

"잘 맞아? 움직이는 건 편해?"

"이걸로 할게요. 아빠랑 통화했어요?"

"응, 근데 어쩌지? 아빠는 선약이 있나 봐."

"괜찮아요, 우리 둘이 먹어요."

하영은 가볍게 대답하고 거울 속의 자신을 이리저리 쳐다보았다.

"그래. 뭐 먹고 싶은 거 있어?"

하영은 잠시 생각하다가 선경을 돌아보았다. 가고 싶은 곳이 생각난 모양이었다.

"생선구이요."

그러다 뭔가 생각난 듯 선경의 눈치를 살폈다.

"속 안 좋을 것 같으면 다른 데 가도 되고요."

"아니, 괜찮아. 나도 좋아."

그렇지 않아도 선생들의 이야기를 들으며 선경은 유리 엄마를 떠올렸다. 아무리 정신없이 바쁘게 지낸다고 해도 가출한 자식에 대한 걱정이 머리 한편을 늘 차지하고 있을 것이다.

"그냥 이대로 입고 갈래요."

하영은 새 교복을 입고 가겠다고 고집을 부렸다. 생선 냄새가 배거나 혹시라도 음식물이 묻을까 신경이 쓰일 텐데 하영은 결정했다는 듯 탈의실에 벗어둔 옷들을 챙겨 쇼핑백에 담았다.

생선구이 가게는 지난번 왔을 때보다 한산했다. 아직 이른 시간이라 그런지, 아니면 아스팔트를 녹일 만큼 더운 날씨 때문인지, 덕분에 선경과 하영은 쉽게 빈자리를 찾아 앉을 수 있었다.

가게 안으로 들어선 하영을 보자 유리 엄마가 순간 멈칫하더니 다시 주방으로 들어갔다. 유리 엄마는 곧장 물병과 컵을 가져다주었다. 자연스럽게 선경과 하영의 시선이 유리 엄마를 향했다.

"생선구이 백반 둘 주세요."

선경에게 주문을 받은 유리 엄마는 음식 준비를 위해 주방으로 들어갔고 선경과 하영은 말없이 유리 엄마가 일하는 모습을 지켜보았다.

선경은 학교에서 들었던 이야기가 떠올랐다. 가출한 딸이 출석 일수 때문에 유급을 당할지도 모르는 상황인데도 아이의 엄마는 아무 일도 없다는 듯 손님을 상대하며 식당 일을 하고 있다. 불행한 가정은 저마다의 사연이 있다고 하지만 유리 엄마의 표정만으로는 아무것도 읽을 수가 없다. 유리라는 아이는 왜 가출을 했을까? 문득 궁금해졌다.

하영의 앞에 수저를 놓아주던 선경은 유리 엄마를 빤히 보고 있는 하영을 보자 의아했다. 하영도 유리에게 관심이 생긴 것일까? 굳이 점심 메뉴를 생선구이로 선택한 것도 그런 이유가 아닌가 싶었다.

상을 차린 유리 엄마가 자리를 떴다가 다시 오더니 하영에게 앞치마를 건넸다.

"새 교복 같은데 가리고 먹으라고."

"고맙습니다."

유리 엄마는 아무 일 아니라는 듯 행주를 챙겨 식사가 끝난 구석 테이블을 치웠다.

하영은 문득 생각난 듯 선경을 쳐다보며 물었다.

"이 교복은 오래 입어야 두 달이에요. 겨울 교복도 마찬가지구요. 난 물려 입는 교복도 괜찮은데 왜?"

예상하지 못한 질문이었다. 고작 한두 달씩 입을 교복을 새로 사겠다고 한 게 의아한 모양이었다. 하지만 헌 교복 이야기가 나오자마자 선경은 노 선생에게 불쾌한 기분까지 느꼈다. 어쩌면 어릴 때 받은 상처의 반작용일지도 모른다.

하영의 질문에 선경은 어릴 때의 일을 떠올렸다.

엄마와 함께했던 기억이 늘 좋은 것은 아니다. 시간이 흘러도 미화되지 않는 기억은 얼마든지 있다. 엄마가 살아 있었다면 아마 두고두고 원망하며 입에 올렸을 이야기다.

"나는 외동으로 자랐어. 애기들은 금방금방 자라니까 옷을 새로 사도 곧 못 입게 되잖아. 그래서 사촌이나 이웃집 언니의 옷을 물려받고, 내가 크면 다시 옷을 나눠주곤 했지. 어릴 때는 그냥 그런가 보다 했어. 다른 집 애들도 그렇게 물려가며 입곤 했으니까. 근데 일곱 살 때인가, 설날인데 엄마가 입혀준 한복을 입고 친척집에 갔다가 알게 된 거야. 내가 입고 있는 옷이 사촌 언니가 입던 옷이라는 걸."

작아서 더이상 못 입게 된 옷인데도 사촌 언니는 화를 내며 자기 옷이라고 당장 벗으라고 했고, 얼떨결에 봉변을 당한 선경은 놀라 울음을 터뜨렸다. 그 바람에 야단을 맞고 약이 오른 사촌 언니는 가위를 가지고 나와 선경이 입고 있던 한복을 찢어버렸다. 몸싸움을 하다 결국 가위에 상처까지 입은 선경은 경기까지 일으켜 병원에 실려 갔다.

그 일로 선경은 두 번 다시 헌 옷을 물려 입지 않겠다고 엄마에게 말했고 오래 입기 위해 차라리 조금 큰 옷을 사는 쪽을 선택했다.

"우습다. 말하고 보니 나도 참 고집이 센 아이였다는 걸 이제야 알겠네."

"……엄마, 보고 싶어요?"

"어쩌다 가끔. 하영이 넌?"

"아니요, 한 번도."

대화가 침울해진 탓인지 생각보다 생선구이가 맛있지 않았다.

집으로 돌아가는 길에도 선경은 식당에서 하영이 했던 말을 떠올렸다. 한 번도 엄마가 보고 싶지 않았다는 대답은 하영이 겪었던 일들을 짐작하게 했다. 하지만 자신의 짐작과 하영의 실제 경험 사이에는 많은 차이가 있을 것이다. 그 어둠의 깊이가 얼마나 깊게 새겨져 있는지 걱정스러웠다.

삼십 년 전 헌 옷 때문에 사촌 언니와 싸웠던 일조차 지금까지 선경에게 이렇게 영향을 미친다. 하영은 엄마와 십 년을 살면서 얼마나 많은 일들이 있었을지 가늠도 되지 않는다. 전에 없이 평온하고 차분한 나날을 보내고 있지만 하영의 마음속에 아직 터지지 않은 지뢰가 있지는 않은지 불안한 게 사실이었다.

집으로 돌아온 선경은 갑자기 몰려든 피로감에 제대로 씻지도 못하고 침대에 쓰러졌다. 아니, 잠으로 도망쳤다는 게 맞을 것이다. 또 하영에 대한 생각을 거듭하며 막연한 불안감으로 밤을 맞고 싶지 않았다. 선경은 죽은 듯이 잠이 들었고 오랜만에 엄마 꿈을 꾸었다. 엄마는 선경의 배를 어루만져주며 따뜻한 미소를 지었다.

선경의 베개에 툭 눈물이 떨어졌다.

12.

저녁 장사는 일찍 끝났다.

생선구이라는 메뉴가 워낙 계절을 많이 타기도 하지만 35도를 넘실대는 여름 날씨에는 다들 냉면이나 차가운 물회를 찾기 마련이다.

미진은 손님이 빠져나간 식당의 문을 닫아걸고 멍하니 의자에 앉았다. 이렇게 뜨거운 열기 속에서 생선을 굽다 보면 자신의 몸도 같이 구워지는 기분이 든다. 올여름은 유난히 더운 것 같다. 하루 종일 땀을 뺀 탓에 몸에서 소금기가 느껴질 정도로 버석버석, 끈적거린다. 어서 빨리 집에 가서 씻고 누웠으면. 하지만 쉽게 몸을 일으킬 수가 없다. 피로를 넘어 온몸이 녹아내리는 느낌이다.

저녁 장사 전에 걸려 온 전화가 내내 미진의 마음을 가라앉게 만들었다. 전화를 받고 나서야 유리가 집을 나간 지 벌써 삼 개월이 넘었다는 것을 깨달았다.

"더이상 출석을 하지 않으면 학교에서 유급을 당할 수도 있어요. 어떻게 유리와 연락을 할 방법은 없나요?"

미진은 거친 말이 나올 것 같아 얼른 전화를 끊고 싶었다. 연락할 방법 같은 게 있으면 진작 했을 것이다.

'철딱서니 없는 년.'

유리가 가출했다는 것을 알았을 때 미진은 기가 찼다.

아침에 일어나 냉장고에서 물을 꺼내 마시다가 식탁에 놓인 편지를 발견했다. 엄마는 나한테 관심도 없고 필요도 없는 거 같으니까 나가줄게요, 잘 먹고 잘 살아요. 대충 그런 내용이었다. 편지를 보자마자 짜증이 났다.

'이것아, 뭐 닮을 게 없어 이런 걸 닮니?'

유리의 지금 나이에 미진도 가출을 했었다. 중3 겨울방학이었다.

강원랜드가 생기면서 카지노에 미쳐 건어물 가게까지 말아먹은 아버지는 툭하면 엄마와 미진에게 주먹질을 해댔다. 엄마의 품에서 아버지가 내려치는 폭력의 무게를 받아내던 미진은 죽는 대신 가출을 선택했다.

며칠은 살 것 같았다. 아무도 모르는 낯선 곳에 던져졌다는 불안감보다 아버지의 주먹에서 벗어난 안도감이 더 컸다. 막막했지만 잘 곳은 얼마든지 있었다. 며칠 피시방에서 밤을 새우다 찜질방으로 옮겼다. 파마를 한 듯한 곱슬머리와 나이보다 성숙해 보이는 얼굴 덕분에 누구도 신분증을 보자고 하지 않았다.

새벽 몇 시간 동안 목욕탕과 찜질방 청소를 하는 아르바이트를 했다. 찜질방에서 일하는 덕분에 숙식은 해결되었다. 낮에는 잠깐씩 나가 영화를 본다거나 쇼핑을 할 수도 있었다. 내 손으로 돈을 벌게 되다니. 그렇게 자신감도 생겼다. 하지만 세상의 호의는 며칠 만에 끝났다.

집 밖에는 또 다른 폭력이 존재했다. 미진의 잠자리는 스포츠 마사지를 하는 방 뒤에 있는 직원 휴게실이었다. 커튼으로 가려진 허름한 곳이라 누구든 불쑥 들어왔다.

새벽 청소를 끝내고 곯아떨어져 있을 때 누군가 몸을 더듬었다. 허벅지 사이로 손이 들어오는 것을 느끼고 미진은 비명을 지르며 잠에서 깨어났다. 식당 주방에서 일하는 놈이었다. 비명 소리에 달려온 주인은 오히려 미진을 야단쳤다. 잠자는 손님도 있는 곳에서 뭐 하는 짓이냐는 말에 어이가 없었다.

와들와들 떨며 날이 밝기를 기다린 미진은 그길로 찜질방을 나왔다. 갈 곳이 없었다.

설이 며칠 안 남은 때라 엄마 생각이 더 많이 났다. 도박에 미치기 전 가게에서 열심히 일하던 아버지의 모습도 떠올랐다. 어쩌면 미진이 가출한 뒤로 아버지도 정신을 차렸을지 모른다. 집 나간 자식이 잘 있는지 눈물과 걱정으로 지내지나 않을까 하는 생각도 들었다. 무엇보다 엄마 혼자 아버지를 감당하고 있을 게 마음에 걸렸다.

집으로 전화를 했다. 아버지가 전화를 받을까 봐 겁이 났지만 다행히 엄마가 전화를 받았다. 미진은 "여보세요"라고 말하는 엄마의 목소리를 듣는 것만으로도 눈물이 쏟아졌다. 울음 섞인 목소리로 "엄마……"라는 말을 뱉은 뒤로 아무 말도 못 하고 눈물만 흘렸다. 괜찮다고, 어서 집으로 돌아오라는 엄마의 말에 미진은 바로 집으로 가는 버스를 탔다.

유리도 그렇게 며칠이 지나면 돌아올 줄 알았다.

혼자 집에 있어도 제 일은 알아서 하던 아이였다. 갑작스러운 가출에 걱정보다 억울한 기분이 앞섰다. 주먹질하는 아버지도 없는데 뭐가 부족해서 가출을 하나 싶었다. 도대체 무슨 생각을 하고 있었는지 이해가 되지 않았다.

저 하나 먹이고 키우겠다고 이 고생을 하고 있는데 이런 철없는 짓이나 하고. 한숨이 절로 나왔다. 그래, 멋대로 해봐

라. 나중에 울면서 돌아오지나 마.

미진은 아침도 먹는 둥 마는 둥 하고 장을 보기 위해 집을 나설 준비를 하다 지갑이 빈 것을 발견했다. 건물주에게 주려고 찾아둔 월세 70만 원이 사라졌다. 그제야 유리가 작정을 하고 나갔다는 것을 깨달았다.

미진은 핸드폰을 꺼내 전화를 걸었다. 신호는 갔지만 전화를 받지 않았다. 머리가 뜨거워지며 열이 올라왔다.

'망할 년, 돈에 손을 대? 들어오기만 해봐라.'

미진은 최대한 인내심을 발휘해 다시 전화를 걸었다. 이번에는 전화기가 꺼져 있었다. 전화를 확인하고 바로 전원을 끈 모양이다. 전화도 받지 않겠다는 뜻이다.

미진은 열을 식히기 위해 방 안을 서성거렸다. 어디로 갔을지 아무리 생각해봐도 짐작 가는 곳이 없었다. 집과 학교, 이따금 식당에 들리는 게 전부인 아이였다.

미진은 집을 나서며 초등학교 때부터 유리의 친구였던 단비에게 전화를 걸었지만 단비는 아무것도 모르고 있었다.

식당 일을 하면서도 머릿속은 온통 유리 생각으로 가득했다. 처음엔 지갑에 손을 댔다는 사실에 화가 났지만 마음을 고쳐먹었다. 그 돈이라면 길에서 자는 일은 없겠지. 며칠 제멋대로 지내다가 돈 떨어지면 돌아오겠지.

하지만 유리는 일주일이 지나도 소식이 없었다. 학교에서 연락이 오고 여전히 핸드폰이 꺼져 있는 것을 확인한 미진은 그제야 덜컥 겁이 났다. 자신이 아는 유리는 그렇게 모진 아이가 아니다. 충동적으로 집을 나갈 수는 있겠지만 이렇게 오래 버틸 만큼 단단하지 않다. 미진은 유리가 남긴 편지를 다시 읽어보았다. 아직도 어린애인데 도대체 무슨 일이 있어서 가출까지 한 거니? 수없이 읽고 또 읽어도 이유를 찾을 수가 없었다.

먹고사느라 바빠서 챙겨주지 못했다고 가출을 해? 그건 미진의 상식으로는 이해가 되지 않았다. 더구나 유리는 식당에서 돌아온 엄마를 위해 어깨를 주무르고 안마도 해주던 아이다. 나중에 돈 많이 벌어서 엄마에게 카페를 차려준다고 했다.

"왜 카페야?"

"커피만 만들면 되잖아, 셀프로 손님들이 알아서 가져가게 하고. 그럼 엄만 앉아 있기만 하면 돼."

어느 세월에 그런 날이 올까 싶기도 했지만 듣기만 해도 기운이 생겼다. 식당 일로 힘든 엄마의 손목에 파스를 붙여주며 안타까워하던 아이에게 무슨 일이 있었던 걸까.

단비가 친구들에게 물어본다고 했지만 아무것도 알아낸 것은 없었다.

보름이 지나고 경찰서에 찾아갔다. 유리가 가출했다는 사실을 동네방네 알리기 싫어 망설였지만 이대로 영영 못 찾으면 어쩌나 하는 두려움이 먼저였다. 남의 속도 모르고 경찰은 태평하기만 했다. 실종이라면 몰라도 가출은 찾아줄 수 없다고 딱 잘랐다.

"어디로 간 줄 알고 찾아요?"

이따금 저녁을 먹으러 와서 안면이 있는 권 형사에게 매달려 사정을 이야기해봤지만 그도 딱히 도와줄 방법이 없다고 했다. 편지까지 써놓고 갔으니 그저 돌아오길 기다려보라는 게 전부였다. 핸드폰 위치 추적을 해서라도 알아봐달라고 했지만 그것 역시 단순 가출 사건에서는 해줄 수 있는 게 아니라고 했다.

"가출한 아이들은 대부분 곧 돌아오거나 연락이 오니까 그때까지 기다려봐요."

막막함에 용하다는 선녀보살에게 찾아가기도 했다. 유리의 사주를 꺼내놓자 선녀보살은 울기부터 했다. 당혹스러웠다.

"고생을 많이 했네. 아이구, 속이 다 문드러졌어. 누구 하나 도와주는 사람도 없어. 너무 외롭네. 이를 어쩔꼬."

신세 한탄을 들으러 온 게 아니었다. 미진은 유리가 언제 집으로 돌아올지 그게 알고 싶었다.

"돌아와. 여름방학 끝나면 돌아오겠네. 돌아오기는 하는데…… 안 좋아, 태풍이 불 거야."

몇 달 지나면 돌아온다는 말에 조금은 안심이 되었다. 신점 하나에 답답하던 속이 좀 풀렸다. 그래, 이참에 세상 험한 것도 좀 배워라. 미진은 모질게 마음먹기로 했다.

그래도 마냥 편한 것은 아니어서 이따금 술 한잔 기울이고 유리에게 문자를 보냈다. 어차피 전화는 받지 않으니 딸내미 생각이 간절할 때는 핸드폰을 꺼내 일기를 쓰듯, 술주정을 하듯 메시지를 보냈다.

—나쁜 년, 엄마 없이 사니까 좋냐? 학교 안 가니까 좋아? 왜 이렇게 엄마 속을 썩여?

—도대체 뭐 때문에 이러는 거야? 말을 해야 알지.

—유리야, 문자라도 해. 엄마 잠도 제대로 못 잔다.

—유리야, 엄마가 미안해. 네 마음 몰라줘서 미안해. 엄마가 먹고사느라 정신이 없었어. 고민이 있으면 엄마한테 얘기해주지 그랬어? 이제는 네 말 들을게. 귀 기울일게. 제발 잘 있다고, 한 번만 문자라도 해.

답장은 오지 않았다.

점심 손님 중에 강문중학교 교복을 입은 학생이 있었다. 깨끗하니 주름 하나 없는 교복을 보자 유리 생각이 났다. 유리의 교복은 주인 없는 방에 생기를 잃고 걸려 있다. 유리가 돌아왔다면 함께 학교를 다녔을 것이다.

미진은 앞치마를 찾아 학생에게 건네주었다. 깔끔한 교복에 차분히 식사하는 모습을 보자 유리의 생각을 떨칠 수가 없었다. 어디서 밥은 굶지 않고 지내는 건지, 잠시 묻어두었던 기억들이 파도처럼 밀려들었다. 맥이 풀려 일도 손에 잡히지 않았다.

날이라도 잡았는지 저녁 장사 준비를 하는 중에는 유리 담임의 전화까지 받았다. 그때부터 컨디션이 무너졌다.

이대로 문을 닫고 집으로 돌아가 다시 한번 유리의 방을 샅샅이 뒤지고 싶었다. 담임의 말대로 어떻게든 연락할 방법을 찾아낼 수도 있는데 놓치고 있었던 건 아닐까 하는 생각도 들었다. 하지만 가게 문을 닫을 수는 없었다.

예약한 손님을 받아야 한다. 돈을 벌어야 한다. 월세를 내야 유리와 함께 먹고살 수 있다. 몸은 기계처럼 움직여도 정신은 다른 곳에 가 있으니 일이 제대로 될 리가 없었다. 사이다를 달라는 손님에게 막걸리를 내어주고, 밥값 계산도 틀려 돈을 덜 받았다. 꾸역꾸역 일을 하고 마지막 손님까지 내보내고 나니 진이 빠질 수밖에 없었다.

미진은 다시 한번 권 형사에게 가봐야겠다는 생각을 하며 자리에서 일어났다. 아니, 그전에 선녀보살을 만나봐야겠다. 여름방학이 끝나가고 있는데 우리 유리는 왜 안 돌아오는지 따지고 싶었다.

행주로 주방 선반을 닦고 의자를 정리하고 손님들이 쓰던 앞치마를 접어 쪽방에 두려는데 방바닥에 뭔가 떨어져 있었다. 사진이었다.

미진은 사진을 집어 올렸다. 손이 떨려 사진이 흔들렸다. 사진이, 사진 속에서 유리가 웃고 있었다.

이게 갑자기 어디서 나타난 것일까? 언제부터 떨어져 있던 것일까? 아침 청소할 때도, 저녁 손님상을 치울 때도 보지 못했다. 언제 찍은 사진인지 기억도 나지 않았다. 자세히 본 뒤에야 기억이 따라왔다.

작년인가 식당 앞에서 찍은 사진이었다. 유리가 생일이라고 뭔가 사고 싶다고 식당까지 조르러 왔을 때였다. 그때 용돈을 줬던가? 이렇게 환하게 웃으며 팔짱을 끼고 있는 걸 보니 줬던 모양이다.

미진의 꺼칠한 뺨 위로 예고도 없이 눈물이 흘러내렸다. 손등으로 눈물을 닦아내는데 사진의 뒷면이 보였다. 뭔가 적혀 있다.

미진은 사진 뒷면에 적힌 글자 하나하나를 천천히 읽어 내려갔다.

가슴 깊은 곳에서부터 울음이 터져 나왔다. 미진이 참았던, 차곡차곡 눌러놓았던 눈물과 고통이 밀려들었다. 자책과 무기력함에 어린아이처럼 엉엉 소리 내어 울었다. 바닥에 주저앉아 두 손에 얼굴을 파묻고 오래 짐승처럼 울었다.

미안해, 미안해, 유리야. 나는 나쁜 엄마야.

사진의 뒷면에는 이렇게 적혀 있었다.

얼굴에 상처가 생기고 사흘이 지나도 엄마는 알지 못했다.

눈앞에 있는데, 내가 안 보이나 보다.

엄마에게 나는 없는가 보다.

엄마와 함께♥

13.

2학기가 시작되는 날, 하영은 교무실에 들러 담임을 찾았다.

노 선생은 전날 전화를 해서 교실이 아닌 교무실로 먼저 오라고 했다. 자신과 함께 들어가서 인사를 하는 게 좋을 것 같다고 말했다.

서류를 정리하고 있던 노 선생은 교무실로 들어오는 하영을 보고 반갑게 손을 흔들었다. 뒷담화를 하던 때와는 달리 친근한 미소를 지으며 하영에게 말을 걸었다.

"새 친구 만날 생각에 긴장한 건 아니지? 걱정 마. 다 착한 애들이니까."

무슨 까닭인지 노 선생은 지나치게 친절했다.

하영은 그런 쪽으로 촉이 좋아서 노 선생이 전날과는 다른 정보를 얻은 모양이라고 생각했다. 갑작스러운 친절의 이유는 금방 밝혀졌다. 하영의 짐작이 맞았다.

"서울에서 온 생활기록부 봤어. 전교 1등이라니, 정말 대단하다."

"……."

하영의 시선이 노 선생의 책상으로 옮겨졌다.

생활기록부. 학교에서 적어놓은 나의 기록들. 과연 선생들은 나의 무엇을 보고 적어놨을까? 나를 알기나 할까. 그 기록으로 알 수 있는 건 고작 시험 성적과 출석 일수, 활동 사항과 취미반 정도다.

"그런 성적표는 처음 봤어. 전국 석차가 얼마였더라? 오십……?"

"지난 학기는 54등이었어요."

"그래 54등. 세상에. 상위 0.1%? 아니 0.01%인가? 어떻게 그렇게 공부를 잘하니?"

노 선생은 전국에 있는 중학생이 100만 명이 훨씬 넘는데 그중 54등이라는 건 어마어마한 것이라며 놀라워했다.

타고난 머리도 있겠지만 하영은 지금 나이의 자신이 가질 수 있는 최고의 권력이 무엇인지 일찌감치 파악했다. 초등학교 때는 몰랐지만 중학교에 들어가면서 공부 잘하는 학생에게는 어른들이 특권을 베푼다는 것을 깨달았다. 공부는 어렵지 않았다. 기억력도 좋고 이해도 빨랐다.

아빠에게 인정받기 위해서라면 못 할 일이 없었다. 성적표는 아빠의 관심을 받을 수 있는 가장 좋은 훈장이었다. 중학교에 입학한 뒤로 1등은 거의 놓치지 않았다. 어느새 전교 1등은 당연한 일이 되어 있었고, 아빠의 관심은 건성이 되었다.

교실 앞에 선 노 선생은 하영을 돌아보며 웃더니 무대에 오르는 배우처럼 교실 문을 활짝 열었다.

선생이 들어와도 어수선하던 교실은 하영이 등장하면서 순식간에 조용해졌다. 남학생들의 입에서 오, 하는 탄성이 터졌고 여학생들은 서로의 팔을 툭툭 치며 하영을 살피기 바빴다.

하영은 스물네 명의 학생들을 쳐다보았다. 뒷자리에 유독 머리 하나가 툭 튀어 올라와 있는 학생이 보였다. 지훈이다. 체육관 앞에서 함께 떠들던 다른 유도부원들은 보이지 않았다. 운동부 활동만 같이 하고 반은 다른 모양이다.

"자, 조용. 다들 방학 잘 보냈니? 오랜만에 학교 오니까 신나지?"

학생들의 입에서 여러 답들이 쏟아졌다. 노 선생은 손바닥으로 탁자를 탁탁 치며 집중을 시켰다.

"자, 보다시피 우리 반에 새로 전학생이 왔어요. 직접 인사할래?"

노 선생의 말에 하영은 정면을 바라보며 입을 열었다.

"윤하영입니다."

하영은 짧게 이름만 말하고 입을 닫았다. 노 선생도 아이들도 다음 말을 기다렸지만 하영은 더이상 앞에 서서 아이들의 시선을 받고 싶지 않았다. 선생이 더 말을 붙이기 전에 얼른 자신의 소개가 끝났음을 알렸다.

"어디에 앉죠?"

"어, 그래. 가만있자…… 저기 빈자리 보이지?"

"여긴 유리 자린데요?"

빈자리 옆에 앉은 여학생이 말했다.

"유리는…… 우선 하영이가 앉기로 하자. 들어가."

노 선생은 유리가 유급될 가능성이 높다는 사실을 굳이 아이들에게 알릴 필요는 없다고 생각했는지 입을 닫았다.

하영은 호기심 어린 아이들의 시선을 헤치며 선생이 지정해준 빈자리로 향했다. 학년이 바뀌고 새로운 교실에 들어설 때마다 하영은 정글에 막 발을 들이민 탐험가처럼 긴장과 설렘을 느꼈다. 낯선 생태계에 들어가는 순간 살아남기 위해 더듬이를 곤두세워야 한다. 그리고 재빨리 찾아야 한다.

누가 이 구역의 여왕벌인가, 여왕벌이 되려고 하는가.

하영은 신학기를 좋아한다. 모든 것이 새로 시작되기 때문이다. 학년이 바뀌면 그동안의 먹이사슬과 구역, 편 가르기가 모두 리셋되고 완전히 새로운 판이 펼쳐진다. 아이들은 자신도 모르게 그동안 해오던 방식대로 행동하면서 이전과 비슷한 그룹에 속하며 무리를 이룬다. 무리에서 벗어나는 일만 없으면 대개는 무사히 학년을 마치고 올라간다.

하영은 교실의 먹이사슬 관계에서 늘 관찰자이며 열외자가 되기 위해 애썼다.

눈에 띄는 외모와 압도적 성적으로 여왕벌이 되기에 완벽한 조건이었지만 하영은 아이들의 무리에서 우두머리로 군림할 생각이 전혀 없었다. 자신은 한 발 뒤에 떨어져서 무리와 상관없는 존재이고 싶었다. 적당히 방관자로, 완전히 소외되지는 않는 선에서 아이들과의 관계를 유지했다.

이따금 그런 하영의 태도에 시비를 거는 아이들도 있었다. 여왕은 아닌데 어느새 여왕보다 더 높은 곳에 있는 하영이 눈에 거슬리고 불편한 것이다. 여왕이 되고 싶은 아이는 하영이라는 존재를 꺾어야 자신이 올라선다고 믿고 겁 없이 덤비곤 했다. 하지만 어느 순간 깨닫는다. 절대 하영을 이길 수 없다는 것을.

빈자리에 앉으려고 보니 의자에 가방이 놓여 있었다. 하영이 빤히 가방을 쳐다보자 옆자리에 앉아 있던 검은 뿔테 안경의 여학생이 마지못해 가방을 자기의 옆으로 내려놓았다. 그

것으로는 부족했는지 노골적인 시선으로 하영을 훑어보았다. 주인이 있는 자리에 하영이 앉는 게 불만인 표정이었다.

조금 전 담임에게 이 자리는 '유리 자리'라고 말했던 학생이었다.

하영은 의자에 앉기 전에 자신이 앉아야 할 자리를 살펴보았다.

책상은 여러 가지 낙서로 어지럽혀 있었다. 볼펜으로 긁어서 새겨진 검은 글씨와 칼로 파놓은 흔적들. 입에 담기 어려운 욕과 이해할 수 없는 그림들이 가득했다.

물끄러미 책상을 내려다보던 하영은 가방을 열어 물티슈를 꺼냈다. 자신이 앉아야 할 의자와 책상 위를 닦았다. 낙서들은 깊게 패어 있어 손끝에 그대로 느껴졌다. 하영은 자신이 유리의 자리에 앉게 되었다는 사실에 묘한 기분이 들었다. 산속 동굴에서 유리의 가방을 발견한 것은 우연이 아니라 준비된 수순처럼 느껴졌다.

자리에 앉은 하영은 고개를 들어 교실 안을 둘러보았다. 시선이 마주치자 가볍게 눈인사를 하는 학생도 있고 곧 관심을 끄고 고개를 돌리는 아이도 있었다.

유리의 자리에서, 유리가 보던 교실을 둘러보며 하영은 유리의 일기장 속에 있던 이름들을 떠올렸다.

누구일까? 누가 유리의 허벅지에 멍이 들게 구타를 했고 누가 유리의 머리를 화장실 변기에 처박았을까? 겉으로는 친근하게 웃고 있지만 아이들이 돌변하면 어떤지 잘 안다.

착한 아이들이라고 했던가? 노 선생에게 유리의 일기를 보여줘도 그렇게 말할 수 있을까?

옆으로 고개를 돌리자 의자에서 가방을 가져갔던 검은 뿔테 안경과 눈이 마주쳤다.

"넌 이름이 뭐야?"

"단비야. 주단비."

"예쁜 이름이네."

단비는 이름이 예쁘다는 말에 금방 입가에 미소를 머금다 다시 안경을 고쳐 쓰고 정색을 했다.

"그 자린 주인이 있어."

"알아. 아까 네가 그랬잖아."

단비는 입을 다물고 하영을 빤히 쳐다보았다. 친구가 될지 어떨지 아직은 가늠하는 눈치였다. 아침 조회를 마치고 담임이 나가자 이내 여학생들이 하영의 주변으로 모여들었다. 여기저기서 질문이 쏟아졌다.

"어디서 왔어?"

"서울에서."

거봐, 그럴 줄 알았다니까. 서울이라는 말에 아이들은 더 왁자지껄 할 말이 많은 것 같았다.

"근데 왜 여기로 이사 왔어?"

"내가 원한 건 아니야."

"어디 살아?"

하영은 아이들의 질문을 흘려들으며 가방을 열어 필기도구를 꺼냈다.

"별장 집에 이사 온 애가 너구나? 내 또래가 있다고 해서 궁금했는데."

건너편 뒷자리에 앉아 있던 여학생이 아는 척을 했다.

"엄마한테 들었어. 만났지? 피아노 학원 안 선생. 우리 엄마야."

"와, 니네 엄마 거기도 가신 거야?"

"대박, 역시 마당발."

"너도 피아노 학원 다닐 거니?"

아이들은 이미 서로의 집안 사정을 알고 있는지 낄낄거리며 이야기를 주고받았다.

"나는 미나라고 해. 이미나. 궁금한 거 있으면 물어봐."

엄마 얘기를 꺼낸 여학생이 자신을 소개했다. 하영은 미나의 얼굴을 쳐다보았다. 오지랖 넓어 보이던 엄마와는 전혀 안 닮았다.

하영은 미나를 쳐다보며 책상에 깊게 새겨진 생선 그림의 선을 따라 천천히 손가락을 옮겼다. 칼로 홈을 파서 낸 상처가 분명하게 느껴졌다.

"유리⋯⋯ 유리는 어디 있어?"

"뭐?"

하영의 질문에 미나의 표정이 순식간에 바뀌었다. 하영의 주변에서 떠들썩하던 아이들도 갑자기 조용해졌다. 그 침묵은 아이들이 유리의 일에 대해 무언가 알고 있다는 것을 의미한다.

미나의 시선이 교실 앞쪽 자리로 향했다.

하영은 미나의 시선이 가리키는 곳을 따라갔다. 교실에서 일어나는 일에 관심이 없다는 듯 등을 보인 채 앉아 있는 아이가 보였다.

미나의 시선이 다시 하영에게로 돌아왔다. 조금 전과 달리 목소리가 흔들리고 있었다.

"너⋯⋯ 유리를 어떻게 알아?"

"아까 그랬잖아, 여기 유리 자리라고. 그 앤 어디로 가서 자리가 빈 거냐고."

그제야 긴장했던 미나의 표정이 풀렸다. 얼굴에 감정이 그대로 드러나서 하영이 굳이 물어볼 필요도 없었다. 일기장에 가장 많이 등장하던 이름 중에 '미나'라는 이름이 있었다. 지금의 표정으로 미나가 유리의 실종과 관련이 있다는 것을 확신했다.

수업 시작 종이 치자 아이들이 다시 자기 자리로 돌아갔다. 그 틈을 이용해 단비가 슬쩍 하영에게 고개를 숙이며 속삭였다.

"미나 조심해. 말 안 섞는 게 좋아."

단비를 쳐다보았지만 단비는 아무 일도 없다는 듯 책상에 노트와 책을 꺼내고 수업 준비를 하고 있었다.

"왜 조심하라는 거지?"

"그냥 지내보면 알아."

"너는?"

단비가 눈을 동그랗게 뜨고 돌아보았다.

"나…… 뭐?"

"넌 좋은 아이야?"

한 번도 그런 질문을 받아본 적이 없는지 당황하는 눈치였다. 하영은 단비의 답을 듣지 않고 다음 질문을 던졌다.

"유리, 왕따였지?"

"그걸 어떻게……?"

유리의 일기장을 못 봤다고 해도 금방 알 수 있는 일이다. 유리의 책상은 유리에게 가해진 아이들의 폭력을 그대로 담고 있다. 깊게 팬 글자 하나하나는 유리가 매일 듣던 말들이었을 것이고 유리의 마음에도 깊은 상처로 남았을 것이다.

"네 책상은 아주 깨끗하네."

하영은 손가락으로 다시 한번 책상에 새겨진 글자들을 만져보았다. 일기장을 봤을 때 느꼈던 감정과는 또 다른 느낌이 밀려들었다. 유리가 느끼던 고통의 실체를 확인한 것 같았다.

책상의 낙서들을 만지는 하영의 손가락을 바라보자 단비의 얼굴이 창백해졌다.

"넌 유리에게 좋은 친구였니?"

단비는 아무 말도 못 하고 시선을 돌렸다. 고개도 제대로 들지 못하고 책상에 시선을 떨군 단비는 어느새 손톱을 깨물고 있었다.

문소리가 들리고 선생님이 들어왔다. 하영은 단비에게 기울어 있던 상체를 일으켜 자세를 바로 하고 수업을 들을 준비를 마쳤다.

반 아이들에게 집단적으로 괴롭힘을 당하는 아이는 서울에도 있었다. 행동이 굼뜨거나, 엉뚱한 소리를 해대거나, 이해력이 떨어져서 반 친구들에게 쉽게 표적이 되는 아이. 처음부터 집단행동을 하지는 않는다. 먼저 돌을 하나 던져보고 반응을 살핀다. 그때 어떤 반응을 보이느냐에 따라 아이들은 그를 괴롭힐지 내버려둘지 결정한다.

처음엔 몇 명이 장난처럼 시작하고 점점 그를 무시하거나 괴롭히는 아이들이 많아지면 반 전체의 장난감이 된다. 무리 지은 아이들은 쉽게 분위기에 휩쓸려 도를 넘기 시작하고, 그러다 보면 끔찍한 결과를 낳기도 한다.

하영은 두 손으로 책상을 만지다가 의자로 손이 내려갔다. 이 자리에 앉았을 유리를 떠올렸다. 사진으로 얼굴을 알고 있어 상상은 어렵지 않았다. 이 정도의 거리에서 칠판과 아이들의 뒷모습을 바라보며 앉아 있었겠지.

문득, 자신이 왜 그렇게 유리의 일에 관심을 가지고 있는지 의아한 기분이 들었다. 평소 자신이라면 동굴 속에서 발견한 가방을 뒤지고 살펴보다가 금방 흥미를 잃고 도로 갖다 버렸을 것이다. 하지만 일기장을 읽으면서 알 수 없는 무언가가 하영의 마음을 사로잡았다. 그게 무엇인지는 더 생각해봐야 알 것 같다.

하영은 책을 펴고 칠판을 보았다. 수학 선생이 칠판에 문제를 적고 있다. 네 개의 문제를 적은 선생은 고개를 돌리고 아이들 쪽을 쳐다보았다.

"자, 또 시작해야지? 다 푼 사람은 손 들어."

어렵지는 않았다. 서울에 있을 때 학원에서 선행 학습으로 고등학교 수학까지 진도를 나간 하영에게 중3 수학은 복습이나 다름없었다.

쉽게 써 내려간 하영에 비해 다른 아이들은 문제만 적거나 머리를 긁적거리며 풀고 있었다. 신통치 않은 아이들의 반응에 수학 선생은 혀를 차며 잔소리를 시작했다.

"설마 방학 내내 책도 안 보고 논 건 아니지? 이건 지난 학기에 배운 거라고. 너희들 좀 있으면 고등학생이야, 수학 포기할래? 고등학교 가기 전에 잡아야지."

아이들의 한숨 소리와 탄식을 듣던 수학 선생은 낯선 얼굴을 발견하고 관심을 보였다.

"새 얼굴이 보이네. 전학 왔다는 친구 같은데, 다 풀었어? 나와서 한번 풀어볼래?"

아이들의 호기심 어린 눈동자가 일제히 하영을 향했다. 아이들은 수학 선생 덕분에 좀더 일찍 하영이라는 아이를 가늠해볼 수 있겠다는 듯 흥미를 보였다.

하영은 칠판으로 나가서 거침없이 네 문제의 답을 쓰고 자기 자리로 돌아왔다. 아이들의 눈빛이 달라져 있었다.

"한 문제만 풀어도 되는데……."

수학 선생은 순식간에 답을 써 내려간 하영의 실력에 적이 놀라는 눈치였다. 선생은 하영이 풀어놓은 답을 확인하다가 하영을 돌아보았다.

"이건 좀더 풀어 써줘야지."

"공식에 대입하면 바로 답이 나오는데 더 풀어 써야 하나요?"

"그야 그렇지만, 그 과정을 푸는 게 수학이니까."

"대학 수능은 단답형으로 나오는데요?"

반 아이들이 와하는 탄성과 함께 박수를 치며 수학 선생의 반응을 기다렸다.

"그렇긴 하지. 근데 진짜 다 머릿속으로 풀었다고?"

그 말 한마디로 모든 게 끝났다.

아이들은 동경 혹은 경외의 눈빛으로 하영을 쳐다보았다. 고작 수학 문제 하나로 어느새 아이들은 모두 하영을 인정하는 표정이다. 성적의 효과는 어른에게만 통하는 게 아니라 아이들에게 더 크다.

수학 선생은 머뭇거리다 나머지 학생들을 위해 문제의 답이 왜 그렇게 나왔는지 자세히 풀어서 설명했다. 하영을 힐끗거리던 아이들은 선생이 필기해주는 대로 열심히 공책에 받아 적었다.

누군가의 시선이 느껴져 고개를 돌려보니 지훈이 쳐다보고 있었다. 다른 아이들과는 달리 필기도 하지 않고 하영을 보고 있었다. 그의 표정은 동경이나 경계가 아니었다. '너 누구냐?' 하는 표정. 하영은 지지 않고 그의 시선을 되받아쳤다.

필기를 마치고 고개를 들던 단비가 하영을 쳐다보다 두 사람의 눈싸움을 알아챘다.

단비의 시선을 느낀 지훈이 먼저 고개를 돌렸다. 단비는 재미난 일이라도 발견한 것처럼 표정이 밝아져서 소곤거렸다.

"재가 우리 반 반장이야. 박지훈. 학생회장이고."

"알아."

"알아?"

단비의 목소리가 높아지는 바람에 아이들 몇이 돌아보며 눈치를 주었다. 단비는 움찔해서 고개를 집어넣다가 다시 하영을 쳐다보았다.

"근데 관심 안 가지는 게 좋을 거야, 김은수랑 커플이거든. 말만 걸어도 은수가 가만두지 않을 거야."

"김은수가 누군데?"

단비가 들고 있던 볼펜으로 은수를 가리켰다. 미나의 시선이 머물렀던 아이였다. 유리의 일기장에서 상당한 지분을 차지하던 이름. 하영은 은수의 뒷모습을 쳐다보며 유리의 일기장에 적혀 있던 김은수를 떠올렸다. 뭐라고 적혀 있었더라.

그래, 여왕벌. 저 아이가 이 반의 여왕벌이다.

아이들은 누가 사라지거나 들어오는 일에 적응이 빨랐다.

며칠 되지 않아 아이들은 유리의 자리를 채운 하영에게 익숙해졌다. 아이들은 여전히 하영에게 다가와 말을 걸었다. 낯선 이에 대한 관심이 며칠 못 갈 거라고 생각했지만 그건 하영의 착각이었다. 어디서 말이 샜는지 반 아이들은 하영이 예전 학교에서 전교 1등을 했으며 전국에서도 상위권의, 거의 '천상계'의 성적이라는 얘기를 모두 알고 있었다. 아이들은 하영의 공부법에 대해서도 물었고, 집에서는 뭘 하는지, 취미는 뭔지 별걸 다 궁금해했다. 하영에 대해서라면 뭐든 알고 싶어 하는 것 같았다. 하영은 아이들의 질문을 적당히 받아치며 스물네 명의 무리가 어떻게 구성되어 있는지 파악했다.

그사이 은수와는 묘한 신경전이 느껴지는 시선을 몇 번 주고받았다. 은수는 하영에게 질문을 던지는 반 친구들을 한심하게 쳐다보거나 짐짓 하영에게 관심 없다는 듯 고개를 돌리고 있었지만 하영은 분명히 느낄 수 있었다. 은수는 수많은 레이더를 통해 하영을 관찰하고 정보를 수집하고 있다.

그것은 싸움을 앞두고 주위를 어슬렁거리면서 상대의 힘을 가늠해보는 탐색의 시간이었다. 하영은 은수가 먼저 다가올 때까지 지켜볼 생각이었다.

점심시간이 되자 하영은 아이들의 관심을 피해 운동장으로 나왔다.

일찌감치 점심을 먹은 아이들은 땡볕에도 아랑곳하지 않고 운동장에서 축구를 하거나 뜀박질을 하며 놀고 있다. 운동장 트랙을 따라 걸음을 옮기던 하영의 눈에 계단이 눈에 들어왔다. 몇 계단 되지 않았지만 위쪽은 운동장과 달리 나무가 우거져 보였다.

계단에 올라서자 운동장에서는 보이지 않는 전혀 다른 공간이 보였다. 왼편으로 초록색 막이 쳐져 있고 나무 그늘이 시원한 테니스장이 있었다. 그 옆으로 나무 벤치와 작은 창고도 보였다. 테니스장 입구는 자물쇠가 채워져 있고 관리가 잘 되어 있는 걸 보니 수업 시간에만 개방하거나 교사들이 주로 사용하는 공간 같았다.

계단 오른쪽으로는 아기자기한 정원과 함께 시민 공원에서 흔히 볼 수 있는 야외 운동기구들이 설치되어 있었다. 기구들 주변은 화단이 잘 가꾸어져 있어, 유럽풍의 정원을 연상하게 했다. 잘 정돈된 정원수 한편으로 갖가지 야생화와 수국이 붉고 푸르게 피어 있었다. 여름 꽃인 수국은 절정이 지나 시들어가고 있었다. 꽃그늘 아래로 떨어진 꽃잎들이 마치 눈처럼 쌓여 있었다.

하영은 고즈넉한 이곳의 분위기가 마음에 들었다. 꽃들이 피어 있는 곳으로 걸음을 옮기는데 누군가 걸어오는 인기척이 느껴졌다. 돌아보니 지훈이 올라오고 있었다.

테니스장 옆 창고를 향해 걸어가던 지훈은 수국 옆에 서 있는 하영을 발견하고 흠칫 놀라는 기색이었다. 하영을 보며 잠시 주저하던 지훈은 발걸음을 옮겨 하영에게 다가왔다. 하영은 교실에서 눈이 마주쳐도 아는 척을 않던 지훈이 먼저 다가오자 의아한 생각이 들었다.

"……지난번엔 미안했다."

"뭐가?"

"도둑이라고 한 거."

"아……."

잊고 있었다. 잠깐 불쾌했지만 지훈보다는 성호로 인해 느낀 불쾌감이 더 컸던 터라 지훈의 일은 잊고 있었다.

생각보다 시시한 용건에 실망했지만 사과는 받아주기로 했다. 이미 다 잊었다고 답을 했지만 지훈은 뭔가 더 이야기하고 싶은 듯 머뭇거렸다. 하영이 먼저 말을 걸었다.

"현관에 걸린 사진 봤어. 전국체전도 나가고 꽤 하던데?"

"이젠…… 상관없는 일이야."

"뭐가?"

지훈은 손가락으로 이마를 문지르며 잠시 머뭇거리다 말했다.

"유도…… 이젠 안 해."

"왜?"

"……어깨 부상."

지훈의 목소리는 침울했다. 덩치는 커도 어린애 같다는 생각이 들었다. 하영은 이제 그만 지훈을 보내고 혼자만의 시간을 갖고 싶었다. 아이들의 관심을 피해 겨우 한적한 곳에 왔는데, 이 아이는 왜 내 옆을 떠나지 않고 머뭇거리는지 짜증이 밀려오기 시작했다.

하영이 혼자 있고 싶다는 말을 하려는 순간, 지훈의 어깨 너머로 미나와 은수가 계단을 올라오는 모습이 보였다. 은수를 발견하자 단비가 했던 말이 떠올랐다.

'관심 안 가지는 게 좋을 거야. 말만 걸어도 은수가 가만두지 않을 거야.'

하영은 자신들을 발견한 은수의 안색이 변하는 것을 보자 슬슬 신경을 건드리고 싶어졌다. 하영은 시치미를 떼고 지훈에게 다정하게 말을 걸었다.

"정 미안하다면 한 가지 부탁을 들어줘."

"어? 뭔데?"

"학교 끝나고 근처 구경 좀 시켜줘. 가보지 못한 곳이 많아."

한 발 한 발 다가가자 은수의 표정이 점점 더 잘 보였다.

하영은 지훈의 어깨 너머로 째려보는 은수의 눈빛을 받아치고 지훈에게 한 뼘 더 다가서며 얼굴을 가까이 댔다. 비밀이야기라도 하듯 작은 소리로 속삭이자 지훈이 긴장하는 게 느껴졌다. 목덜미와 귀가 빨개졌다.

"해줄 거지? 그럼 용서해줄게."

"여기서 뭐 해?"

가까이 다가온 미나가 은수를 의식하며 큰 소리로 물었다.

미나의 소리를 들은 지훈은 화들짝 놀라며 하영에게서 떨어졌다. 지훈의 당황하는 모습을 본 은수는 어이가 없는 듯 두 사람을 번갈아 째려보았다. 분노로 얼굴이 빨갛게 달아 있었다. 하영은 자기도 모르게 미소가 새어 나왔다.

하영은 시치미를 떼고 수국 나무가 있는 쪽으로 걸음을 옮기며 미나와 은수를 쳐다보았다.

"학교 구경하는 중이었어. 여긴 조용해서 좋네."

은수는 하영을 무시하고 지훈에게 다가갔다.

"얘기 좀 해."

"할 얘기 없어."

지훈은 테니스장 쪽으로 걸음을 옮기며 은수를 피했다.

"이것 좀 봐. 여기 수국 꽃 색깔이 이상하지 않니?"

하영의 말에 아이들이 고개를 돌렸다. 은수는 뜬금없이 끼어 든 하영이 불쾌한지 짜증스러운 표정을 숨기지 않았다.

"푸른색 꽃인데 여기만 붉게 변해 있잖아."

"수국 첨 보냐? 푸른색이 왜 붉게 변해?"

은수의 가시 돋친 대답이 돌아왔다.

"수국 아래에 시체가 묻혀 있으면 푸른색 꽃이 붉게 변한다고 하지."

"그, 그게 무슨 말이야?"

미나가 말을 더듬거리며 은수와 지훈의 표정을 살폈다. 조금 전까지 하영을 못마땅하게 쳐다보던 은수의 표정이 볼만했다. 테니스장으로 걸음을 옮기던 지훈도 그 자리에 멈춰 선 채 하영을 쳐다보고 있었다.

"시체가 썩으면 토양 성분이 바뀌거든. 그러면 수국 꽃 색깔이 바뀌어. 어디에서 읽었더라? 수국 꽃 색깔을 보고 시체를 숨긴 장소를 알아내는 얘기였는데."

"너 이상하다. 그…… 그런 얘기를 왜 우리한테 해?"

미나가 머뭇거리다 수국 나무에서 떨어지며 중얼거렸다.

"신기하지 않아? 꽃 하나로 그런 걸 알아낼 수 있다니, 세상에 완전한 비밀이란 건 없다는 얘기잖아."

다들 하영을 쳐다보고 있었지만 아무도 입을 열지 않았다. 하영은 웃음을 터뜨리며 말을 이었다.

"진짜 여기에 뭐 있는 거 아니야? 궁금하네."

하영은 굳어 있는 아이들의 표정에서 시선을 거두고 계단 쪽으로 걸음을 옮겼다. 그들이 서로 어떤 시선을 주고받을지 궁금했지만 뒤돌아보지 않았다.

수국은 하영이 다니던 서울의 중학교에도 있었다. 수국 꽃잎의 색깔에 관한 건 생물 선생이 수업 시간에 해준 이야기였다. 꽃 색깔이 변한 걸로 시체를 찾아낸다는 사실이 흥미로웠다.

"하지만 수국은 꽃이 시들어 떨어질 때도 붉은색으로 변하기도 해. 그러니까 괜히 시체를 찾겠다고 땅 파보고 그러지 마라."

이 말은 굳이 아이들에게 하지 않았다.

계단 위, 조용한 정원에 피어 있는 수국들은 이제 시들어 바닥은 떨어진 꽃들로 가득했다. 그 꽃들이 시들어 색이 변한 것이든, 혹은 수국 나무 아래 정말 무엇인가 묻혀 있어 색이 변한 것이든 상관없다. 하영은 아이들의 반응이 보고 싶었을 뿐이다.

일기장에 적혀 있던 이 아이들은 유리의 가출, 아니 유리의 실종과 관련이 있는 것이 분명하다. 겁에 질려 서로를 쳐다보고 있는 모습을 고스란히 들켰다. 하영의 의심은 확실해졌다.

하영은 덫을 향해 사냥감을 모는 사냥꾼의 기분을 느꼈다.

퇴로를 차단하고 몰아붙이면 사냥감은 어떻게 나올까?

14.

버스가 학교 앞 정류장에 서자 단비는 핸드폰을 꺼내 시간을 확인하며 버스에서 내렸다. 다행히 늦지는 않았다. 핸드폰을 주머니에 넣고 고개를 들던 단비는 정류장 건너편에서 자신을 기다리고 있는 은수와 미나를 보자 가슴이 철렁했다. 둘 다 학교 근처에 살기 때문에 정류장 앞에 서 있거나 할 일이 없다. 분명 누구를 기다리는 것이다.

눈이 마주치자 이리 오라고 손짓을 하는 은수와 미나의 모습에 단비는 마른침을 꼴깍 삼켰다. 갑자기 왜 자신이 이 둘의 관심을 받게 된 것인지 궁금했다.

“따라와.”

둘은 단비의 대답도 기다리지 않고 먼저 걸음을 옮겼다. 단비는 보이지 않는 끈이라도 매달린 것처럼 은수와 미나의 뒤를 따라갔다.

학교 후문 쪽으로 향하던 은수와 미나는 조금 더 언덕으로 올라갔다. 산책로를 따라 나무가 심어져 있는 곳이라 조금만 올라가도 학교에서는 잘 보이지 않는 곳이다. 그곳에 올라간다는 건 좋지 않은 징조다.

단비는 머릿속으로 계속 자신이 무슨 실수를 해서 둘의 신경을 건드렸나 생각했다. 하지만 걸음을 멈추고 단비에게 다가온 미나의 질문은 전혀 예상하지 못한 것이었다.

“너 요즘 전학생이랑 친하더라?”

하영이 전학 온 지 한 달이 넘었지만 은수와 미나는 하영의 이름을 부르는 것보다 전학생이라고 부르는 걸 더 좋아했다. 반 아이들에게 끊임없이 하영을 이방인이라고 인식시키려는 의도인지 모르겠지만 이제 하영을 전학생이라고 부르는 사람은 은수와 미나밖에 없었다.

단비는 하영의 이야기를 꺼내는 미나를 보며 정신이 번쩍 들었다. 은수와 미나가 하영에게 관심을 보이고 있다는 건 진작 알고 있었다. 하지만 어찌 된 일인지 하영의 주변을 맴돌며 관찰할 뿐 한 달이 지나도록 다가가거나 말을 거는 일이 없어 방심하고 있었다.

이제 올 것이 왔다는 생각도 들었다. 어쩌면 하영에 대한 관찰을 끝내고 뭔가 일을 꾸미려는 게 아닌가 하는 생각이 들었다.

이상하기는 하영도 마찬가지였다. 단비는 이따금 하영이 일부러 은수의 신경을 건드리는 게 아닌가 생각할 때가 있었다.

지훈과 은수의 관계에 대해 이야기했을 때도 관심을 보이며 은수를 지켜보고 있다는 걸 알 수 있었다.

"걔랑 무슨 얘기했어?" 미나가 물었다.

"얘기? 무슨 얘기?"

"그걸 내가 알아? 네가 얘기하라고. 옆자리에 앉아서 맨날 그 기집애한테 종알거렸잖아?"

"아냐, 별 얘기 안 했어."

말없이 지켜보던 은수가 주변에 있는 나뭇가지를 주워 들고 질질 끌면서 단비의 주변으로 원을 그리며 돌기 시작했다.

"좋게 말할 때 순순히 얘기해라. 아침부터 승질 건드리지 말고."

"진짜 별말 안 했다니까."

말이 끝나기도 전에 은수가 나뭇가지로 단비의 배를 쿡쿡 찔렀다.

"아주 찰싹 달라붙어서 신났던데, 아무 얘기도 안 했다고?

장난하냐?"

단비는 가방으로 앞을 가리며 몸을 수그렸다.

"그냥 학교 얘기하고 선생님들 성격 같은 거, 반 애들 얘기, 그런 게 다야."

"애들 누구?"

"……."

단비는 혹시나 본인들의 험담을 한 걸 알게 되어 이렇게 화를 내는 건가 싶었다. 그 얘기는 하영에게만 한 건데, 설마 하영이 자기 말을 옮긴 건가 하는 생각도 잠시 스쳤다. 하지만 그런 것 같지는 않다. 뭔지 모르는데 먼저 이야기를 꺼낼 수는 없었다. 단비는 조심스럽게 은수의 눈치를 보며 미나에게 물었다.

"뭐 때문에 그러는데? 나 진짜 몰라서 그래."

참지 못하고 은수가 나서서 단비의 코앞에 얼굴을 들이밀었다.

"이게 진짜, 네가 얘기 안 했으면 그 애 입에서 유리 얘기가 왜 나와?"

은수의 입에서 유리에 대한 이야기가 나오자 단비는 의아해졌다. 하영이 전학 온 날 유리에 대해 이야기했을 때는 단비도 찔리는 기분이었지만 그 뒤로 유리 이야기는 다시 하지 않았다. 그래서 유리의 자리에 앉게 되어 잠시 관심을 보인 모양이라고 생각하고 잊고 있었다.

"유리에 대해 뭐라고 했는데?"

"우리가 묻고 있잖아."

"나한테는 그냥 유리가 왕따였냐고 물은 거밖에 없어."

"그걸 걔가 어떻게 알아?" 미나가 물었다.

"유리 책상 보고. 자기가 앉은 책상에 낙서도 잔뜩 있고 욕도 써 있고 하니까 그랬나 봐."

"다른 얘기는?"

"없었는데? 그 뒤로는 유리 얘기 없었어. 하영이가 뭐라고 했어?"

어느새 학교에서 종소리가 들렸다. 곧 수업을 시작하니 서둘러 교실로 들어가라는 알람 소리였다. 단비는 핸드폰 시계를 확인하며 초조하게 은수를 쳐다보았다.

"더 늦으면 지각이야."

단비가 안절부절못하며 사정하자 은수는 빤히 노려보다 가라고 허락했다.

단비는 뒤도 돌아보지 않고 학교 후문을 향해 뛰었다. 나쁜 년들, 가방도 없는 거 보면 자기들은 교실에 가방을 놓고 나온 게 분명하다. 괜히 자신만 지각으로 처리될까 봐 짜증이 밀려들었다.

단비는 미친 듯한 속도로 체육관과 식당 사이 길을 빠져나가 본관 현관으로 달려갔다. 숨을 헐떡이며 간신히 교실 문을 열고 책상에 앉자마자 기다렸다는 듯 아침 조회를 시작하는 종이 울렸다. 다행히 지각은 면했다.

단비는 거친 숨을 내쉬며 담임이 들어오기를 기다리며 옆자리를 확인했다. 깨끗한 새 책상은 비어 있다. 하영은 아직 등교하지 않은 듯했다. 낙서가 어지럽게 그려져 있던 책상은 하영의 요구로 깨끗한 새 책상으로 교체되었다. 단비는 문득 은수와 미나가 왜 일부러 자신을 불러 하영에 대해 물어보았는지 궁금해졌다.

하영이 유리에 대해 무슨 말을 하고 다니는지 왜 알고 싶어 할까?

단비는 유리가 사라졌던 때를 떠올렸다. 유리가 결석하기 시작한 날, 은수도 지훈도 학교에 오지 않았다. 교통사고로 병원에 입원해 있다는 얘기를 듣고 반 아이들이 병문안을 갔었지만 면회도 못 하고 돌아왔다.

'그때 소문이 무성했지.'

둘이 함께 있다가 교통사고가 났다는 사실에 반이 떠들썩했다. 몇몇 아이들은 지훈이 아버지 차를 몰래 끌고 나와 타고 다닌다는 것을 알고 있었다. 아마도 그러다 사고를 낸 모양이라고 했다. 선생님들에게도 물어봤지만 어쩐지 모두들 입을 다물었다.

학생회장인 지훈과 은수의 교통사고로 워낙 학교가 시끄러워서 유리가 결석했다는 것을 아는 사람은 몇 명 없었다.

단비는 옆에 앉는 짝이라 유리의 결석을 알고 있었다. 결석이 길어지고 핸드폰 연락도 되지 않아 톡을 보냈지만 답이 없었다. 그즈음 유리의 가출 소식을 들었다. 엄마에게 편지를 남기고 집을 나갔다고 했다.

유리의 결단에 놀라기는 했지만 이해는 됐다. 연락을 해볼까 하다 그만두었다. 한때는 둘도 없는 사이였지만 유리가 왕따를 당하기 시작한 뒤로 둘의 관계도 예전 같지 않았다. 유리가 괴롭힘을 당할 때마다 단비는 고개를 돌렸다. 도와주겠다고 섣불리 나섰다가는 자신도 왕따가 되어 괴롭힘을 당한다. 누구도 은수의 일에 나서지 않는다. 유리가 바로 그렇게 왕따가 된 케이스였다.

유리가 감싸던 아이는 유리가 왕따가 된 뒤로 은수의 괴롭힘에서 풀려났다. 하지만 자기 대신 왕따가 된 유리를 도와주려 하지 않았다. 그저 이어폰을 귀에 꽂고 책을 보는 척 고개를 숙였다. 다들 남의 일에는 무심했다.

단비는 어느 순간 유리와 눈길이 마주쳐도 아는 척하지 않는 사이가 되었다.

—넌 유리에게 좋은 친구였니?

하영에게 그 말을 듣는 순간 단비의 가슴에는 냉기가 흘렀다. 갑자기 숨이 막혀 아무 말도 할 수가 없었다. 어쩌면 가장 생각하고 싶지 않고, 피하고 싶은 질문이었다. 유리의 가출 소식을 듣고 차라리 다행이다 싶었다. 유리가 당하는 모습을 보는 것도 힘들었고 아무것도 하지 않는 자신의 모습도 끔찍하게 싫었으니까.

유리가 가출까지 했다는 얘기를 들으면 아이들도 좀 달라지겠지 싶었다. 하지만 시간이 지날수록 유리의 존재는 희미해져갔다. 유리의 빈자리를 의식하는 아이들도 점점 줄어들었다. 단비도 유리를 잊는 날이 많아졌다. 하영이 와서 새 책상으로 바뀌는 바람에 그나마 남아 있던 유리의 흔적은 이제 반 어디에도 없다.

단비는 불안해졌다. 하영에게 촉각을 곤두세우고 있는 은수가 무슨 일이라도 벌이지 않을까 하는 걱정이 들었다. 그러고 보니 유리가 사라지고 난 뒤 교실 안이 잠잠하긴 했었다. 어쩌면 은수가 또 다른 먹잇감을 찾고 있는 게 아닌가 싶었다.

탐색은 끝났다.

은수는 개학 첫날 담임의 뒤를 따라 들어오는 하영의 모습을 본 순간부터 하영이 싫었다. 눈에 띄는 외모도 그렇지만 자기 이름만 말하는 거만한 자기소개와 호기심 어린 아이들의 시선을 당연하다는 듯 받아들이는 자신만만한 태도가 은수의 신경을 건드렸다.

수학 시간의 잘난 척도 거슬렸고, 눈에 띄게 하영에게 친절하게 구는 담임의 태도도 한몫 거들었다. 무심한 듯 창밖을 보는 모습도, 반 아이들의 질문에 심드렁하게 대답을 하는 것까지 모든 게 마음에 안 들었다. 그러나 무엇보다도 하영이 가장 마음에 들지 않는 이유는 지훈과의 사이에서 느껴지는 미묘한 공기 때문이었다.

은수는 누구보다 지훈을 잘 안다. 무심한 척 태연을 가장하고 있지만 하영에게 호기심을 보이고 있다. 자기도 모르게 하영을 쳐다보다가 하영의 시선이 움직이면 얼른 고개를 숙이거나 책을 보는 척하며 관심을 숨겼다. 하영이 걸어가는 대로 지훈의 시선이 움직였다. 지금까지 한 번도 본 적이 없는 모습이었다.

하영도 지훈의 그런 행동을 눈치챈 것 같았다. 아니, 눈치를 못 채는 게 바보다. 미나도 이상한 낌새를 알아차리고 은수의 눈치를 보기 시작했다. 은수는 그게 더 화가 났다. 이제 곧 아이들도 알아차릴 것이다.

'이상한 년이야.'

하영이 유리에게 관심을 보이는 건 그렇다 쳐도 작은 공원의 수국 꽃 앞에서 난데없이 시체 이야기를 할 때는 등골이 오싹했다. 뭔가 알고 있는 건가 싶어 지훈과 이야기를 나누려

했지만 지훈은 은수를 피해 자리를 떠나버렸다. 결국 하영과 가장 이야기를 많이 하는 단비에게 물어볼 수밖에 없었다. 걱정할 일은 없는 것 같았다.

"처음부터 저 눈빛이 마음에 안 들었어."

"나도, 나도. 지훈이한테 여우 짓하는 거 봐. 보통이 아니라니까."

미나는 은수의 말에 맞장구를 치며 생각 없이 떠들다가 곧 입을 닫았다. 지훈의 이야기가 은수의 심사를 건드린 것을 눈치챘다.

"이제 어떻게 할 거야?"

"정신 차리게 해줘야지."

"담임이 이뻐라 하던데."

"뭔 상관이야? 학교 밖에서 일어나는 일인데. 누가 다치든 말든 신경도 안 쓸걸?"

은수는 이미 하영이 등하굣길에 혼자 걸어 다니는 것을 알고 있었다.

아이들이 빠져나가는 하교 시간이 조금만 지나도 해안 도로는 이내 조용해진다. 가을이 되면 해가 짧아져 날도 금방 어두워진다.

생각해보니 교통사고 이후 너무 얌전하게 지냈다. 지훈의 눈치를 보느라 참았던 것들이 차곡차곡 은수의 마음속에 쌓여 폭발 직전이었다. 끓어오르는 에너지를 발산할 곳이 필요했다. 손이 근질거렸다. 유리의 뺨을 때릴 때 느끼던 짜릿한 전율이 생각났다.

다시는 지훈의 근처에도 가지 못하게 잘근잘근 밟아줘야겠어. 내 앞에서 고개도 못 들게 해주지. 그러면 저 신경 거슬리는 눈빛을 안 봐도 되겠지.

은수는 코피를 쏟으며 자기 앞에 무릎을 꿇은 채 우는 목소리로 잘못했다고 비는 하영의 모습을 상상했다. 그제야 기분이 나아졌다.

15.

바람이 거세지고 나무들이 심하게 흔들리고 있다.

집 어디선가 삐꺽거리는 소리가 이어졌다. 집 전체가 들썩거리는 것 같다. 태풍이 오고 있다는 얘기를 들었다. 생각보다 바람이 심해지자 하영은 겁에 질려 엄마의 품에 안겼다.

엄마는 하영을 품에 안고 머리를 쓰다듬으며 다정하게 말했다.

"왜, 바람이 무서워?"

하영은 고개를 끄덕이며 더 깊이 엄마의 품으로 파고들었다.

"간지러워."

엄마가 몸을 비틀며 웃다가 하영의 겨드랑이를 간질이기 시작했다. 하영은 까르르 웃으며 엄마의 손길을 피해 몸을 움직였다. 웃다 보니 무서운 생각은 사라지고 없었다.

"이리 와, 엄마가 재워줄게."

하영은 엄마와 나란히 침대에 누웠다. 엄마의 팔베개는 편안하고 따뜻했다.

"자, 이제 눈 감고 아주 커다란 꽃밭에 있다고 생각해봐, 엄마랑 어떤 꽃이 몇 개나 있는지 하나씩 세는 거야."

하영은 두 눈을 감고 꽃밭을 떠올렸다. 커다란 꽃밭이라고 했으니까 마당에 있는 꽃보다 훨씬 더 많은 꽃이 피어 있는 곳이겠지. 장미도 있고, 튤립도 있고, 개나리도 있고, 민들레, 팬지, 이름도 모르는 꽃들이 하나 가득 있는 곳. 상상만으로도 미소가 떠올랐다.

"하나, 무슨 꽃?"

"해바라기. 둘, 무슨 꽃?"

"장미. 셋, 무슨 꽃?"

하영은 엄마와 꽃 이름을 하나씩 말하기 시작했다. 이번에는 어떤 꽃을 불러볼까? 하영은 눈앞에 있는 많은 꽃들을 둘러보았다. 꽃들이 서로 자기 이름을 불러달라고 손짓을 했다.

노란 수선화와 새하얀 도라지꽃이 흔들리고 있다. 바람이 거세지고 꽃들이 바람에 흔들리다 이제 몸을 가누지도 못하고 쓰러진다. 어디선가 붉고 푸른 꽃잎들이 폭설처럼 흩날리기 시작한다.

하영은 겁에 질린 눈으로 쏟아져 내리는 꽃잎들을 바라보다가 엄마 품으로 파고들었지만 손에 아무것도 잡히지 않는다. 방금 전까지 엄마 품에 안겨 있었는데, 분명 손에 이렇게 온기가 남아 있는데. 주위를 두리번거리지만 엄마는 보이지 않는다.

"엄마……."

혼자 남겨진 걸 깨달은 하영은 겁에 질린다.

꽃잎들이 걸음을 옮기는 하영의 발목까지 차올랐다. 자세히 보니 수국 꽃이었다. 붉은 꽃잎들이 푸르게 변하기 시작한다. 하영은 푸른 꽃잎을 피해 달리기 시작했다. 하영의 뒤로 푸르게 번지기 시작하는 꽃잎들이 뒤따라온다.

간신히 집 안으로 들어온 하영은 문을 잠그고 귀를 막으며 주저앉는다.

바람이 거세지고 후두두둑 빗방울이 창문을 때리기 시작한다. 나뭇가지들이 기괴한 손짓을 하며 하영의 창을 두드린다. 일어나, 일어나봐.

"엄마!"

엄마는 어딜 간 거야? 엄마를 찾는 하영의 목소리에 울음이 배어 나온다. 목소리를 높여보지만 엄마는 대답이 없다. 뭔가 무서운 일이 벌어질 것 같은 예감에 심장박동이 빨라진다. 하영은 어서 엄마를 찾아야겠다고 생각한다. 용기를 내어 문을 여는 순간 눈앞으로 번개가 내려친다. 번갯불로 사방이 하얗게 변하자 놀란 하영은 눈을 질끈 감는다.

눈을 떠보니 침대 위였다.

천둥 치는 소리에 귀가 먹먹했는데, 눈앞이 하얗게 변해 여기가 어딘지 파악하는 게 쉽지 않았다. 하영은 아직도 자신이 꿈속에 있는 것 같았다. 겨우 정신을 차리고 방 안을 둘러보았다. 창을 두드리는 비바람 때문에 덜컹덜컹 금방이라도 창문이 열릴 것 같았다. 저 소리 때문에 그런 꿈을 꾸었나 하는 생각이 들었다.

하영은 침대에서 일어나 창문의 걸쇠를 돌려 좀더 단단히 창문을 잠갔다. 비바람이 치는 창밖을 보자 머릿속에서 빼꼼히 고개를 내미는 기억이 있었다. 지금까지 한 번도 떠올리지 못했던 기억이다.

—하나, 무슨 꽃?

몇 살이었더라? 엄마와 침대에 누워 번갈아 꽃 이름을 말하며 잠을 청하곤 했다. 바로 지금 이 방이었어. 꿈 때문에 그날의 기억을 떠올렸다. 하영은 그제야 자신이 왜 이 방에 들어오는 순간 어렵지 않게 다락방을 찾아낼 수 있었는지 깨달았다.

어디선가 들어오는 차가운 바람이 살갗에 닿자 소름이 돋았다.

그날도 이렇게 바람이 불었어. 창가에서 마당을 내려다보던 하영은 완전히 잠에서 깨었다. 하영은 다섯 살 때의 기억을 더듬으며 자기도 모르게 방문을 열고 아래층으로 내려갔다.

그날, 잠에서 깨어보니 엄마가 없었다. 창문은 덜컹거리고 다락방에서는 이상한 소리가 들렸다. 낡은 집이라 나무들이 삐걱거리는 소리라고 엄마가 말했지만 지금 하영의 귀에는 누군가 속삭이는 것처럼 들렸다. 하영에게 말을 거는 것 같기도 하다. 하영은 겁에 질려 엄마를 찾으며 방문을 열고 아래층으로 향했다.

계단을 내려가던 하영은 걸음을 멈추었다. 엄마와 아빠가 무섭게 싸우고 있었다. 아빠가 발버둥 치는 엄마의 머리채를 붙들고 팔을 낚아챘다. 엄마는 팔꿈치로 아빠의 배를 때려 아빠의 손아귀에서 풀려난 뒤 화병을 집어 들어 아빠에게 던졌다. 아빠가 도망치는 엄마의 팔을 잡아 꼼짝 못하게 붙잡더니 따귀를 갈겼다. 한순간 휘청하던 엄마는 곧 정신을 차리고 있는 힘을 다해 아빠의 팔을 깨물고는 현관문을 향해 뛰었다.

비명을 지르던 아빠는 엄마를 붙잡기 위해 곧 따라 나갔다.

숨어서 그 광경을 보고 있던 하영은 울먹이며 거실로 내려와 현관으로 향했다. 조금 전 바닥에 떨어져 부서진 화병의 유리 파편이 맨발을 파고들었다. 살을 베이는 아픔도 잠시, 하영은 울면서 밖으로 나갔다. 아빠를 말려야 한다는 생각밖에 없었다. 엄마가 죽을지도 몰라.

하영은 거실에 서서 다섯 살 때 자신이 보았던 모습을 떠올렸다. 그 장면이 꿈이었는지, 아니면 실제 봤던 것인지 혼란스러웠다. 그때 무슨 일이 있었지? 하영은 그날처럼 현관문을 나섰다.

바람에 흔들리는 나뭇가지는 금방이라도 부러질 것 같았다. 나뭇잎이 쟈르르 쟈르르 서로 몸을 부딪치며 내는 소리가 소름 끼치게 싫었다. 하영은 주위를 둘러보았다. 어둠에 가려 엄마 아빠의 모습이 잘 보이지 않았다. 눈물을 닦아내며 주위를 살폈다. 귀를 세우고 눈을 크게 떴다.

어디선가 말싸움을 하는 소리가 들렸다. 하영은 소리가 나는 곳으로 얼른 걸음을 옮겼지만 발바닥에 박힌 유리 때문에 제대로 걷는 것도 힘들었다.

"죽여버릴 거야."

엄마의 목소리가 더 가깝게 들렸다.

"어디 죽여보시지?"

아빠의 목소리가 이어졌다. 번개가 어둠 속에 있던 엄마 아빠의 모습을 한순간 드러냈다.

난간 아래는 벼랑이다. 나무로 만들어진 난간은 조금만 힘을 주면 흔들리는 부실한 울타리다. 아빠는 울타리로 엄마를 밀어붙이며 엄마의 목을 조르기 시작했다. 엄마의 상체가 한껏 뒤로 젖혀져 금방이라도 떨어질 듯 위태로웠다.

하영은 놀라 몸이 굳은 채 그 자리에 서서 엄마의 목을 조르는 아빠를 보고만 있었다.

갑자기 우르르 쾅, 번개와 함께 다시 요란한 천둥소리가 들렸다. 그 순간 기다렸다는 듯이 울타리가 부서지는 소리가 들리고 엄마의 몸이 아래로 떨어졌다. 엄마는 손을 휘저으며 목을 조르고 있는 아빠의 손을 잡았다.

"어, 엄마!"

하영이 엄마에게 달려가다 잔디에 걸려 넘어졌다. 우왕 울음이 터졌다. 눈앞에 보이는 상황을 정확히 이해하지 못해도 엄마가 죽을 위험에 빠졌다는 건 알 수 있었다.

하지 마, 아빠. 하지 마, 엄마를 구해줘.

엄마의 목을 잡고 있던 아빠가 손을 풀었다. 엄마의 팔에 힘이 빠졌다. 아빠는 자신의 팔목을 잡고 있는 엄마의 손가락을 떼어냈다. 엄마의 몸이 어둠 속으로 떨어졌다.

하영은 비명을 지르며 엄마를 불렀다.

아빠는 무표정한 얼굴로 절벽 아래를 내려다보고 있다. 하영이 옆에 있는 것도 알지 못하는 것 같았다.

정신을 차려보니 엄마가 떨어지며 부서졌던 울타리가 보였다. 하영은 두려움에 떨면서도 걸음을 멈추지 않았다. 꿈이 열어준 기억의 방으로 들어가보기로 마음먹었다.

그날 무슨 일이 있었던가. 정말로 아빠는 엄마의 목을 졸랐던 것일까?

위태로워 보이는 울타리에 손을 짚고 아래를 내려다보았다. 벼랑 아래는 너무 어두워 아무것도 보이지 않았다. 휘몰아치는 비바람에 온몸이 젖는 것도 잊은 채 하영은 십일 년 전의 그날을 기억해내려고 애썼다.

너무 어렸고, 너무 오래된 일이다. 모든 것이 불확실하고 어렴풋하다. 기억인지 꿈인지, 아니면 상상인지 가늠하기가 힘들다. 그러다 문득 하영은 맨발에서 느껴지는 감촉을 깨닫고 기억을 상기시켰다.

하영은 자신의 발바닥에 남아 있던 흉터를 기억한다. 지금은 희미해져 흉터가 있던 자리를 찾기도 힘들지만 분명히 있었다. 그날의 기억이 꿈이나 상상이 아니라는 증거가 하영의 몸에 새겨져 있는 것이다.

갑자기 묻어두었던 많은 기억들이 물밀 듯 하영의 머릿속으로 쏟아졌다. 따뜻하던 엄마의 팔베개, 다정했던 목소리. 나는 왜 다 잊었을까. 왜 나는 엄마에게 우유를 건네줬을까.

엄마는 아팠을 뿐인데. 엄마가 그렇게 예민하고 불안해진 건 아빠 때문인데. 나는 왜 아빠가 시키는 대로 했을까?

—엄마는 제정신이 아니야. 널 어떻게 할지 몰라. 아빠는 그게 너무 걱정돼.

약을 건네며 아빠는 그렇게 말했다.

하영은 고개를 저었다.

"아빠…… 다 아빠 때문이야, 모든 게 아빠 때문이라고!"

하영은 벼랑 아래 어둠에 대고 소리쳤다. 가슴속에 온갖 기억과 감정들이 격렬하게 휘몰아쳤다. 아직도 기억나지 않은 끔찍한 것들이 머릿속에 얼마나 더 많을까.

누군가 소리를 지르며 자신에게 다가오고 있는 것도 알아채지 못했다.

"하영아, 안 돼!"

누군가 하영을 잡아당겨 가슴으로 품었다. 엄마의 품을 생각나게 하는 감촉이었다.

"이제 괜찮아, 됐어. 걱정하지 마."

선경 아줌마였다. 하영은 아줌마의 목소리를 들으며 주문처럼 아줌마가 하는 말을 반복했다. 이제 괜찮아. 됐어, 걱정하지 마.

'아니, 괜찮지 않아. 나는 괜찮지 않아요. 내 머릿속에 있는 기억들을 뽑아버리고 싶다고요.'

선경이 머리를 쓰다듬어주자 왠지 모르게 울음이 터졌다.

"무슨 일이야, 여긴 왜 나왔어? 나쁜 꿈이라도 꾼 거야?"

선경은 걱정스러운 목소리로 물었지만 아무 말도 할 수 없었다. 자신이 어둠 속에서 끄집어낸 기억들을 아줌마에게 이야기할 수는 없었다.

"들어가자. 이러다 감기 걸리겠다."

하영은 선경이 이끄는 대로 집 안으로 들어갔다. 발은 잔디와 흙으로 엉망이 되어 있었다. 정신을 차리고 보니 입술이 떨릴 만큼 추웠다. 한기가 들어 온몸에 소름이 돋았다. 하영은 부들부들 떨리는 자신의 손을 내려다보다 선경이 이끄는 대로 욕실로 향했다. 아줌마의 몸도 흠뻑 젖어 있었다.

아줌마가 수도꼭지를 열자 더운 물이 쏟아졌다. 이내 따뜻한 물이 두 사람의 머리 위로 쏟아졌다. 하영은 흐르는 물과 함께 눈물을 쏟아냈다. 아줌마는 그대로 하영을 안아주었다. 따뜻한 물에 격했던 감정들이 차츰 녹아내렸다. 끔찍한 기억들도 이렇게 녹아서 사라졌으면.

샤워가 끝난 뒤 아줌마는 아기에게 하는 것처럼 하영의 몸을 커다란 타월로 감싸고 머리의 물기도 닦아주었다. 하영은 아줌마에게 몸을 맡기고 묵묵히 기다렸다. 샤워 덕분인지 맘껏 눈물을 흘린 덕분인지 기분이 한결 나아졌다.

아줌마는 아무것도 묻지 않고 묵묵히 하영의 몸을 말려주었다. 다행이다.

"저, 잘래요."

아줌마는 잠시 하영을 안아주고는 곧 한 걸음 뒤로 물러났다. 2층을 향해 계단을 올라가던 하영은 고개를 돌려 뒤를 돌아보았다. 아줌마가 걱정스러운 표정으로 보다가 눈이 마주치자 미소를 지어 보였다. 하영은 내려가 다시 안기고 싶은 마음을 간신히 눌렀다.

"……고마워요."

하영은 온갖 감정이 뒤섞인 인사를 건네고 2층으로 올라갔다.

다시 침대에 누운 하영은 한결 차분해진 마음으로 기억들을 하나씩 정리했다. 희미하거나 잘 생각나지 않는 기억들은 폐기 처분했다. 직접 보고 들은 것들, 선명하게 떠오르는 것들만 다시 확인했다. 하나씩 기억이 떠오를 때마다 그 기억과 연결된 새로운 장면들이 꼬리를 물었다. 삼 년 동안 최 선생이 그렇게 끄집어내려 애썼지만 모습을 드러내길 완강히 거부하던 기억들이 하나씩 어둠 속에서 기어 나왔다.

사라진 기억의 첫 번째 퍼즐을 조금 전 벼랑 앞 울타리에서의 일이다. 발바닥에 있던 흉터가 단서로 남아 있었다. 그게 언제 생긴 건지, 왜 생긴 건지 알지 못하고 살아왔다. 비바람 부는 잔디 위를 걸어가면서 비로소 그날의 기억이 제자리를 찾아왔다. 그러나 두 번째 퍼즐은 그런 증거 없이도 이내 소환할 수 있었다. 스스로 봉인해버린 기억이었으므로.

하영은 심장이 조여오는 아픔을 느꼈다. 엄마가 죽던 날을 떠올리자 머리로 차가운 피가 스며들었다. 하영은 두려움에 눈을 감았다.

엄마를 죽이려 했던 아빠의 첫 번째 시도는 실패했다. 하지만 아빠는 포기하지 않았다. 결국 딸인 하영의 손을 빌려 엄마를 죽이는 데 성공했다.

하영이 기억하는 엄마는 늘 아빠의 눈치를 살피고 있었다. 아빠가 좋아하는 머리를 하고, 아빠가 좋아하는 옷을 입고, 아빠가 좋아하는 음식을 준비해서 식탁을 차렸다. 그러나 아빠는 엄마가 마음에 들지 않는다는 표정을 했다. 참고 참던 엄마가 폭발하면 그땐 전쟁터가 되었다. 하영은 귀를 막고 옷장 속으로 숨었지만 끔찍한 비명은 하영의 귀를 파고들었다.

엄마 아빠가 이혼을 하자 하영은 오히려 마음이 놓였다. 마주 보는 일이 없으면 싸울 일도 없을 거라고 생각했다. 하지만 이혼은 끝이 아니었다.

엄마의 미움과 집착은 그때부터 시작되었다. 하영의 얼굴에서 보이는 남편의 모습을 못 견뎌 했다. 처음엔 엄마가 왜 그렇게 자신을 미워하는지 이해하지 못했다.

"어쩜 그렇게 아빠랑 하는 짓이 똑같니?"

식탁에서 국을 먹을 때 국물만 먹고 건더기를 남겨두자 엄마가 등짝을 때리며 하던 말이었다. 아빠와 함께 살 때는 국물만 떠서 놓아주었던 엄마였다. 컵을 치우지 않고 식탁에 그대로 놓아두거나 신발을 현관에 아무렇게나 벗어 던지고 들어올 때면 엄마는 정색을 하고 하영을 몰아붙였다. 하영이 하는 모든 행동이 맘에 안 드는 것 같았다.

너무 화가 나서 "엄마 미워, 아빠한테 갈 거야" 하며 소리친 적이 있었다. 그때 번쩍, 정신이 아득해질 정도의 충격이 느껴졌다. 엄마가 있는 힘껏 하영의 뺨을 후려쳤던 것이다. 하영은 너무 놀라 아무 말도 못 하고 있다가 울음을 터뜨렸고, 놀란 엄마도 얼른 하영의 작은 어깨를 안아 다독여주었지만 그때의 상처는 오래갔다.

하영은 아빠에게 전화를 걸어 울먹이는 목소리로 엄마에게 맞은 이야기를 했고 그날 저녁 아빠가 찾아왔다.

그 일이 시작이었을까? 엄마의 폭력은 점점 심해지고 하영은 엄마가 점점 더 무서워졌다. 아빠가 다녀가고 난 뒤 엄마는 더 망가졌다. 하루 종일 술을 먹다가 지쳐 자기도 하고 어떤 날은 하영을 붙들고 울기도 했다.

어디서부터 잘못된 것일까? 그때 아빠에게 전화를 걸지 않았더라면 엄마는 살아 있을까?

하영은 자신 때문에 엄마가 죽은 것이라고 생각했다. 지금껏 끔찍한 기억을 꾹꾹 어둠 속에 눌러놓고 튀어나오지 못하게 한 것도 그런 이유였다.

내가 약을 타지 않았더라면.

하지만 살의는 자신이 아니라 아빠의 것이었다. 발바닥에 흉터가 생기던 날의 기억을 떠올리고 모든 게 분명해졌다. 엄마를 죽이고 싶어 한 건 아빠였어.

"엄마가 널 아프게 하면 이걸 우유에 타서 먹여. 그러면 엄마는 푹 잘 거야."

아빠를 믿는 게 아니었어. 아빠는 나를 위한 게 아니라 자신을 위해 나를 이용한 거야. 나는 아빠의 손가락에 매달린 마리오네트 인형이었던 거야.

어릴 때는 자신의 행동이 무엇을 의미하는지도 몰랐다. 어떤 결과를 가져올지도 모르고 아빠가 시키는 대로 했다.

하영은 이제야 아빠가 어떤 사람인지 분명하게 깨달았다. 그런데 문득 한 가지 의문이 생겼다.

아빠는 왜 이 집으로 이사를 온 것일까?

하영은 무심코 지나쳤던 불길한 장면들이 떠올랐다. 선경 아줌마를 쳐다보며 순간적으로 변하는 아빠의 얼굴을 본 적이 있다. 생선구이를 사다 줬을 때였나? 입덧 때문에 욕실로 뛰어가는 아줌마를 보며 아빠의 얼굴에 얼핏 스쳤던 표정이 하영을 불안하게 만들었다.

이제 분명하게 알 수 있었다. 그 표정은 엄마를 쳐다보던 아빠의 얼굴이었다. 아줌마는 아빠의 표정이 바뀌었다는 걸 전혀 모르는 것 같다.

하영은 자신이 손톱을 잘근잘근 깨물고 있다는 것도 깨닫지 못할 정도로 깊이 생각에 잠겼다.

16.

잠을 설친 탓에 깨어나 보니 어느새 9시가 지나 있었다. 옆자리는 이미 비어 있다. 커튼을 열자 눈부신 햇살이 쏟아져 들어왔다.

폭풍우가 지난 아침은 거짓말처럼 청명한 하늘이었다. 구름이 품에 담고 있던 모든 것을 쏟아낸 덕분일 것이다. 하지만 날씨와 달리 선경의 마음은 어둡고 무거웠다.

지난밤 비를 맞고 괴로워하던 하영을 2층으로 올려 보낸 뒤 침실 문을 열어보니 남편은 세상모르고 자고 있었다. 선경은 비를 맞고 더운 샤워까지 한 뒤라 잠이 오지 않았다. 그대로 침대에 누워도 쉽게 잠들지 못하고 뒤척일 게 뻔했다.

다시 서재로 돌아가 하영에 대해 생각했다. 마침 자신이 깨어 있어 다행이었다는 생각이 들었다. 침대에서 자고 있었다면 하영이 집 밖으로 나가는 소리도 듣지 못하고, 벼랑 앞에서 휘청거리는 하영을 제때 구할 수도 없었을 것이다.

책상 위에는 조금 전까지 읽다가 내려놓은 책들이 펼쳐져 있다. 한쪽에는 임신과 출산에 관한 책이, 그 옆에는 사춘기 자녀를 둔 부모를 위한 책들이 놓여 있다. 지금 선경의 머릿속을 지배하는 것은 이 두 가지다.

정기검진으로 병원을 갔을 때 근처에 시립 도서관이 있다는 얘기를 듣고 찾아가서 빌려 온 책이었다. 희주의 얘기를 들은 뒤부터 한번 찾아봐야지 하고 벼르던 책들을 발견하자 선경은 대출 한도까지 책을 빌렸다. 서점에도 들렀다.

선경은 늘 그랬던 것처럼 책을 통해 공부를 시작했다. 병원을 가는 것 외에는 외출이 거의 없었는데 이제는 며칠마다 한 번씩 도서관과 서점에 가는 일상이 추가되었다. 덕분에 이사 온 곳에 조금씩 적응하며 이곳에 살고 있다는 현실감이 들었다.

지금은 다시 책을 펼칠 마음이 들지 않았다. 어떤 책도 하영에 대해 설명해주지 못했다. 비바람이 치는 날 벼랑 끝 울타리에서 울부짖는 사춘기 딸에게 어떻게 해야 하는지 알려주지 않았다. 무슨 일 때문인지 모르지만 하영이 고통스러워하고 있다는 것은 느낄 수 있었다. 하지만 쉽게 물어볼 수 없는 문제였다.

선경은 진심으로 하영이 걱정스러웠다.

선경은 자신도 모르게 긴 한숨을 내쉬었다. 새벽까지 하영이 안고 있는 문제가 무엇일까 생각하느라 서성거렸고 새벽이 되어서야 침실로 들어가 잠을 청했다.

어수선한 꿈을 꾸었지만 커튼을 열고 아침 햇살을 받는 순간 무슨 꿈이었는지 모두 다 날아가버렸다.

주방으로 나가보니 엄 씨가 해산물 손질을 하고 있었다. 입덧할 시기는 지난 뒤라 이제는 냄새에 그리 예민하지 않아 다행이라는 생각이 들었다.

"오셨어요? 이건 뭐예요?"

"오징어는 알 테고, 이건 양태, 이건 부시리. 겨울엔 방어, 여름엔 부시리지요."

"이걸 한꺼번에 사셨어요?"

며칠을 두고 먹어도 남을 양이었다. 장을 봐 왔다고 하기에는 두서가 없는 느낌이었다.

"새벽 공판장에 갔다가 이 사람 저 사람 주길래."

그제야 이해가 되었다. 상품으로 나가는 것 빼고 작살에 찍히거나 상품성이 떨어지는 것들은 일한 사람들끼리 나눠 가진다고 한다. 부시리는 당장 손질해서 조리를 할 예정이고 양태는 내장을 제거하고 냉동실에 넣거나 햇볕에 말려 나중에 조림을 하면 된다고 일러주었다.

엄 씨는 살아온 세월만큼이나 손이 재빠르고 야무졌다. 선경은 거의 신의 경지에 이른 엄 씨의 생선 다루는 솜씨를 보다가 창밖으로 시선을 돌렸다. 눈이 부실 만큼 깨끗한 공기와 햇살이 유리알처럼 반짝였다.

선경은 거실 창을 통해 데크로 나갔다. 지난밤 비바람으로 인해 나뭇잎으로 어지러울 거라고 생각했지만 데크는 말끔하기만 했다. 엄 씨가 벌써 마당 청소까지 끝낸 모양이었다.

선경은 집 오른편으로 돌아 하영이 서 있던 울타리 쪽으로 걸음을 옮겼다. 그동안 대충 둘러봤을 뿐이라 울타리 너머 이런 벼랑이 있는 줄은 생각도 못 했다. 울타리 난간을 잡고 아래를 내려다보니 높이가 십 미터는 되어 보였다. 아래는 어린 나무들이 자리 잡고 있었다. 난간을 살펴보니 꽤 많이 흔들렸다. 조금만 힘을 줘도 부서질 것 같았다. 순간 아찔한 생각이 들었다. 어젯밤 하영이 조금만 더 무게를 실어 기대거나 했다면 정말 위험할 수도 있었다.

인기척에 돌아보니 엄 씨가 손질한 생선을 채반에 받쳐 들고 나와 햇볕에 널고 있었다. 다시 집 안으로 들어가려고 몸을 돌리던 엄 씨는 선경을 발견하고 다가왔다.

"아직 손 안 봤어요?"

"네?"

"오래돼서 고쳐야 한다고 얘기했는데 잊으신 모양이네."

"그이한테 얘기했어요?"

"이사 오기 전에도 얘기하고, 다락방 창문 고칠 때도 얘기했는데. 하는 김에 울타리도 손 좀 보라고……."

박쥐 사건 뒤 하영의 다락방 창문을 새로 짰다. 방충망이 망가져 틈이 벌어져 있었다. 그곳으로 박쥐가 들어왔던 것 같았다. 그때 남편은 별말이 없었다. 울타리 얘기를 들었더라면 선경이라도 챙겨서 수리를 했을 것이다.

엄 씨는 선경처럼 울타리 난간을 잡고 몇 번 흔들어보더니 얼른 손을 보는 게 좋을 것 같다는 얘기를 하고 집 쪽으로 발길을 돌렸다. 혼잣말처럼 지나며 하는 말이 선경의 귀에 걸렸다.

"또 사고 나면 어쩌려고……."

선경은 얼른 엄 씨에게 다가가 물었다.

"또요? 여기서 사고 난 적이 있어요?"

"아이구, 혼잣말이었는데. 못 들은 걸로 해요."

"사고라면 누가 떨어진 건가요? 누가, 언제요?"

엄 씨는 쉽게 입을 열지 않았다. 선경은 주저하는 엄 씨를 졸라 몇 번이나 이야기를 들려달라고 재촉을 했다. 망설이던 엄 씨는 조심스럽게 자신이 알고 있는 사고 이야기를 꺼냈다.

"하영이 어릴 때니까 한 십 년 된 거 같네요. 하영 엄마가 저기서 떨어졌어요."

여기서 하영의 엄마 얘기가 나올 줄은 몰랐다. 선경은 잠시 뭐라고 말해야 할지 몰라 멍하니 엄 씨를 쳐다보았다. 머릿속에서는 어젯밤 하영의 모습이 떠올랐다.

엄 씨는 자신의 얘기에 선경이 놀란 줄 알고 서둘러 수습을 했다.

"아니, 죽은 건 아니고 떨어져서 다리가 부러졌나 그래요. 그래서 그때 싹 수리를 했었어요. 십 년이 넘었으니 이제 다시 수리할 때가 된 거지."

"어쩌다 떨어졌대요?"

선경의 질문에 엄 씨는 난감한 표정이 되었다.

"그것까진 내가 알 수 있나. 남편에게 물어봐요."

말은 그렇게 했지만 엄 씨의 얼굴은 모른다는 표정이 아니고, 선경의 질문에 난처하다는 기색이다. 그 사고에 대해 이야기하는 것이 불편한 것 같았다.

선경은 의아한 생각이 들었다. 피아노 교실 안 선생의 얘기가 떠올랐다. 하영의 엄마 이야기를 꺼내니 바로 입을 닫고 엄 씨에게 물어보라고 했다. 하영의 엄마에 대해 말하기를 꺼려 하는 뭔가가 있다는 인상을 받았다.

선경은 좀더 자세히 물어볼까 하다가 그만두었다. 이 이야기는 남편과 하는 게 낫겠다고 생각했다.

남편은 날이 어두워지기 전에 집에 들어왔다. 여름날이라 해가 길기도 했지만 생각보다 퇴근이 빨랐다. 게다가 병원에서 바로 퇴근한 것이 아니라 속초까지 다녀오는 길이라고 했다.

"당신, 이거 먹고 싶다고 했지?"

남편은 속초에서 유명하다는 빵집에 들러 한 시간씩 줄을 서야 살 수 있다는 빵까지 사 들고 왔다. 빵을 받아 든 선경은 잠시 멍하니 서 있었다. 내가 빵 이야기를 한 적이 있었던가? 아니, 그럴 가능성은 없다.

선경은 빵을 별로 좋아하지 않는다. 어느 빵집이 맛있다고 들어도 그 자리를 벗어나면 잊어버릴 사람이다. 남편에게 그런 이야기를 했을 리가 없다. 누구와 헷갈리는 것일까?

선경은 머리를 흔들어 그 생각을 털어버리고 울타리 이야기를 할 기회를 엿보고 있었다.

옷을 갈아입은 남편은 곧장 자신의 서재로 향했다. 선경은 남편을 불러 세웠다.

"잠깐 저것 좀 봐줄래요?"

선경은 궁금해하는 남편을 이끌고 정원으로 나가 흔들리는 울타리를 보여주었다.

"어때요? 금방이라도 부서질 것 같은데. 사람 불러야 하지 않겠어요?"

남편은 울타리 난간을 잡고 흔들어보더니 고개를 갸우뚱했다.

"뭘 사람까지 불러. 내가 손보지, 뭐."

남편은 울타리를 살피며 중간에 지지대를 몇 개만 세워주면 될 거라고 했다. 그러다 문득 의아한지 선경을 쳐다보며 물었다.

"갑자기 울타리는 왜? 여긴 나와보지도 않잖아."

남편 말대로 하영이 아니었다면 집 뒤편 구석에 있는 이곳은 신경도 쓰지 않았을 것이다. 선경은 정원을 가꾸는 일에도 그다 관심이 없었다. 잔디와 텃밭도 엄 씨가 올 때 나가서 잠깐 챙기는 정도였다.

"어제 비 때문에 여기저기 무너진 곳이 많대요. 아줌마 얘기 듣고 살피다가 울타리가 흔들리는 거 같아서요. 하영 엄마 사고 얘기도 하시고."

남편의 눈이 번뜩이더니 표정이 굳었다. 목소리가 확 가라앉았다.

"뭐라면서 사고 얘기를 했어? 그리고 그 여자가 왜?"

"그냥 사고가 있었다고요. 울타리에서 떨어졌다고."

"미쳤나? 도대체 그 얘길 당신한테 왜 해?"

갑자기 흥분한 남편은 주머니를 뒤지더니 집 안으로 향했다.

"왜요?"

"전화 어딨어? 별 미친, 어디서 남의 집안일을 떠들고 다녀?"

아무래도 엄 씨에게 전화를 걸어 따지려는 것 같았다. 선경은 얼른 남편의 앞을 막아서며 그의 흥분을 가라앉히려고 했다.

"아니, 별말 안 했어요. 그런 사고가 있었으니까 울타리를 고쳐야겠다는 얘기를 한 거예요."

"그러니까 당신한테 그 얘길 왜 하냐고?"

남편은 얼굴까지 벌게져가며 열을 올렸다. 점점 화가 나는 듯했다. 선경은 남편이 이렇게 화를 낼수록 점점 의아한 생각이 들었다. 처음엔 괜한 이야기를 꺼냈나 싶어 말리던 선경도 기분이 상했다. 남편의 태도를 이해하기 힘들었기 때문이다.

"왜 그렇게 화를 내요? 아줌마가 못 할 말을 한 것도 아닌데. 내가 알면 안 되는 일이라도 있어요?"

선경이 정색한 얼굴로 물어보자 남편도 조금 정신이 돌아왔는지 흥분을 가라앉히고 깊은 숨을 내쉬었다.

"왜 하영 엄마 얘기만 나오면 이렇게 예민하게 반응하죠?"

이렇게 묻고 싶었다. 하지만 그 얘기는 너무나 많은 뇌관이 있어서 어디를 조심해야 할지 알 수 없는 폭탄과도 같았다.

도대체 어떤 부분이 또 남편을 폭발하게 만든 것일까?

"굳이 과거를 캐물을 생각 없어요. 하지만 우연히 알게 된 이야기에 왜 그렇게 펄펄 뛰는지 이해가 안 돼요."

"당신이 알아서 좋을 것 없는 얘기야."

"이건 좋을 것도 나쁠 것도 없는 얘기잖아요. 그냥 그런 일이 있어서 울타리를 고치자는 것뿐인데 왜 이렇게 민감하게 반응해요? 그 사고에 무슨 사연이라도 있어요?"

그 말에는 남편도 말문이 막히는 듯했다. 그는 한동안 이마를 짚고 주위를 서성거리더니 결심한 듯 선경에게 다가와 손을 잡았다.

"아직도 전 아내 때문에 당신한테 뭔가 설명해야 한다는 게 별로 기분 좋지는 않아. 하지만 당신을 위해서 이번만은 얘길 하지."

"……."

"하영이 엄마가 정신적으로 불안정했다는 건 얘기한 적이 있을 거야. 부모님께 잠시 이 별장을 빌린 것도 아내의 건강을 위해서였어. 하지만 집사람은 이곳을 싫어했어. 감옥 같다고 했지."

어느새 날이 어두워져 주변은 어둠이 내려앉았다. 벌레와 모기가 주위를 날아다니기 시작했다. 선경은 자연스럽게 남편의 손을 놓고 팔을 휘저으며 벌레를 쫓았다.

"안으로 들어가서 얘기해요."

선경이 걸음을 옮기며 남편을 쳐다보자 그는 현관문 쪽으로 걸음을 옮겼다. 남편을 먼저 들여보내고 뒤따라가던 선경은 힐끗 울타리 쪽을 쳐다보았다.

여름밤, 산속에는 수많은 벌레가 날아다닌다. 그 핑계를 대고 남편의 말을 끊기는 했지만 사실 선경의 신경을 건드렸던 건 벌레보다 울타리에 내려앉기 시작한 어둠 때문이었다. 낮에는 못 느꼈지만 주위가 점점 어두워지자 울타리 주위에서 있는 나무들이 기괴한 모습으로 선경을 노려보고 있는 것 같았다.

집 안으로 들어가니 남편은 냉장고에서 꺼낸 캔 맥주를 컵에 따르고 있었다. 단숨에 컵을 비운 남편은 선경이 맞은편에 앉자 다시 하영의 엄마에 대해 말하기 시작했다.

"며칠 지내지도 않았는데 서울로 돌아가자고 하더군. 조금만 더 있어보라고 얘기했지만 막무가내였어. 당신은 몰라, 그 여자가 얼마나 사람 신경을 긁는지. 대판 싸우고 나갔다가 늦게 돌아왔는데 술에 취해 집이 난장판이 되어 있더군."

남편은 그때가 생각나는지 진저리를 치며 머리를 흔들었다.

"결국 소리를 지르면서 맘대로 하라고, 갈 거면 혼자 돌아가라고 했지. 죽든지 말든지 상관하지 않겠다고. 그 말에 갑자기 이 집에서 사느니 나가 죽겠다면서 밖으로 뛰쳐나갔어.

술에 취해서 하는 소리라 무시했지만 불안한 생각이 들어서 곧 뒤따라 나갔지. 그런데…… 울타리 난간을 잡고 뛰어내리겠다고 하기에 같이 옥신각신하다가 울타리가 부서진 거야."

선경은 미간을 찌푸리며 이야기하는 남편의 표정을 묵묵히 쳐다보았다. 그의 눈빛은 그날 밤을 떠올리는 듯했다.

"그쪽은 잘 가지도 않는 곳이니까 울타리가 그렇게 낡았을 거라곤 생각도 못 했지."

"정말로 죽으려고 한 거예요?"

남편은 고개를 저었다.

"아내는 관심을 끌고 싶을 때마다 자살 소동을 벌였어. 내가 자기에게 집중하지 않는 걸 견디지 못하는 사람이니까. 그 일로 나는 이혼을 결심한 거야."

오 년 전, 하영을 처음 데리고 왔을 때도 남편은 비슷한 이야기를 했었다. 남편에 대한 집착으로 둘의 관계는 물론이고 자신까지 파괴하는 여자. 그게 남편이 말하는 하영 엄마의 모습이었다.

오 년 전에는 그의 말을 믿었지만 이제는 그 믿음에 균열이 가기 시작했다.

어젯밤 하영의 모습을 보지 않았더라면 선경은 남편의 말을 그대로 믿었을 것이다. 하영은 고통에 몸부림치며 이렇게 말했다.

—……다 아빠 때문이야, 모든 게 아빠 때문이라고!

비바람에 정신없이 달려가 하영을 껴안는 바람에 제대로 들었나 싶지만 분명 그렇게 말했다. 모든 게 아빠 때문이라고.

'모든 게'라는 말이 정확히 무엇을 의미하는지 모르겠지만 하영이 엄마가 떨어졌던 곳에서 모든 게 아빠 때문이라고 울부짖었다는 건 생각해야 할 여지가 많다는 걸 의미한다. 엄마의 정서적 불안이나 자살 소동이 아빠에게도 책임이 있다고 얘기를 한 게 아닐까?

가만히 있는 공은 저절로 튀어 오르지 않는다. 자극이 있어야 반동이 생기는 게 이치다.

남편은 자신의 잘못은 하나도 없는 것처럼 얘기하지만 말하지 않은 빈 공간이 너무 많다. 생각해보면 남편에 대한 믿음에 균열이 생긴 것은 어제의 일 때문만은 아니다.

하영이 건네준 우유를 마시고 응급실에서 깨어났을 때 보인 남편의 행동들, 그의 논리가 선경으로 하여금 거부감을 느끼게 했다. 아무리 증인과 증거를 들이대도 선경은 직접 그 일을 겪은 사람이다.

우유를 건네주며 묘하게 반짝이는 눈빛을 보내던 하영의 모습이나 독약에 대한 이야기를 했을 때 순간 남편의 얼굴을 스쳐간 낯선 표정, 부자연스러웠던 응급실의 후배 의사.

"무슨 생각 해?"

남편은 자신의 말을 듣고 아무 반응이 없는 선경을 보자 불안했는지 선경의 앞에 있는 테이블을 툭툭 치며 물었다.

"아, 미안해요, 잠시 딴생각을 했어요."

"무슨 생각?"

"하영이가 많이 늦네요. 날이 어두워졌는데."

선경은 걱정스러운 얼굴로 창밖에 시선을 던졌다. 이미 캄캄한 어둠이 내려앉았다. 선경은 벽에 있는 스위치를 켜 대문 앞에 있는 조명등에 불을 밝혔다.

남편은 아직 어젯밤 일을 모른다. 비바람이 몰아치는 밤, 딸이 엄마가 떨어졌던 울타리 앞에 가서 울부짖으며 고통스러워하는 동안 그는 단잠에 빠져 있었다.

선경은 몇 번이나 하영의 눈을 들여다보며 물어보고 싶었다. 무엇 때문에 그렇게 고통스러워하는지, 무엇이 하영을 깨워 비바람 속에서 서성이게 만들었는지, 왜 "모든 게 아빠 때문"이라고 했는지. 궁금한 것이 너무 많았다. 하지만 기다리기로 했다. 하영이 먼저 말을 해주기를.

수많은 청소년 관련 책을 보면서 선경이 배운 것 중 하나는 기다림이었다. 건드리면 집게처럼 껍질 속으로 숨어버리지만 기다리면 밖으로 나와 자신의 이야기를 한다. 판단도 단정도 하지 말고 그저 이야기를 들어주라는 충고를 마음에 새겼다.

선경은 하영이 너무 오래 어둠 속에 머물지 않기를 바랐다.

어둠 속에 오래 있다가는 나오는 방법을 잊어버릴지도 모르니까.

17.

하영은 등 뒤에서 들리는 은수의 목소리를 듣고 나서야 자신이 너무 방심하고 있었다는 것을 깨달았다.

엄마의 꿈을 꾼 뒤로 하영은 공부를 핑계로 늦은 시간까지 도서관에 있거나 학교 근처 바닷가 모래사장에 앉아 깊고 어두운 바다를 바라보며 시간을 보냈다.

집에 돌아가고 싶지 않았다. 아니, 집에 들어가 아빠와 얼굴을 마주치고 싶지 않았다. 가면 뒤에 가려진 얼굴이 얼마나 냉혹한지 깨닫고 난 뒤 아빠와 한 공간에 있는 것조차 끔찍했다.

도서관에 앉아 책을 읽으면서도 머릿속은 계속 딴생각뿐이었다. 책장이 넘어갈 리 없었다. 글자들 위로 아빠와 있었던 일들이 떠올랐다. 바다가 그나마 위안이 되었다. 한낮의 열기로 달궈진 모래는 따뜻하고 바다에서 불어오는 바람은 시원했다. 끊임없이 밀려드는 파도가 가슴속에 있는 고민을 잠시나마 잊게 해주었다. 하지만 공기 빠진 풍선 인형처럼 축 처진 기분을 완전히 달래주지는 못했다.

“여기서 뭐 하냐?”

은수의 목소리에 깊은 생각에서 빠져나온 하영은 자신의 시간을 방해하는 아이들의 무례함에 짜증이 났다. 대꾸할 기분도 들지 않았다.

“어쭈, 생까는 거 봐?”

다른 목소리도 들렸다. 그래, 여왕벌이 혼자 오는 법은 없지. 미나는 모래를 걷어차며 하영의 앞에 다가와 얼굴을 들이밀었다.

“밤에 바닷가에 나오는 건 위험한데, 서울에선 이런 거 안 가르쳐주나 봐?”

은수도 하영이 앉아 있는 곳으로 다가와 하영의 시야를 가로막았다. 조명등 하나 없는 곳이긴 했지만 달빛 덕분에 아이들의 표정이 보였다. 먹이를 몰아세우기로 작정한 눈빛들.

하영은 자신도 모르게 긴 숨을 내쉬며 어깨를 내렸다. 얘들아, 나를 그냥 내버려두면 안 되겠니? 더이상 너희들에게 흥미도 없으니까 그냥 너희들끼리 놀아. 하지만 하영의 기분이 아이들에게 전해질 리 없었다.

은수는 장난을 치듯 발등으로 모래를 퍼 하영의 다리에 끼얹었다. 은수의 눈은 하영의 반응을 기다렸다. 옆에 쪼그려 앉아 있던 미나도 가세해서 손으로 모래를 퍼서 하영의 배에 던지기 시작했다.

"사람이 왔으면 아는 척은 좀 하지?"

"그냥 지나가."

심드렁한 하영의 대답에 미나는 어이없다는 표정으로 목소리를 높였다.

"말하는 것 봐, 진짜 재수 없다니까."

하영은 혼자 있고 싶을 뿐이었다. 둘이 와서 툭툭 자신을 건드리고 있어도 이대로 가준다면 내버려둘 생각이었다. 아무런 의욕도 없고, 아이들을 상대할 기분도 아니었다.

"그냥 가고 싶어도 자꾸 네가 내 신경을 긁잖아."

은수가 몸을 숙이고 하영의 코앞에 얼굴을 들이밀며 말했다. 딴에는 위협적인 표정으로 인상을 쓰지만 또래 여자아이에게 위협을 느낄 하영이 아니었다. 피식 웃음이 새어 나왔다.

"웃어? 지금 웃음이 나와?"

"무슨 용건인데, 할 말 있으면 하고 가."

"말하는 거 봐? 너 뭐 믿고 까부냐?"

"이런 유치한 짓은 그만하지? 촌스럽기는."

은수의 눈에서 불꽃이 일었다. 말이 끝나기도 전에 은수의 손이 하영의 긴 머리카락을 움켜잡았다. 하영의 고개가 뒤로 젖혀지며 입이 벌어졌다. 기다렸다는 듯 은수의 다른 손이 모래를 집어 하영의 입속에 넣었다. 머리카락이 뽑힐 것 같은 통증보다 입안으로 들어온 모래가 더 고통스러웠다. 숨을 들이쉴 수가 없었다.

하영은 몸부림을 치며 기침을 토하고 입안에 든 모래를 뱉어내려 애썼다. 은수와 미나의 발길질이 이어졌다. 머리를 밟고 배를 걷어차고 다리를 짓밟았다. 멈추지 않고 쏟아지는 발길질에 정신을 차릴 수가 없었다. 입안의 모래가 버석거리며 호흡을 힘들게 했다.

"용건이 뭐냐고?"

은수가 핸드폰을 꺼내 뭔가를 찾아 하영의 눈앞에 내밀었다.

모래 먼지와 고통에 눈물이 고인 하영의 시야에 흐릿하게 자신과 지훈의 사진이 보였다. 배경의 바다를 보니 지난주에 갔던 양양 해변이다. 그곳에 갔던 모습을 누군가 찍어 은수에게까지 전달한 모양이다. 하긴 이곳에서 나고 자란 아이들이니 서로가 서로의 눈과 귀가 되어주겠지.

"지훈이 한 번만 더 불러내면 죽여버릴 줄 알아."

단비의 말이 맞았다. 은수의 아킬레스건은 지훈이었다.

하영은 다시 한번 헛웃음이 새어 나왔다. 나는 그냥 운전수가 필요했을 뿐이야. 그곳에 가서 확인할 게 있었거든. 네가 생각하는 그런 건 취미 없어. 지훈인 내 스타일도 아니야.

"이게 웃어?"

하영의 어이없어하는 표정을 본 은수는 다시 주먹을 날렸다.

여전히 하영의 마음 깊은 곳에서는 불꽃이 튀지 않았다. 아이들의 주먹과 발길질에도 몸을 지키기 위한 최소한의 방어도 하지 않았다. 육체를 관통하는 아픔이 몇 날 며칠 마음을 무겁게 하던 문제들을 잊게 해주길 바랐다.

"너 같은 건 아무것도 아니야. 내 눈에 거슬리게 하지 말란 말이야."

어디선가 들었던 말이다. 내 눈에 거슬리게 하지 마. 그래, 아빠였지. 왜 나는 눈에 거슬리는 존재가 되었을까? 그건 내가 아빠의 비밀을 알고 있기 때문이지. 은수 네 비밀은 뭐니?

하영은 계속 두려웠다. 자기 안에 무엇인가 숨어 있다는 것을 느꼈다. 그것은 언제든 적당한 때를 기다리고 있다. 지금까지 꾹꾹 잘 눌러왔는데 은수의 한마디가 도화선이 되어 하영의 깊은 곳에 닿았다.

고요하던 하영의 마음속에 불티가 날아오르기 시작했다. 나를 건드리지 마. 아니, 늦었어. 불티는 이내 뜨거운 불길로 커졌다.

하영은 주위를 더듬어 가방을 찾았다. 가방 끈이 손에 닿자 얼른 당겨 지퍼를 열었다. 가방 속에 손을 넣고 칼을 찾았다. 손에 묵직한 금속성의 날렵한 물건이 잡혔다. 손바닥에 착 감기는 손잡이의 감촉에 전율을 느꼈다.

뱀의 몸을 가르던 때를 기억한다. 온몸을 비틀며 고통스럽게 죽어가던 모습이 떠오른다. 머리는 박살이 났지만 말초신경까지 전달된 고통은 죽은 몸까지 비틀게 만들었다.

사람의 몸을 찌를 때는 어떤 느낌이었더라? 엉겁결이지만 이병도의 몸 깊숙이 칼을 찔러 넣었을 때를 떠올려보자 심장 박동이 빨라졌다. 뱀 따위는 비교도 되지 않았다.

은수야, 그냥 지나가라고 말할 때 듣지 그랬어. 이제…… 늦었어.

은수를 향해 칼을 휘두르려는 찰나 누군가 은수를 들어 올려 내동댕이쳤다. 놀란 미나는 제 발로 주춤주춤 뒤로 물러났다.

"뭐 하는 짓이야!"

지훈이 버럭 소리를 지르며 하영의 앞을 막아섰다.

"……둘이 만나기로 한 거였어?"

모래밭에 쓰러진 은수는 자신의 눈앞에 지훈이 있다는 사실이 믿어지지 않았다. 자신을 내동댕이쳤다는 사실보다 지훈과 하영 둘이 이곳에서 만나기로 했다는 사실에 더 화가 났다.

지훈은 부인하지 않았다. 은수를 노려보던 지훈은 몸을 돌려 하영을 챙겼다. 머리와 옷에 묻은 모래를 털어주며 가방을 챙겼다.

하영은 재빨리 칼을 감추고 지훈이 내민 손을 잡고 자리에서 일어났다. 온몸이 쑤시고 통증이 밀려들었지만 걸을 수는 있을 것 같았다.

옆에 있던 미나가 얼른 은수에게 다가가 일으켜 세웠다.

"은수야, 괜찮아?"

은수는 미나의 손을 밀치고 지훈에게 달려가 앞을 가로막았다.

"뭐야, 너희 둘 뭐야? 박지훈 말해봐."

"그냥 집에 가라고. 이런 짓 하지 말고."

지훈이 그대로 도로 쪽으로 걸음을 옮기자 은수가 하영을 밀치며 지훈의 팔을 잡고 늘어졌다.

"너 뭐냐고, 왜 저년이랑 붙어 다니는 건데?"

지훈이 은수의 팔을 떼어내고 매몰차게 밀어냈다.

"도대체 언제까지 이런 짓을 할 건데. 지겹지도 않냐?"

둘의 실랑이에 지겨워진 건 하영이었다. 애당초 지훈과 약속도 하지 않았다. 그저 하영이 저녁마다 이곳에 있다는 것을 아는 지훈이 어쩌다 찾아와 말을 걸면 그의 말을 들어주고 잠깐 이야기를 나눴을 뿐이다. 이 싸움에 낄 이유도 없고 그러고 싶은 기분도 아니었기에 하영은 그들을 남겨두고 걸음을 옮겼다.

그때 지훈과 은수, 미나의 핸드폰이 거의 동시에 울렸다. 은수와 미나는 문자를 확인하는 듯했고 지훈은 전화를 받았다.

"뭐? 시체가 발견됐다고?"

그들은 어느새 하영이 있다는 것도 잊어버린 듯 서로의 눈을 쳐다보며 자석처럼 서로에게 다가섰다.

"좀 알아듣게 얘기해봐, 새끼야!"

지훈의 핸드폰에 은수와 미나 모두 귀를 기울였다.

하영은 방금 전까지 몸을 밀치며 싸우던 아이들이 머리를 맞대고 통화에 집중하고 있는 것을 바라보았다. 전화기 너머의 목소리에 집중하고 있던 지훈은 자신들을 의아하게 쳐다보는 하영의 모습을 발견하고 얼른 고개를 돌리며 시치미를 뗐다.

"알았어. 지금 갈 테니까 체육관 앞에서 봐."

그들 모두 하영은 안중에 없는 듯 모래사장을 빠져나가기 위해 걸음을 옮겼다.

"시체라니 무슨 소리야? 누구 말하는 거야?"

하영의 말을 들은 지훈은 어쩔 수 없이 걸음을 멈추고 하영을 돌아보더니 난감한 듯 망설이다 입을 열었다.

"너는 모르겠지만 우리 반에 있던 유리…… 걔가 시체로 발견됐대."

하영은 지훈의 말을 들으며 아이들의 얼굴을 하나씩 번갈아가며 쳐다보았다. 전화를 받기 전만해도 기세등등하던 모습이 사라지고 모두들 잔뜩 얼어붙은 표정이었다.

지훈은 그걸로 설명을 다 했다는 듯 걸음을 옮겼고 은수와 미나도 모래사장을 벗어나 잇따라 어둠 속으로 뛰어갔다.

모래사장에 홀로 남겨진 하영은 한동안 그 자리에 서서 끊임없이 밀려드는 파도 소리와 바람 소리를 들었다.

아무리 숨기려고 해도 비밀은 드러나게 되어 있다. 어떤 비밀을 감추고 있든, 아무리 깊게 묻어두어도 비밀은 기어코 모습을 드러내고 잔인한 미소를 짓는다. 아빠의 비밀이 드러나듯, 지훈과 은수의 비밀이 드러나듯.

하영은 스스로에게 물었다.

윤하영, 너의 비밀은? 꼭꼭 잘 숨겼니?

4장

인간은 누구나 똑같다.
발끝에는
검고 긴 그림자를
늘어뜨리고 있다.

18.

유리의 시신이 발견된 지 두 달이 지났다.

학교 근처 폐건물을 철거하는 과정에서 발견된 시신은 공사를 잠시 지연시켰고 한가했던 경찰서를 분주하게 만들었다. 어디에서 들었는지 몇몇 아이들이 신문에도 나지 않은 소식을 전했다.

오랫동안 방치되어 있던 폐건물이라 공사를 시작하지 않았으면 시체는 발견되지 않았을 거라는 얘기, 굴삭기로 땅을 파던 와중에 시신이 발견되어 시신이 훼손되었고 부패 또한 많이 진행되어 수사에 어려움을 겪고 있다는 얘기, 유리 엄마가 경찰서에 찾아가 가출 신고조차 받아주지 않던 경찰들을 상대로 난동을 부렸다는 등의 이야기였다.

학교에 경찰이 다녀간 뒤, 반 아이들과의 면담을 위해 담당 형사 두 명이 다시 학교에 찾아왔다.

형사와의 면담에서 단비는 유리가 가출한 이유를 아느냐는 질문을 받았다. 단비는 전혀 모른다고 거짓말을 했다. 그다지 친한 사이가 아니라 아는 게 없다고 했다. 이미 학교 폭력과 왕따에 대한 이야기를 듣고 온 형사들이었지만 단비는 자신은 아는 바가 없다며 고개를 저었다. 약속이나 한 듯 자신들은 모른다는 말로 입을 다물어버리는 학생들 앞에서 형사들은 얼굴을 찌푸렸다.

유리가 실종되고 몇 달 뒤 전학 온 하영은 이 면담에서 제외되었다. 하영은 형사들과 면담을 마치고 교실로 돌아오는 아이들의 얼굴을 하나씩 살펴보았다. 교실로 들어오던 단비와 눈이 마주치자 단비는 얼른 시선을 피했다. 단비 옆에 앉은 아이가 얼른 다가와 형사가 뭘 물어보는지, 어떻게 답했는지 궁금해했지만 단비는 짜증을 내며 답하지 않았다. 그 와중에도 하영의 시선에 신경이 쓰였는지 힐끗거리며 쳐다보던 단비는 결국 참지 못하고 소리를 버럭 질렀다.

"왜 자꾸 쳐다봐!"

하영은 아무런 대답도 하지 않고 묵묵히 단비를 쳐다보았다. 자신의 목소리에 놀란 단비는 말을 잇지 못하고 머뭇거리다가 두 손으로 얼굴을 감싸고 흐느껴 울기 시작했다. 형사들의 질문으로 인해 복잡해진 마음과 면담에서 받은 스트레스가 만만치 않아 보였다. 그렇지 않아도 무겁던 교실의 분위기는 더 가라앉았다.

다음 차례로 상담실로 불려 가던 은수는 단비의 책상을 발로 툭 차며 말했다.

"울고 싶으면 나가서 울어. 딴 사람들 기분 상하게 하지 말고."

"네가 언제부터 딴 사람 기분을 신경 썼다고?"

단비가 눈물에 젖은 얼굴로 벌떡 일어나 은수에게 달려들자 곁에 있던 미나가 얼른 일어나 단비를 밀쳤다.

"이게 미쳤나? 짜증 나게 왜 교실에서 울고 지랄이냐고. 듣기 싫으니까 나가서 울라는데, 틀린 말 했냐?"

미나는 바닥에 쓰러진 단비를 내버려두고 은수를 데리고 나갔다. 아이들은 모두 아무 일도 없다는 듯 자세를 고쳐 앉았다.

하영이 단비에게 손을 내밀었다. 그 손을 잡고 일어난 단비는 얼른 손등으로 눈물을 닦아내고 애써 담담한 척 다시 자기 자리에 앉았다. 단비와 아이들의 등을 보던 하영은 일기장에 적힌 유리의 글이 생각났다.

어디에도 내 편은 없다. 단 한 명이라도 '그만해'라고 말리는 친구가 있다면 이렇게 외롭지는 않을 텐데. 이렇게 슬프지는 않을 텐데…….

은수와 미나는 형사들과의 면담에서 재미난 일이라도 있었는지 낄낄거리며 돌아왔다.

하영은 히히덕거리며 들어서는 은수와 미나를 쳐다보았지만 은수는 보란 듯이 턱을 올려 세우고 하영의 시선을 되받아치고는 자신의 자리로 돌아갔다. 승자라도 된 표정이었다.

바닷가에서의 일 이후로 은수는 하영을 건드리지 않았다. 시비를 걸거나 다가오지도 않았다. 지훈이 그만하라고 한 말 때문인지, 하영이 지훈과 거리를 두고 있기 때문인지는 확실하지 않았다.

하영도 더이상 은수에게 관심을 두지 않았다. 막상 유리의 시신이 발견되자 하영의 호기심은 급속히 사라졌다. 밝혀진 수수께끼는 재미가 없으니까. 이 사건이 어떤 결말로 끝날지 궁금하기는 했다. 다만 이제 자신의 놀이가 아니라 어른들의 손으로 넘어간 숙제 같았다.

형사들이 다녀간 뒤 유리의 사건은 차츰 아이들의 기억에서 사그라들었다. 곧 수행평가에 들어가는 기말고사와 고등학교 진학이 아이들의 더 큰 관심사가 되었다.

아이들과 달리 하영은 공부에 손을 놓고 있었다. 모든 것에서 흥미를 잃었다. 지금까지와는 달리 너무 많은 잡념들이 하영의 공부를 방해했다. 끊임없이 머릿속을 맴돌고 있는 가장 큰 의혹은 최 선생과의 상담에서도 잘 떠오르지 않던 기억들이었다. 기억 여기저기에 빈 공간이 있었다. 엄마의 꿈을 꾼 뒤로 그 빈 공간이 신경 쓰여 다른 일에 집중할 수가 없었다.

기말고사를 치른 다음 날 유리 엄마가 학교에 나타났다.

양손에 휘발유가 가득 든 플라스틱 통을 들고 학교 건물에 들어선 미진은 한 통의 휘발유를 복도에 설치된 사물함에 뿌리며 딸의 반으로 걸음을 옮겼다. 나무로 짠 사물함은 건조한 날씨 탓에 바싹 말라 있었다. 수업 시간이라 복도는 텅 비어 있었다. 교실 안의 교사와 학생들은 수업에 열중하고 있어 복도를 지나는 미진에게 관심을 보이지 않았다.

딸의 반에 도착한 미진은 출입문 앞뒤로 남은 휘발유를 붓고 다른 통의 뚜껑을 열었다. 교실 앞문에 선 미진은 크게 심호흡을 하고 교실 문을 열었다. 수업을 하고 있던 노 선생과 아이들의 시선이 모두 미진에게 향했다. 미진은 스물네 명의 아이들을 노려보았다.

'너희들, 너희들이란 말이지. 우리 유리에게 그런 짓을 한 게.'

미진은 허벅지에 멍이 들도록 이 아이들에게 얻어맞고 교복이 피로 물들었을 딸 유리를 생각하니 견딜 수가 없었다.

"유리 어머니, 무슨 일이세요? 수업중에 이렇게 들어오시면 안 됩니다!"

수업을 하던 노 선생이 갑자기 침입한 미진에게 놀라서 소리쳤다. 노 선생의 목소리는 들리지도 않는지 미진은 거침없이 플라스틱 통을 들고 사방에 휘발유를 뿌리기 시작했다.

"어머니! 지금 뭐, 뭐하시는 거예요?"

이내 휘발유 냄새를 맡은 노 선생은 놀라며 미진의 손에 들린 플라스틱 통을 빼앗으려고 실랑이를 벌었다. 그 바람에 미진도 노 선생도 휘발유에 온몸이 젖었다. 미진은 노 선생을 향해 던지듯 통을 밀어 넘어뜨리고, 놀라 어쩔 줄 모르는 스물네 명의 아이들을 향해 이를 갈며 말했다.

"너희들이 죽였지? 우리 유리, 너희들이 죽였어. 내가 모를 줄 알아?"

미진은 바로 앞 책상에 놓여 있는 책을 찢어 들고 주머니에서 라이터를 꺼내 불을 켰다. 그제야 미진이 무슨 짓을 하는지 깨달은 아이들은 비명을 지르며 자리에서 일어나 뒷문으로 몰려갔지만 문은 열리지 않았다.

미진은 휘발유를 뿌린 책에 불을 붙여 바닥에 던졌다. 불길은 휘발유를 따라 순식간에 주변으로 번졌다. 책상과 아이들의 가방과 책 등이 곧 불길에 휩싸였다.

놀란 노 선생은 앞문으로 달아나려 했지만 미진이 불타는 공책을 들어 복도 쪽으로 던지자 순식간에 복도에서도 불길이 일었다. 불의 열기와 검고 매캐한 연기, 아이들의 비명 소리로 교실 안은 아수라장이 되었다.

열리지 않는 뒷문을 어떻게든 열어보려고 문을 흔들던 지훈은 있는 힘을 다해 문을 향해 몸을 던졌다. 어깨가 깨지는 듯한 통증이 밀려들었지만 다행히 문이 부서지며 탈출구가 생겼다. 아이들은 다급하게 밖으로 뛰쳐나갔다. 복도에도 불이 번지고 있었지만 힘껏 달리면 어떻게든 밖으로 나갈 수 있을 것 같았다.

요란한 소리를 내며 화재경보기가 울리고 선생 몇이 복도와 비상구에 설치된 소화기를 들고 불을 끄기 시작했다. 아이들은 복도도 뛰쳐나왔지만 나가는 방향을 잡지 못해 뒤엉키는 바람에 복도는 아수라장이 되었다. 누군가 아이들에게 나가는 방향을 소리쳐주었고 덕분에 빠르게 불길을 피해 밖으로 나가기 시작했다.

그때까지도 하영은 책상에 앉아 있었다.

미진이 들어와 라이터에 불을 켜는 순간부터 하영은 꼼짝할 수가 없었다. 눈앞의 모든 것이 느린 화면으로 천천히 움직였다. 아이들이 놀라 밖으로 도망쳐 달아날 때도 하영은 일렁이는 불꽃에 사로잡혀 있었다. 타오르는 섬광 사이로 갑자기 먼 과거의 기억이 떠올랐다. 불길이 커질수록 기억이 선명해지기 시작했다.

그래, 이렇게 시작했지. 생각보다 어렵지는 않았어.

집 안에는 생각보다 위험한 것들이 많이 있거든. 주방의 가스 불, 할아버지의 담배꽁초. 집에 불이 날 뻔한 적도 여러 번 있었으니까. 가장 어려웠던 건 외할머니와 외할아버지를 옮기는 일이었지. 할아버지는 생각보다 훨씬 무거웠거든. 불이 빨리 붙지 않을까 봐 바닥에 기름을 뿌렸어. 할머니에게 물어본 적이 있는데 식용유도 기름이라 불에 잘 탄다고 하더라고.

불은 한순간에 사방으로 번져나갔어. 갑자기 집 안이 엄청 뜨거워져서 깜짝 놀랐지. 빠르게 번져가는 불꽃은 꽃보다 더 아름다웠어. 가슴이 두근두근거렸지. 온몸이 짜릿해졌어. 하지만 오래 있지는 않았어. 너무 뜨거워서 나도 타버릴 것 같았거든.

그래서 얼른 내 방 문 옆에 있는 뒷문을 통해 밖으로 나갔지. 이미 나갈 준비는 다 하고 있었으니까……. 곰 인형! 그건 잊어버리면 안 돼.

얼른 다시 들어가 인형을 챙겼지. 그리고…….

숨이 막혔다. 하영은 코앞까지 다가온 열기로 온몸이 화끈거렸다. 열기도 열기지만 커튼과 책상의 플라스틱 등이 타면서 내뿜는 시커먼 연기에 숨을 쉬는 것조차 힘들었다. 콜록거리던 하영은 누군가 자신의 몸 위로 젖은 운동복을 씌우는 것을 깨달았다. 고개를 들어보니 젖은 수건으로 입을 막고 있는 지훈이 보였다.

"얼른, 위험해."

지훈이 손을 잡아당기자 정신이 들었다. 지훈의 손에 이끌려 밖으로 나가려던 하영의 눈에 미진의 모습이 보였다. 불타는 교실 한가운데 넋이 나간 듯 서 있었다.

하영은 지훈의 손을 뿌리치고 미진에게 달려갔다. 머리에 쓰고 있던 젖은 운동복을 미진에게 씌워준 뒤 밖으로 데리고 나가려고 문 쪽으로 잡아당겼다. 정신이 든 미진은 하영을 한참 쳐다보다 뭔가를 깨닫고 와락 하영의 손을 잡았다.

"너지? 그 사진, 너 맞지?"

"하영아, 빨리 나가야 돼!"

뒤에 있던 지훈이 소리쳤다. 하지만 하영에게는 아무것도 들리지 않았다. 오로지 눈앞에 있는 유리 엄마의 절망에 가득 찬 눈동자만 보였다.

찰나의 순간에 많은 감정들이 하영과 아줌마의 시선 사이를 오갔다.

"……나가요. 다 얘기해줄게요."

하영이 미진의 손을 잡아끌었지만 그 손은 곧 하영을 뿌리쳤다.

"늦었어. 다 끝났어."

뒷걸음치던 미진의 옷에 불이 옮겨붙었다. 이미 휘발유로 젖어 있던 미진의 몸은 빠르게 화염에 휩싸였다. 고통스러운 비명과 함께 온몸을 비틀며 발버둥 치던 미진은 곧 쓰러졌다.

하영이 미진을 잡으려고 손을 내밀었지만 뒤에서 지훈이 붙잡았다. 더 있다가는 하영의 몸도 불길에 휩싸일 지경이었다. 하영은 지훈의 손에 이끌려 교실 밖으로 나가면서 불길 속에 휩싸인 미진의 마지막을 돌아보았다.

어떻게 불타는 복도를 뛰쳐나왔는지 모른다. 오로지 지훈의 손을 꽉 움켜쥔 기억밖에 없었다. 운동장으로 나오자 비로소 맑은 숨을 들이마실 수 있었다. 하영은 콜록거리며 폐에 스며들었던 매캐한 연기를 토해냈다. 아이들이 박수를 치며 지훈과 하영을 맞았다. 단비가 얼른 다가와 물병을 내밀었다.

"괜찮아?"

하영은 고개를 끄덕이며 눈물이 고인 눈으로 건물을 돌아보았다.

어느새 소방차가 도착해 학교 건물에 물을 뿌리고 있었고 불길도 조금씩 잡혀가고 있었다. 하영의 교실만 아직 불길이 타오르고 있었다. 다친 사람들은 응급차에 태워져 교문을 빠져나갔다.

응급차와 엇갈려 많은 자동차와 사람들이 학교로 몰려들었다. 인근에 사는 학부형들이 소식을 듣고 달려온 것이었다. 운동장에 모여 있던 학생들은 엄마 아빠를 보자 울먹이며 달려가 안겼다.

하영은 사람들로 뒤엉킨 운동장을 지나 그대로 학교를 빠져나와 집으로 향했다. 머릿속에는 오로지 한 가지밖에 떠오르지 않았다.

도망쳐야 돼. 이 불길에 사로잡히면 안 돼.

불길이 있는 곳에 더 머물다간 자신도 모르게 불꽃을 향해 손을 내밀 것만 같았다. 온몸을 압도하는 강력한 열기와 마음을 홀리는 불꽃의 춤에 정신을 빼앗기기 직전이었다. 온 신경 하나하나 전율이 느껴졌다. 한 발 더 다가가고 싶었지만 그러면 다시는 스스로를 감당하지 못하리라는 것을 직감했다. 위험해. 아슬아슬하게 간신히 지탱하고 있는 자신을 깨닫고 있었다.

해안 도로를 걸으면서도 계속 그 생각뿐이었다. 곁에 누군가 다가와 팔을 당겨 안는 것도 못 느낄 정도였다. 정신을 차려보니 선경 아줌마의 얼굴이 보였다.

선경은 하영의 머리를 넘겨주며 걱정스러운 표정으로 몸 여기저기를 살폈다.

“괜찮아? 다친 곳은 없니?”

학교로 오던 길이었던 모양이다. 선경의 뒤편으로 자동차가 보였다. 하영을 발견하고 다급하게 내리느라 미처 차 문도 닫지 못한 채였다.

선경의 얼굴을 본 하영은 왠지 안심이 되었다. 다리에 힘이 풀렸다. 무너져 내리듯 선경에게 안겼다. 잠깐 비틀거리던 선경은 곧 하영을 두 팔로 안아주었다. 선경의 부푼 배가 둘의 포옹을 방해했다. 정신을 차린 하영은 얼른 선경의 품에서 벗어났다.

"병원으로 가자."

벌겋게 달아오른 하영의 얼굴과 몸에 밴 그을음 냄새가 아무래도 불안했는지 선경이 자동차로 향하며 말했다.

"아뇨, 난 괜찮아요. 그냥 집에 갈래요."

하영의 말에 잠시 망설이던 선경은 결국 고개를 끄덕이며 걸음을 옮겼다. 그들 옆으로 또 다른 응급차가 요란한 사이렌 소리를 내며 학교를 향해 달려갔다. 자동차에 올라타려던 선경은 학교 쪽으로 시선을 돌렸다. 학교에서 뿜어져 나오는 검은 연기가 하늘 위로 퍼지고 있었다.

"어쩌다가 불이 난 거야?"

하영은 아무런 대답도 없이 조수석에 올라탔다. 어쩌다가 불이 난 것인지 누구보다 잘 알고 있었지만 지금은 아무 말도 하고 싶지 않았다. 자신이 도미노의 첫 번째 블록을 건드렸다. 그래도 일이 이렇게 번질 거라고는 생각하지 못했다.

"집에 가요."

지친 듯한 하영의 말에 선경은 얼른 자동차에 올라타고 시동을 걸었다.

집으로 돌아온 하영은 곧장 자신의 방으로 올라갔다. 몸에 남아 있던 열기는 십일월의 차가운 공기에 곧 사라졌다. 하영은 방문을 잠그고 다락방으로 올라갔다.

유리의 가방은 여전히 주인을 찾지 못한 채 어둠 속에 웅크리고 있었다. 하영은 가방의 옆 주머니를 열어 핸드폰을 꺼냈다. 손에 쥔 핸드폰을 한참 내려다보던 하영은 조심스럽게 전원 버튼을 켰다. 곧 전원이 켜지고 핸드폰 화면이 밝아졌다. 바탕 화면은 바다를 배경으로 찍은 유리의 얼굴이었다. 햇살에 눈이 부신 듯 살짝 미간을 찡그린 유리는 담담하게 정면을 바라보고 있다.

사진을 보낸 게 잘못이었을까?

어제 형편없이 망친 기말고사로 기분이 엉망이었다. 공부에 집중을 하지 못하고 딴생각을 하며 시간을 보냈으니 당연한 결과였다. 터덜터덜 집으로 걸어오는 길에 바닷가에 두 발을 뻗고 앉아 있는 유리 엄마를 보지만 않았어도 그런 생각은 하지 않았을 것이다.

미진은 한 손에 소주병을 들고 이따금 술을 마시다 바다를 바라보다 또 울음을 토해내곤 했다. 하영은 그 모습을 한참 지켜보다가 날이 어두워진 후에야 집으로 돌아왔다.

문득 유리의 가방을 돌려줘야겠다는 생각이 들었다. 가방을 열어 옷가지며 일기장을 정리하던 하영은 무심코 핸드폰을 꺼냈다. 아직 전화가 살아 있을까 싶었지만 충전을 하고 전원을 켜자 곧 연결이 되었다. 딸과 연락이 되길 기다리는 엄마는 계속 유리의 핸드폰 요금을 내고 있었던 것 같았다.

하영은 핸드폰을 뒤지다가 유리의 몸에 남겨진 폭력의 기록들을 발견했다. 멍이 든 허벅지와 팔, 배는 물론이고 코피로 얼룩진 얼굴 사진도 있었다. 피가 묻은 교복을 펼쳐놓고 찍은 사진도 있었다. 하영이 앉았던 책상의 낙서도 보였다. 칼로 깊게 새긴 생선 그림 낙서 옆에 "냄새 나"라고 볼펜으로 적은 글도 보였다. 어떤 마음으로 그런 것들을 하나씩 찍어나갔는지 상상도 되지 않았지만 왠지 유리의 외로움이 느껴졌다.

하영은 통화 기록을 찾아 유리에게 온 엄마의 문자메시지를 확인했다. 며칠에 한 번, 몇 주에 한 번 띄엄띄엄 보낸 문자는 날이 갈수록 절박해져 있었다. 딸에게 그저 잘 있다는 연락 한 번만 해달라는 문자를 보자 하영은 자신도 모르게 미진에게 메시지를 보냈다.

유리의 핸드폰에 남아 있는 사진들. 유리가 가출을 결심했던 이유들.

유리 엄마가 알아야 할 것 같았다.

하영은 불길 속에서 잠시 마주했던 미진의 눈빛을 떠올렸다. 딸을 잃은 엄마의 눈빛은 생기를 잃고 어두웠다. 이미 늦었어요. 아무리 괴로워해봐야 죽은 딸은 돌아오지 않아. 하영은 미진이 유리의 일기장을 보지 못한 게 아쉬웠다. 그 일기장을 봤다면 과연 학교에 불을 질렀을까? 아마도 자신의 발등을 먼저 찧어야 했을 것이다.

교실에서 본 불길 덕분에 하영은 몇 년 동안 지우고 살았던 기억을 떠올렸다.

할아버지와 할머니. 이제는 얼굴도 잘 떠오르지 않는다. 애써 기억할 이유도 없었다. 함께 살았던 지옥 같은 몇 년, 어린 하영이 감당하기 힘들었던 끔찍하고 잔인한 말들도 다 불길 속에 태워버렸다.

그때는 어떻게든 할머니 할아버지와 잘 지내보고 싶었다. 아빠에게 받는 양육비도 적지 않았는데, 식탁 위에 놓인 바나나라도 하나 먹으려고 하면 효자손으로 손등을 때렸다. 하루 세끼 먹여주는 것도 감지덕지인데, 뭔 과일까지 처먹느냐고 옆구리를 찔렀다. 하영이 하는 행동은 모두 밉살맞게 보였는지 수시로 파리채나 효자손이 날아들었다. 그와 동시에 했던 말들. 생각하기도 끔찍하다. 때리는 건 그렇게 아프지 않았다. 하지만 말로 인한 상처는 오래, 깊게 아프게 했다.

몸의 상처는 눈에 보이지만 마음에 새겨진 상처는 본인만 안다. 가족에게 받는 상처는 절망을 남긴다.

하영은 자신의 절망에 지고 싶지 않았다. 내가 선택하지도 않았는데 나에게 주어진 것들 때문에 더이상 고통받고 싶지 않았다. 하영은 자신이 원하는 것을 가지기 위해 불을 질렀다. 자신이 살고 있는 집을 태워버려야 모든 것을 다시 시작할 수 있었다.

하영은 이제 다시 선택해야 할 시간이 되었다는 것을 깨달았다.

애써 도망쳐보았지만 불은 이미 하영의 마음에 옮겨붙은 뒤였다.

19.

초겨울이 되면서 바닷가 날씨의 위력을 실감하기 시작했다. 햇살의 온기가 남아 있던 늦가을까지 모든 게 완벽했다면, 겨울이 되어 나뭇잎이 말라가고 공기가 차가워지면서 이곳의 날씨는 온화한 얼굴 뒤에 숨겨진 매서운 얼굴을 비로소 드러내고 있었다. 바람의 세기가 달라졌다.

선경은 어디선가 불어오는 바람을 느끼며 잠에서 깨곤 했다. 눈을 뜨고 귀를 기울이면 삐걱거리며 집 안을 지나는 바람 소리가 들렸다. 그렇지 않아도 산달이 다가오면서 잠이 충분하지 않은데 바람 소리 때문에 수시로 선잠에서 깨어났다.

풍선처럼 부풀어 오른 배 때문에 숨을 쉬는 것도 힘들었다. 자다가도 가슴이 답답하고 숨이 찼다. 잠에서 깨어 부은 손발을 주무르며 선경은 엄마를 생각했다. 이럴 때 엄마가 있었다면 자신을 품었던 엄마의 경험을 배우고, 엄마가 된다는 두려움에 대해 이야기를 나누었을 텐데.

요 며칠 컨디션은 최악이었다. 침대에 누웠다가도 잠을 못 이루고 뒤척이는 바람에 남편이 서재에서 자기 시작한지도 한 달이 넘었다. 혼자 자면서 조금 나아지기는 했지만 잠이 부족하기는 마찬가지였다. 무거운 몸은 늘 피곤했다.

날이 밝으면서 한두 시간 눈을 붙이다가 깨어난 선경은 인기척을 느끼고 주방으로 나갔다. 엄 씨가 배추를 다듬으며 김치 담글 준비를 하고 있었다. 몸이 무거워진 뒤로 살림살이는 거의 엄 씨의 손에 의존하고 있다.

"오셨어요?"

선경은 인사를 하고 곧장 욕실로 향했다. 샤워를 하며 거울을 들여다보던 선경은 믿기지 않는 듯 김이 서린 거울을 닦아내고 다시 한번 거울 속의 자신을 쳐다보았다. 배에 튼살이 선명하게 보였다. 조심한다고 오일도 바르고 했는데 그것만으로는 갑작스럽게 늘어나는 피부를 감당할 수 없었나 보다. 더 우울해졌다.

샤워를 마친 선경은 옷을 갈아입고 입던 옷가지를 챙겨 세탁실로 향했다. 세탁기 안에는 남편의 세탁물이 보였다. 흰옷과 색깔 옷을 분리하지도 않고, 속옷도 같이 들어 있었다. 선경은 옷들을 꺼내 분리하고 세탁기에 다시 넣었다. 문득 아직도 여름옷을 정리하지 않았다는 것을 깨달았다. 더 늦기 전에 정리를 해둬야겠다 싶었다.

마침 병원에 가는 날이라 가면서 세탁소에 맡길 옷들을 챙기기 위해 옷장을 열었다. 드라이클리닝을 맡길 남편의 양복과 셔츠, 바지를 꺼내고 주머니를 확인했다. 천 원짜리 몇 장과 손수건, 어딘가의 명함이 나왔다. 에코백에 주머니를 비운 남편의 옷가지를 챙기는데 뭔가 발바닥에 밟혔다. 발을 들어 보니 모래 같은 것들이 붙어 있다.

이건 어디서 묻어 온 거지? 의아하게 보던 선경은 남편의 바짓단을 뒤집어 흔들었다. 솔기에 숨어 있던 모래들이 바닥에 떨어졌다. 선경은 바닥에 떨어진 모래들을 보다가 조금 전 발견한 명함을 다시 집어 확인했다.

양양 서핑 강습 전문 블루마린

선경은 엄 씨에게 병원에 다녀온다고 알리고 집을 나섰다.

의사는 별다른 증상은 없는지 묻고 곧 초음파로 아이를 보여주었다. 32주 된 아이는 건강하고 활동적이라고 했다. 지난번까지는 조금 작다고 했던 머리둘레도 정상 수치로 커졌고 모든 게 양호했다. 의사는 태아의 얼굴을 보여주려고 배에 댄 탐촉자를 이리저리 움직였지만 웅크린 태아가 손으로 얼굴을 가린 탓에 잘 보이지 않았다.

"이 녀석, 밀당하네요. 오늘은 얼굴 좀 보나 했더니."

의사는 웃으며 농담을 건넸다. 선경은 모니터에 비치는 아기의 모습을 보면서 심장 소리를 들었다. 아이는 이렇게 세상에 나올 준비를 하는구나. 모든 게 안정적이라는 말에 안심이 되면서도 한편으로 자신은 이 아이를 맞을 준비가 되었나 하는 의문이 뒤늦게 들었다.

병원 건물을 나온 선경은 자동차에 올라탄 뒤 잠시 사람들이 오가는 병원 건물을 쳐다보며 앉아 있었다. 저곳 어딘가에 남편이 근무하고 있다. 평소라면 전화라도 할 텐데, 오늘은 그러고 싶은 마음이 없었다.

선경은 가방에 넣어둔 명함을 꺼냈다. 자동차 시동을 걸고 명함에 적힌 주소를 내비게이션에 입력했다. 병원에서 이십

분이면 도착하는 거리였다. 내비게이션 지도를 보니 양양 해변으로 가는 중간에 가게가 있었다.

선경은 곧 병원을 빠져나와 방동길에서 동해대로로 접어들었다. 도로 오른편으로 계속 눈부신 바다가 보였지만 선경은 내비게이션의 음성 안내에만 집중했다. 평일의 한적한 도로라 그런지 예측 시간보다 일찍 도착했다.

해변 주차장에 차를 세우고 자동차에서 내리자 바다에서 불어오는 찬 바람이 코트 속으로 마구 들어왔다. 바람에 모래까지 섞여 있는지 얼굴이 따끔거렸다.

선경은 옷깃을 단단히 여미고 몇 개의 가건물이 들어선 해변가로 걸어갔다. 바람이 찬데도 여전히 서핑을 즐기는 사람들이 드문드문 있었다.

명함에 적힌 블루마린은 가건물들 중간쯤에 자리 잡고 있었다. 벽 한편에는 붉은 석양에 푸른 파도가 높게 치솟아 있고 그 파도를 타고 있는 서퍼의 모습이 그려져 있다. 선경은 반쯤 열린 가게 문을 열고 안으로 들어섰다.

가게 한쪽 벽에는 서핑에 필요한 장비들이 진열되어 있었고 다른 쪽은 음료수 진열대가 있었다. 실내에 몇 개의 테이블과 의자가 있는 것으로 보아 아마도 서핑 강습을 하면서 카페도 운영하고 있는 것 같았다. 장비가 진열된 곳 옆으로 서핑 강습에 필요한 장비 렌털과 강습 비용 등의 안내문이 적혀 있고 이어진 벽 한가득 이곳에서 서핑을 배운 고객들의 즉석 기념사진 같은 것들이 다닥다닥 붙어 있었다.

"도와드릴까요?"

사진을 들여다보던 선경의 뒤로 누군가 말을 걸었다. 돌아보니 이제 막 바다에서 나왔는지 서핑 슈트를 입은 남자가 머리에서 물을 뚝뚝 떨어뜨리며 서 있었다. 가게 앞 한편에 보드를 내려놓고 가게 안으로 들어온 그는 의자에 걸려 있던 수건으로 물기를 닦으며 웃어 보였다. 검게 그을린 얼굴에 하얀 치아가 눈에 띄었다.

"죄송해요, 서핑중이셨던 것 같은데."

"아니, 괜찮습니다."

용건을 묻는 듯 서 있는 남자를 보자 선경은 당황하기 시작했다. 남편의 양복 주머니에서 명함을 발견할 때만 해도 여기까지 오리라는 생각은 못 했다. 아니, 지금도 자신이 왜 여기에 서 있는지, 무엇 때문에 이곳을 찾아왔는지 깨닫지 못하고 있었다.

"서, 서핑을 배우고 싶어서요."

"네?"

남자의 눈이 자신의 배로 향하자 선경은 얼른 둘러댔다.

"아니, 제가 아니라 제 딸이요. 중학교에 다니는 아이가 배우고 싶다고 졸라서요."

“아, 유소년은 저쪽 가게에서 전문으로 가르치는데.”

“그래요?”

숨이 차고 허리가 아파왔다. 선경은 허리를 잡고 심호흡을 했다.

“괜찮으세요? 여기 좀 앉으세요.”

남자는 걱정 어린 눈으로 보다가 얼른 선경에게 의자를 내주었다.

“여기 커피도 파는 것 같은데, 혹시 따뜻한 허브티 같은 것도 있나요?”

“메뉴엔 없지만…… 제가 마시는 게 있는데 그거라도 드릴게요. 캐모마일 괜찮을까요?”

“네, 고마워요.”

남자가 진열대 너머로 들어가 차를 준비하는 동안 선경은 다시 가게 안을 둘러보았다.

무엇을 확인하고 싶어 여기까지 온 것일까?

생각과 달리 눈은 분주하게 무엇인가를 찾아 바삐 움직였다. 그리고 한 곳에서 멈추었다. 선경은 자리에서 일어나 자신이 발견한 것을 확인하기 위해 걸음을 옮겼다.

서핑을 배운 고객들의 사진 수백 장 사이에 남편의 얼굴이 보였다.

한 장도 아니고 여러 장. 혼자가 아니었다. 한눈에도 성형

한 티가 나는 이십 대 여자와 뺨을 맞대고 찍은 사진도 있고, 비키니 수영복으로 가슴을 한껏 드러낸 여자들의 허리를 안고 찍은 사진도 있다. 치아를 다 드러내고 크게 웃는 남편의 얼굴은 서핑 가게 주인처럼 검게 그을려 있었다.

선경은 고개를 돌리고 자리로 돌아와 앉았다. 더 찾아보고 싶은 마음도 없었다. 유리창 너머로 바다를 바라보며 그제야 자신이 왜 명함을 발견하자 곧장 이곳을 찾아왔는지 깨달았다. 흩어져 있던 퍼즐들이 드디어 맥락을 찾아 제자리에 채워지기 시작했다.

일정하지 않은 출퇴근 시간과 실내 근무를 하는 사람답지 않게 점점 구릿빛으로 변해가던 얼굴, 뜬금없이 속초에서 사온 빵. 세탁물에서 나오던 모래 알갱이. 그러고 보니 병원에 갔을 때 전화를 하면 외부에서 손님을 만나고 있다는 경우가 많았다. 병원에 다니기는 하는 걸까?

남자가 투명한 유리잔에 담긴 허브티를 탁자에 놓아주었다. 남자는 선경의 시선을 따라 사진을 쳐다보며 말을 걸었다.

"이번 여름에 다녀간 수강생들이에요. 한번 빠지면 빠져나오기 힘들죠. 배우면 재미있을 거예요."

"겨울에는 못 타겠네요."

"그렇죠, 겨울엔 겨울용 슈트를 입어도 진짜 춥거든요. 가게들도 많이 문을 닫아요."

겨울이 되면 당신은 어디서 시간을 보낼 거지?

선경은 묵묵히 허브티를 마시며 이 문제를 어떻게 할 것인가 생각했다. 따뜻하고 향기로운 차 덕분에 머릿속이 맑아졌다.

선경은 딸과 상의해보겠다는 말과 함께 인사를 하고 가게 문을 나섰다. 주위의 가게들을 보니 남자의 말대로 벌써 폐장을 한 가게들도 있었다.

자동차를 향해 걸어가던 선경은 어디서부터 잘못된 것인지 생각했다. 생각해보면 이미 자잘한 균열은 있었다. 그걸 애써 외면하고 있던 것은 자신 아닐까? 그러다 문득 오래전 한쪽으로 치워둔 의문이 고개를 들었다.

남편은 왜 이곳으로 이사를 오자고 한 것일까? 지금보다 몇 배는 더 크고 시설도 좋은 병원을 갑자기 그만두고 이곳엔 온 이유는 무엇일까? 나를 위해서? 선경은 고개를 저었다. 그건 남편의 주장일 뿐이다. 새 병원으로 옮기자마자 성에 차지 않는 병원 규모와 시설 때문에 불평을 했다. 남편은 그런 것도 알아보지 않고 결정을 할 만큼 즉흥적인 사람이 아니다.

선경은 그제야 자신이 알지 못하는 다른 이유가 있을 거란 생각이 들었다.

운전석에 앉아 생각에 잠겨 있던 선경은 핸드폰을 꺼내 희주의 전화번호를 찾았다.

"희주야, 나 부탁이 있는데……."

"얘기해."

"알아봐줬으면 하는 게 있어."

선경은 희주를 붙잡고 자신의 머릿속에서 일어나는 온갖 의혹과 걱정과 두려움을 이야기하고 싶었지만 아주 간단하고 명확한 부탁 하나만 했다. 무엇 때문에 그런 부탁을 하는지 의아한 생각이 들 만도 한데 희주는 알았다고만 답하고 곧 전화를 끊었다.

친구는 말하지 않아도 통하는 게 있다. 그 부탁 하나만으로 희주는 선경의 고민과 의구심을 짐작하는 것 같았다.

집으로 돌아온 선경은 아무 내색 없이 엄 씨가 해놓은 김치를 맛보고 서재로 향했다. 한나절의 외출이었지만 허리를 타고 흐르는 엉덩이와 골반의 통증이 묵직했다. 갈수록 무거워지는 몸은 한계점에 달한 느낌이었다. 갑자기 자신의 배가 끔찍하게 느껴졌다.

아는 사람 하나 없는 곳으로 내려와서 나는 지금 무엇을 하고 있나?

낯선 곳에 혼자 버려진 기분이 들었다. 사방의 벽들이 한 발씩 자신을 압박해오는 것 같았다. 숨이 막혔다.

창문이 덜컹거렸다. 창으로 시선을 돌렸다. 찬 바람이 창문을 흔들고 틈새를 비집고 들어왔다. 마지막 남은 낙엽들이 바람 앞에 속절없이 후두두둑 떨어지고 있다. 햇살도 위로가 되지 못했다.

익숙한 것들이 필요했다. 보기만 해도 위안이 되는 것들.

선경은 책상 아래 서랍을 열어 아빠의 유품을 찾아 더듬거렸지만 보이지 않았다.

이상하다, 분명 여기 맨 아래 서랍에 넣어뒀는데.

선경은 혹시나 싶어 다른 서랍까지 모두 뒤졌다. 서랍을 빼서 뒤집기까지 했다. 없다. 아빠의 안경집과 지갑, 아빠의 소소한 일상이 적혀 있던 다이어리까지 사라졌다. 분주하게 서랍들을 뒤지던 선경은 순간 동작을 멈추었다.

남편이다. 그가 아빠의 유품을 치워버린 것이다. 선경은 서핑 가게에 찾아갔을 때도 느끼지 못했던 분노를 느꼈다.

몇 년 동안 그는 선경이 가진 모든 것을 맘대로 재단했다. 하는 일은 끔찍하게 생각했고, 친구들과의 연락을 탐탁지 않아 했고 아내의 의견을 무시하고 이곳으로 이사를 했다. 그가 하는 일들은 점점 더 선경을 고립시켰다.

선경은 두 눈을 감고 생각했다. 빠져나올 수 없는 늪에 발을 들여놓은 기분이다. 발목이 쑥 들어갈 때도 의식하지 못했다. 이제 허리까지 움직이지 못하게 된 뒤에야 늪에 빠진 걸 알게 되었다. 나는 어떻게 해야 하나? 뭘 할 수 있을까?

엄마의 생각을 읽은 듯 배 속의 아이가 발로 찬다.

너는 왜 하필 지금 내게로 왔니?

선경은 절망감에 자신도 모르게 두 손에 얼굴을 묻고 흐느껴 울었다.

20.

생선구이 집 아줌마가 죽었다. 3도의 전신 화상을 입고 중환자실에서 집중치료를 받았으나 혼수상태로 있다가 나흘 만에 세상을 떠났다.

하영은 미진이 입원해 있는 병원에 가서 간호사에게 환자의 상태를 물었다. 개인 정보라 알려줄 수 없다는 간호사에게 약간의 눈물 연기를 해야 했다. 죽은 친구를 대신해 자신이 아줌마를 챙기고 있다는 말에 간호사는 망설이다가 위중한 상태라고 알려주었다.

다시 병원을 찾았을 때는 영안실로 내려간 뒤였다.

집으로 돌아오는 버스 안에서 하영은 미진의 선택에 대해 생각했다.

바보 같아, 내가 사진을 보낸 건 이런 결말을 원해서가 아니야.

미진의 분노는 말 그대로 자신까지 불태워버렸다. 자신의 딸 유리를 죽인 아이들에게는 어떤 복수도 하지 못했다. 그 아이들은 불타버린 교실을 보며 덕분에 단축 수업을 하게 되었다며 낄낄거렸다. 몇 명을 빼고는 미진이 왜 교실에 불을 질렀는지조차 알지 못했다.

바보 같아, 나라면 그렇게 하지 않아.

미진의 죽음으로 하영은 자신 안의 무언가가 툭, 간신히 버티고 있던 나사가 튕겨 나간 느낌이었다. 어쩌면 위태위태하게 간신히 버티고 있었는지도 모른다. 그렇게 될 일은 결국 그렇게 된다고 했던가? 불길을 다시 본 뒤로 하영은 자신을 인정하기로 했다. 발목을 잡고 있는 그림자를 자르려고 애써봐야 헛수고일 뿐이다.

하영은 어떻게 하면 은수 무리에게 제대로 본때를 보여줄까 생각하기 시작했다. 유리의 복수? 내 딸도 아닌데 내가 나서서 복수할 이유는 없다.

하영은 바닷가에서 있었던 일을 두고두고 생각했다. 김은수 네가 감히 내 입에 모래를 처넣어? 하영은 모래를 입에 담은 채 컥컥거리던 치욕을 잊을 수 없다. 그때를 생각하면 차가운 피가 도는 것처럼 온몸이 서늘해진다. 지훈만 나타나지 않았다면 거기서 칼을 휘둘렀을 것이다.

그날 이후로 은수는 자신이 한 수 위에 있다는 듯 행동했다. '네까짓 건 얼마든지 상대해줄 수 있어. 별것도 아닌 게'라는 눈빛으로 몇 번이나 하영을 도발했다. 그럴 때마다 하영은 시선을 피했다. 자신을 만만하게 보도록 내버려두었다. 나중을 위해 은수의 허영심을 채워주었다.

머릿속으로 계획을 마친 하영은 유리의 가방에서 토끼 모양 인형을 떼어 자신의 가방에 매달았다.

'그 아이들의 최후를 너도 지켜봐.'

화재 사건 이후 단비는 말수가 줄었다. 임시 교실로 옮겨간 뒤 벌써 화재 사건을 잊어버린 듯 조잘거리는 아이들과 달리 단비는 침울한 표정으로 창밖을 보는 일이 많아졌다. 수업 시간에도 멍하니 넋을 놓고 있었다.

하영은 단비가 볼 수 있게 가방을 책상 위에 올려놓고 노트와 필기도구를 꺼냈다. 단비의 주의를 끌어보려고 가방을 내려놓으며 소리를 내보기도 했지만 단비는 돌아보지 않았다. 결국 수업이 끝나고 집으로 가는 길에 직접 단비에게 다가가야 했다.

"단비야, 무슨 일 있어?"

"응?"

생각에 잠겨 교문을 나서던 단비가 고개를 돌려 하영을 쳐다보았다.

"무슨 일 있냐고, 기분이 안 좋아 보여."

"……."

단비는 선뜻 답을 하지 못하고 머뭇거렸다. 그러다 다시 입을 열던 단비가 하영의 가방에 대롱대롱 매달려 있는 토끼 인형을 발견했다. 단비의 눈이 단박에 커졌다.

하영은 단비가 인형을 알아봤다는 것을 눈치챘다. 모를 리가 있나, 자신이 생일 선물로 직접 만들어서 유리에게 준 인형인데.

유리는 꽤나 감동했던 것 같다. 그때의 일을 일기장에 자세히 적어놓았을 뿐 아니라, 가방에 매달고 다니면서 늘 곁에 두었고 몇 번이나 일기장에서 그날의 기억을 되새겼다. 왕따가 된 뒤 돌아보지도 않는 단비를 한때 친구라고 혼자 그리워했다.

"너, 그거…… 어디서 났어?"

"이거? 내 사물함에 들어 있던데? 예뻐서 달았어. 왜?"

단비는 반신반의하는 표정으로 쳐다보았지만 딱히 반박을 하지는 않았다.

"그거 알아? 토끼는 말이야, 스트레스를 받으면 친구의 귀를 물어서 잘라버려. 무리에서 왕따를 당한 토끼는 기회를 노리다가 다른 토끼를 죽이기도 하지."

단비의 눈이 더 커졌다.

"겉으로 보기엔 귀엽지? 하지만 그게 전부는 아니야. 너도 잘 알겠지만."

단비는 머뭇거리다 겨우 입을 열어 하영에게 말했다.

"무슨 말을 하고 싶은 거야?"

하영은 단비를 데리고 학교 뒤편 골목으로 들어섰다. 주택 몇 개를 지나가면 이내 소나무숲이다. 사람들도 잘 오지 않는 곳이라 비밀 이야기를 하기에 적당한 장소였다.

단비의 팔을 끌고 숲으로 들어온 하영은 단비를 마주 보고 섰다. 단비는 긴장한 얼굴로 하영을 쳐다보았다.

"유리가 살해당했는데도 넌 아무렇지 않니?"

"……나, 나도 아프고 힘들어. 하지만 내가 뭘 할 수 있는데?"

하영은 가만히 단비를 쳐다보다가 코앞까지 얼굴을 들이밀었다.

"유리를 죽인 범인을 알고 있다면 넌 어떻게 할래?"

단비의 눈동자가 흔들렸다. 하영의 의도를 파악하려는 듯 시선을 맞추다가 떨리는 목소리로 물었다.

"범인을 알고 있다는 얘기야?"

"99퍼센트. 확증을 잡으려고 하고 있지. 도와줄 거야?"

쉽게 답을 하지 못했다. 또 망설이는 거겠지, 이 겁쟁이. 결국 하영은 단비의 아픈 곳을 찌르기로 했다.

"내가 전학 온 날 뭐라고 했지? 거기 유리 책상이라고, 내가 앉는 것도 싫어했지? 그런데 유리를 죽인 범인을 안다는데도 주저하는 거야? 너도 똑같아. 유리가 죽은 건 너 같은 애 때문이야.”

“네가 뭘 안다고 떠들어? 너 뭐야?”

단비의 눈가에 물기가 고였다.

“나? 난 아무것도 아니야. 유리 친구도 아니고, 유리가 누군지도 몰라. 그런데도 화가 나. 아무도 모르게 죽임을 당하고 폐건물에 쓰레기처럼 버려졌는데 너희들은 아무 일도 없다는 듯 지내잖아? 특히 너! 책상을 지킬 게 아니라, 유리를 지켰어야지.”

하영의 말을 듣던 단비가 갑자기 소리를 내며 울기 시작했다. 하영은 말을 멈추고 묵묵히 단비가 울음을 그칠 때까지 기다렸다. 단비가 울음 섞인 목소리로 말했다.

“나도 힘들어, 미쳐버릴 거 같다고.”

“알고 있지? 범인이 누군지. 그래서 망설이는 거 아니야?”

단비는 부정도 하지 못한 채 하영을 쳐다보았다.

“다음은 네 차례가 될지도 몰라. 유리처럼 당하고 있을래?”

하영의 말에 단비가 울음을 멈추었다. 손으로 눈물을 닦아내고 마음을 가라앉힌 단비가 나지막이 물었다.

“어떻게 할 건데?”

인간은 누구나 똑같다. 발끝에는 검고 긴 그림자를 늘어뜨리고 있다.

앞서가던 미나는 또 길을 잃었는지 주변을 오르내리며 계속 고개를 갸웃거렸다. 한쪽에 서서 기다리던 은수가 버럭 소리를 질렀다.

"도대체 어디야? 자꾸 이렇게 빙빙 돌 거야?"

"분명 여기 근처야. 미치겠다, 진짜."

미나에게 이 숲은 너무나 익숙한 곳이었다. 어릴 때는 친구들과 버섯을 따러 오거나 도토리, 밤 같은 것을 줍기 위해 뒷마당처럼 드나들었다. 미나는 주변의 나뭇가지를 붙잡고 비탈진 곳으로 내려가더니 이내 은수를 향해 소리쳤다.

"여기야, 여기."

미나는 겨우 동굴의 입구를 찾아내고는 은수를 불렀다. 지난봄 유리의 가방을 던져놓은 후 단 한 번도 오지 않은 곳이다. 사실 은수가 유리의 가방을 없애라고 할 때만 해도 아무 곳에나 버릴 생각을 했다. 하지만 그러다가는 금방 누군가에게 들킬 것 같았다. 결국 생각하고 생각한 게 이곳이었다. 어릴 때 자주 와서 놀던 곳이지만 아는 사람은 거의 없다. 안은 너무 어둡고 언제 무너질지 몰라서 누구도 들어가지 않는 곳이다. 이곳이라면 사람들 눈에 띌 일은 절대 없다고 확신했다. 설마 이렇게 다시 오게 될 줄은 생각도 하지 못했다.

미나와 은수는 핸드폰의 손전등 앱을 켜고 동굴 안으로 들어갔다. 눈앞의 몇 발자국만 겨우 보이는 불빛에 의지해서 주위를 살피기 시작했다. 하지만 가방은 어디에도 보이지 않았다. 주변에 있던 돌멩이를 걷어차며 은수가 소리쳤다.

"그거 봐, 누가 가져간 거라구. 넌 도대체 왜 일을 그따위로 하니?"

은수가 소리칠 만도 하다. 미나는 그럴 리가 없다고 중얼거리며 여전히 가방을 찾는 시늉을 했다.

갑자기 은수가 걸음을 멈추었다. 코를 킁킁거렸다.

"뭔 냄새 나지 않아?"

은수의 말에 미나도 코를 킁킁거리며 주변의 공기를 들이마셨다. 동굴에서 느껴지는 비린내와 함께 알 수 없는 냄새가 느껴졌다. 은수가 핸드폰 불빛으로 주위를 비춰보았다.

은수와 미나는 한 발씩 다가가다 걸음을 멈추었다. 역한 냄새가 떠돌고 있었다.

은수와 미나는 욕지기를 참지 못하고 그대로 밖으로 튀어나갔다.

동굴 밖 밝은 공기를 마시자 겨우 정신이 돌아왔다. 은수가 엉뚱한 장소로 데리고 왔다며 화를 냈다. 하지만 미나는 고개를 저었다. 분명 자신이 놀던 그 동굴이 맞다.

"이상하네. 저기 박쥐는 살지 않았는데."

"이사 왔나 보지."

"아니야, 저 동굴이 생각보다 작단 말이야. 박쥐가 산다면 다른 놈들은?"

"다 죽었잖아. 바닥에 떨어진 거 못 봤어?"

열 마리도 넘어 보이는 박쥐들이 한 곳에 죽어 있었다. 누군가 모아두기라도 한 것처럼. 산을 놀이터 삼아 자란 미나는 그게 얼마나 부자연스러운 일인지 안다.

도대체 누가 저곳에 박쥐들의 시체를 가져다 놓았을까.

"니 말이 맞다면 가방은 어디 간 거야?"

어젯밤 은수와 미나는 유리가 보낸 문자메시지를 받았다. 정확히 말하면 유리의 전화로부터 발신된 문자를 받았다.

—끝났다고 생각해?

이런 문장과 함께 피 묻은 교복 사진과 코피로 얼룩진 유리의 얼굴 사진이 첨부되어 있었다.

은수는 유리의 전화번호가 뜨는 것을 보고 기겁을 했다.

'그럴 리 없어. 넌 죽었잖아!'

겁에 질린 미나의 전화를 받고서야 은수는 그날 유리의 가방과 핸드폰을 처리하기로 한 게 미나라는 것을 기억해냈다. 죽은 사람이 문자를 보내는 일 따위는 일어날 수 없다고, 유리의 가방을 어떻게 했는지 따져 물은 뒤 가방을 버렸다는 장소까지 찾아 나선 것이다.

동굴 쪽을 돌아보던 은수는 길게 심호흡을 내쉬며 누가 가방을 가져갔을지, 왜 유리의 핸드폰으로 그런 메시지를 보냈는지 생각했다.

"은수야, 이제 어떻게 해?" 미나가 겁에 질린 표정으로 물었다.

"내가 없애버리라고 했잖아, 아무 곳에나 던져버리니까 이런 일이 생기지. 어디에 묻어버리든지 태워버리든지 했어야지."

"묻어버린 시체도 발견됐잖아?"

자신을 몰아붙이는 은수가 밉살스러웠는지 미나도 지지 않고 반박했다.

"지금 그게 중요한 게 아니야. 누가 유리의 가방과 핸드폰을 가져갔고, 왜 우리에게 이런 문자를 보내는가, 그걸 생각해야지."

"협박하는 건가? 이거 협박이지? 그럼 지훈이랑 성호는? 걔들도 문자를 받았을까?"

미나의 말을 들은 은수는 얼른 핸드폰을 꺼내 지훈에게 전화를 걸었다. 꽤 오랫동안 신호가 갔지만 지훈은 받지 않았다. 옆에 있던 미나가 눈치를 보다가 말했다.

"성호한테 걸어봐."

"전화번호 없어. 너 있어?"

미나도 고개를 저었다. 몇 번 같이 어울려 놀기는 했지만 지훈이라는 연결 고리가 없으면 성호는 볼 일도 없다.

그때 다시 두 사람에게 문자메시지가 왔다. 역시 유리의 핸드폰으로부터 온 것이었다.

—나한테 왜 그랬어?

첨부 파일을 열어보니 동굴 앞에 서 있는 자신들의 모습이 찍힌 사진이었다.

사진을 열어본 은수는 등줄기로 소름이 쫙 돋는 것을 느꼈다. 주위에 서 있는 나무들 너머로 누군가가 지켜보고 있다는 것을 깨달았다.

"으, 은수야. 나 무서워."

미나가 주위를 두리번거리며 은수 곁에 바싹 다가와 중얼거렸다.

은수는 얼른 미나의 손을 잡고 산을 내려가기 시작했다. 겁에 질린 미나는 울먹이며 "어떡해, 어떡해"를 연발했다.

"시끄러워, 생각 좀 하게 조용히 해!"

은수는 미나에게 버럭 소리를 지르고 학교 쪽으로 방향을 틀었다.

'도대체 누가 이런 짓을 하는 거지?'

산을 내려가면서도 은수는 계속 같은 질문을 스스로에게 던졌다.

미나가 이곳을 아지트 삼아 놀았다면 다른 아이들도 얼마든지 이 동굴의 존재를 알고 있다는 얘기가 된다. 그게 누가 됐든 가방을 가져간 것에서 그치지 않고 두 사람을 지목해서 그런 문자를 보낸 건 그날 밤 일에 대해 알고 있다고 생각할 수밖에 없다.

'아니야, 그날 밤 일은 우리 넷밖에 몰라. 다른 사람이 알 리가 없어.'

은수는 머리를 흔들었다. 아무리 생각해봐도 다른 사람이 안다는 건 불가능한 일이다. 하지만…….

—나한테 왜 그랬어?

문자는 마치 그날 밤 일을 알고 있는 것 같다.

은수는 문자를 보낸 사람이 누구든 지지 않기로 마음먹었다. 학교 후문에 다다른 은수는 걸음을 멈추고 핸드폰을 꺼내 유리의 핸드폰으로 문자를 보냈다.

—유리는 죽었어. 누구야 넌?

21.

갑자기 온몸에 한기가 돌아 손끝이 차가웠다. 난방을 켰지만 으슬으슬한 기운이 가시지 않아 선경은 데크 뒤편에 있는 창고에서 장작을 꺼내와 벽난로에 직접 불을 피울 준비를 했다.

거실로 돌아온 선경은 벽난로에 장작을 하나씩 쌓으면서, 이사 오던 첫날 꿈꾸던 일을 이제야 해보게 되었다는 생각에 쓴웃음이 나왔다. 불과 몇 개월 전인데 왜 이렇게 오래전 일처럼 느껴질까?

"뭐 해요?"

2층에서 내려온 하영이 다가오며 물었다. 선경은 짐짓 아무렇지 않은 듯 평소처럼 말을 받았다.

"좀 추운 것 같아서. 어디 나가니?"

하영은 남색 점퍼에 청바지를 입고 있었다. 외출할 모양이다. 날이 어두워지고 있는데 무슨 일인가 싶었다.

"약속이 있어요."

다행히 친구가 생긴 것 같다. 생각해보니 개학한 뒤로 학교에 잘 적응은 하고 있는지, 친구는 사귀었는지 거의 관심을 두지 못했다. 지난번 화재 사건 후로 신경이 쓰였지만 제대로 이야기를 나눌 시간도 없었다.

오지랖 넓은 피아노 교실 안 선생 덕분에 화재 사건에 대해 많은 이야기를 들었다. 화재 사건 후 안 선생으로부터 전화가 걸려 와 하영인 괜찮으냐며, 자기 딸 미나는 그 뒤로 잘 먹지도 못하고 잠도 제대로 못 자는 것 같다며 걱정을 했다. 그러면서 교실에 불을 지른 미진에 대해 이를 갈았다. 딸이 그렇게 죽은 건 안됐지만 그렇다고 다른 아이들에게 무슨 짓이냐고, 잘못하면 아이들도 다칠 뻔하지 않았냐고 흥분했다.

선경은 안 선생과 통화를 마친 뒤 하영은 괜찮은 건가 잠시 생각했다. 넋을 잃고 걸어오던 하영의 모습이 떠올라 걱정스럽기도 했지만 전과 다른 건 느끼지 못했다.

친구와 저녁 약속이 있다고 나가는 건 처음이다.

늦지 않게 오라고 말하려다 괜한 잔소리가 될까 봐 말을 아꼈다. 선경은 현관으로 나가는 하영을 보며 잘 다녀오라는 말을 건네고 다시 벽난로에 불을 붙이는 작업에 열중했다.

장작 아래 종이를 구겨 넣고 라이터를 찾아 불을 붙여보았지만 종이만 타고 장작에는 옮겨붙지 않았다. 종이를 몇 개나 태웠지만 불꽃은 이내 사라졌다. 이런 일조차 제대로 해내지 못하는 자신에게 화가 나기 시작했다.

"비켜봐요."

현관으로 나갔던 하영이 되돌아와 선경의 옆에 다가와 쭈그리고 앉았다. 선경이 쌓았던 장작을 꺼내 다시 얼기설기 놓기 시작했다. 장작을 쌓는 것도 규칙이 있는 것 같았다.

"아래는 옮겨붙기 쉽게 작은 장작을 넣어요. 그리고 나무껍질이 있는 쪽을 아래로 해야 불이 잘 붙어요. 라이터?"

선경은 얼른 손에 든 라이터를 건네주었다.

하영은 신문지를 구겨 불을 붙이고 능숙하게 장작의 아래를 채운 종이에 불을 붙였다. 장작에서 떨어진 나무껍질을 신문지에 싸서 몇 장을 채워 넣었던 곳에서 이내 불꽃이 퍼지기 시작하더니 잠시 후 장작으로 옮겨붙었다.

하영은 장작에 불이 붙은 것을 확인한 뒤 별일 아니라는 듯 자리에서 일어났다. 나가려고 걸음을 옮기던 하영이 고개를 돌리고 선경을 쳐다보았다.

"……힘들지 않아요?"

"응?"

자신의 몸을 쳐다보는 하영을 보자 선경은 얼른 카디건을 여며 배를 가렸다.

"이제 괜찮아."

며칠 전부터 아이가 아래로 내려와 숨쉬기가 한결 편해졌다. 하영은 뭔가 더 할 말이 있는 듯 머뭇거리고 있었다. 선경이 쳐다보자 조심스럽게 입을 열었다.

"……며칠 전에 엄마 꿈을 꿨어요. 엄마가…… 내 손에 아기를 안겨줬어요. 왠지 모르지만 나에게 아기를 부탁하는 것 같았어요. 내가…… 아줌마에게 도움이 되면 좋겠어요."

생각지도 못한 말에 당혹스러웠지만 선경은 애써 미소를 지어 보였다.

"고마워."

하영이 나가는 것을 확인하고 돌아선 선경은 두 손으로 자신의 배를 감싸 안았다. 소파에 앉아 제대로 타오르기 시작하는 장작불을 보며 선경은 하영의 말을 생각했다.

처음 임신 사실을 알았을 때 차갑게 쳐다보던 눈빛은 이제 완전히 변했다. 무심한 듯하지만 세심하게 선경의 몸 상태를 확인하고 챙기는 것을 느낄 수 있었다. 태어날 동생에 대해 여러모로 생각을 하고 있는 게 아닐까 싶었다. 하지만 어느 쪽이든 선경에게는 부담스럽기만 하다. 더구나 남편에 대한 신뢰가 산산이 깨져버린 지금의 복잡한 심경으로는 하영과의 관계까지 신경 쓸 여력이 없었다.

선경은 장작이 타들어가는 것을 지켜보며 남편을 기다렸다. 평상시보다 퇴근이 늦어지고 있다. 그럴지도 모른다고 예상은 했다. 남편은 아마도 엄 씨의 전화를 받았을 것이다.

선경은 오늘 오후에 엄 씨에게 하던 일을 내려놓고 당장 일을 그만두고 나가라고 했다. 출산일이 얼마 남지 않아 정말로 누군가의 도움이 필요한 시기였지만 자신의 일거수일투족을 지켜보고 남편에게 보고하고 있다는 것을 안 이상 엄 씨를 곁에 둘 수는 없었다.

엄 씨가 텃밭의 마지막 남은 배추와 무를 뽑으러 간 사이 식탁에 놓인 엄 씨의 전화가 울렸다. 문자가 와서 건네주려고 핸드폰을 집어 들고 나가려던 선경은 뭔가 이상한 느낌이 들어 화면에 뜬 문자메시지를 보았다.

—집사람이 통화한 사람이 누군지 알아봐요.

화면을 손가락으로 밀자, 그대로 문자메시지 창이 열렸다. 그동안 남편과 주고받은 문자를 확인할 수 있었다. 무심코 몇 개를 읽어 내려가던 선경은 더이상 읽지 못하고 그대로 핸드폰을 내려놓았다. 가슴이 뛰어서 더 읽을 수가 없었다.

엄 씨에게 별다른 이야기는 하지 않았다. 배추와 무를 들고 들어와 손질을 하려던 엄 씨는 선경의 말에 잠시 황당한 표정을 짓더니 분위기가 심상치 않다는 것을 느꼈는지 별말 하지 않고 자신의 짐을 챙겨 나갔다.

어쩌면 남편의 말대로 선경을 '정서적으로 불안정한 상태'라고 생각해서 히스테리를 부리고 있다고 짐작할지도 모른다. 어떻게 생각하든 알 바 아니다.

남편과 엄 씨가 주고받은 문자에서 선경은 '언제 폭발할지 모르는 불안정한 정신 상태에 임신으로 인한 우울증 환자'였다.

—병원에서 돌아온 뒤 서재로 들어갔는데 흐느껴 우는 소리가 들렸어요.

—그래요? 지난번에 드린 약 주스에 타서 주세요. 한숨 자면 나아질 거예요.

아버지의 유품이 없어진 것을 보고 울었던 날, 엄 씨가 주는 주스를 마시고 잠시 눈을 붙였다. 그때는 엄 씨의 배려에 마음이 뭉클했다. 배려가 아닌 기만이었다는 것을 깨달은 선경은 한시도 더 엄 씨를 집에 두고 싶지 않았다. 선경은 집에 있는 동안에도 엄 씨를 통해 남편의 감시와 통제를 받고 있었다는 사실에 충격을 받았다.

—집사람이 통화한 사람이 누군지 알아봐요.

선경은 오전에 꽤 오래 통화를 했다. 희주에게 알아봐달라고 했던 일에 대한 답을 들으며 오랜만에 속에 있는 이야기를 하느라 한 시간 가까이 통화를 했다. 엄 씨는 그걸 남편에게 알렸고 남편은 누구와 그렇게 오래 통화를 했는지 궁금해한 것이다.

툭. 자신을 모두 태운 장작이 부러지며 주저앉았다. 높게 쌓여 있던 장작은 어느새 푹 줄어 있었다. 선경은 다시 벽난로의 입구를 열어 몇 개의 장작을 더 집어넣었다. 더운 열기가 얼굴에 닿았다. 이제 한기는 느껴지지 않았다.

자동차 소리와 함께 불빛이 거실을 스치고 지나갔다. 선경은 통창 너머로 대문 밖에 주차를 하고 있는 자동차를 보았다. 차에서 남편이 내렸다.

선경은 자신도 모르게 주먹을 꼭 쥐고 남편을 상대할 마음의 준비를 했다.

22.

공사가 중단된 폐건물은 유령의 집처럼 음산했다.

땅을 사들여 낡은 건물을 허물고 새로 지으려 했던 사람이 유리의 시체가 발견되자 이곳을 다시 매물로 내놓았다는 소문이 돌았다. 이곳은 한때 숙박 시설로 사용하던 곳이었다. 인근에 대형 호텔이 들어서면서 주변의 민박집들은 모두 문을 닫았고 이 건물도 그때부터 비어 있었다. 깨어진 유리창과 떨어져 나간 문짝, 그사이 누군가 가져다 버린 망가진 의자 같은 것들이 여기저기 쌓여 있어 더 음산하게 느껴졌다.

건물에 도착한 지훈은 잠시 망설이다가 안으로 들어섰다. 하영의 문자가 아니었다면 절대 오지 않았을 것이다. 도대체 왜 여기서 만나자고 하는지 의아했다. 다른 곳에서 보자고 했지만 하영은 꼭 여기서 할 얘기가 있다고 했다. 꺼림칙했지만 극구 반대를 하는 것도 이상하게 보일까 봐 결국 약속을 했다.

전기도 연결되지 않은 곳이라 핸드폰을 꺼내 불을 비추려는데, 뜻밖에도 모닥불이 안을 밝히고 있었다. 지훈은 불빛을 따라 홀린 듯 걸어 들어갔다. 모닥불 위에 나무토막을 주워 넣고 있던 하영이 인기척에 지훈을 돌아보고 미소를 지어 보였다. 지훈은 태연한 척 하영의 곁으로 다가갔다.

"어서 와, 여기 앉아."

지훈은 하영이 가리키는 의자에 앉았다. 의자에 앉아 모닥불을 바라보니 기분이 이상했다.

모닥불의 불빛은 주위의 어둠을 몰아내기도 하지만 한편으로는 불빛 밖의 어둠을 더 선명하게 의식하게 만들었다. 불빛이 만든 그림자가 벽에 드리워 기괴하게 움직였다.

"안 무서워?"

"뭐가?"

"여기."

"유리의 시체가 발견된 곳이라서?"

지훈은 자신도 모르게 마른 침을 꿀꺽 삼켰다.

"그건 저쪽이야. 저기 배수로가 있던 자리."

무심한 하영의 말에 지훈은 할 말을 잊고 머뭇거리다 다시 흔들리는 모닥불을 쳐다보았다. 유리가 어디 묻혀 있었는지는 누구보다 지훈이 잘 안다. 그날을 떠올리면 어깨가 아파온다. 산산이 부서진 어깨뼈와 함께 미래도 날아가버렸다.

"왜 여기서 보자고 한 거야?"

"잠깐 기다려. 아직 올 사람이 더 있어."

지훈은 의아한 생각이 들어 하영을 쳐다보았다. 지훈과 눈이 마주친 하영은 비밀스러운 일이라도 꾸미는 사람처럼 미소를 지어 보였다. 그러고 보니 모닥불 주위로 또 다른 의자가 놓여 있다. 두 개의 빈자리. 누가 오는 거지?

"이제 오나 보다."

하영의 말이 끝나기도 전에 누군가 건물 안으로 들어오는 소리가 들렸다. 소곤거리는 목소리가 불빛을 따라 안으로 들어왔다. 은수와 미나였다.

은수는 지훈과 하영이 함께 있는 것을 보자 표정이 일그러졌다.

"박지훈! 너야?"

"뭐가?"

지훈이 반문하자 은수의 시선은 자연스럽게 하영에게로 향했다. 그때 은수와 미나의 핸드폰으로 메시지 수신음이 들렸다. 둘은 재빨리 문자를 확인했다.

—자리에 앉아.

미나는 자리에 앉는 대신 은수의 팔에 매달렸다.

"그냥 가자. 왜 여기 온 건데?"

"누가 이런 장난을 하는지 확인해야 할 거 아니야? 윤하영 너야?"

"무슨 소리야?"

하영은 아무것도 모르는 얼굴로 은수를 쳐다보았다. 문자를 보내려면 핸드폰을 만지고 있어야 한다. 하지만 하영은 아까부터 모닥불을 뒤적이고 있을 뿐이었다.

은수는 이 이상한 초대에 응하면 유리의 행세를 하는 게 누군지 금방 알 수 있을 거라고 생각했다. 약속 장소가 꺼려져도 온 이유는 오로지 그것 하나였다. 그런데 지훈은 그렇다쳐도 윤하영이 여기 있는 이유를 알 수 없었다. 하영은 그날 밤 있던 당사자도 아니다. 그러고 보니 성호는 보이지도 않는다. 은수는 자신의 궁금증을 풀려면 일단은 시키는 대로 할 수밖에 없다고 생각했다.

은수는 순순히 의자에 앉았다.

모닥불 앞에 모여 있는 세 사람을 쳐다보던 미나도 어쩔 수 없다는 듯 의자에 앉았다.

네 사람이 모두 자리에 앉자 하영의 핸드폰에 문자가 도착했다. 문자를 확인한 하영은 잠시 미간을 찌푸리며 고심하더니 입을 열었다.

"누구에게도 말할 수 없었던 비밀을 말하라고 하네……. 뭘 얘기해야 하나? 얘기할 게 많은데, 먼저 시작할 사람?"

하영의 말에 은수와 미나, 지훈은 서로의 눈치를 살폈다.

"왜 너한테 비밀을 말해야 하지?"

은수가 하영에게 퉁명스럽게 말을 던졌다.

"비밀을 말하면 그 사람이 어떤 사람인지 알 수 있으니까."

"네가 어떤 사람인지 알고 싶지도 않고, 너에게 우리 비밀을 말하고 싶지도 않아."

"너희 셋이 공유하는 비밀이 있구나?"

하영의 말에 은수는 뜨끔했다. 속을 들킨 기분이었다. 그들은 서로의 눈치를 보면서도 쉽게 이야기를 꺼내지 못했다.

"유리 얘기? 아, 재미없어. 그 비밀은 오래전에 들켰거든."

하영은 지루한 표정을 짓다가 지훈을 쳐다보며 말했다.

"그날 바닷가에서 너희 셋, 시체가 발견되었다는 소식에 얼굴이 파래져서 뛰어갔지? 아니, 그전이었던가? 수국 나무 옆에서 시체 얘기를 했더니 그때도 사색이 됐지. 얘기해봐. 어쩌다 죽인 거야?"

"무, 무슨 소리를 하는 거야? 그걸 왜 우리한테 물어?"

은수의 대답에 하영은 코웃음을 쳤다.

"다 들켰다니까. 난 그냥 너희들이 어떻게 유리를 죽였는지 그게 알고 싶을 뿐이야."

하지만 누구도 입을 열지 않았다. 불꽃 너머 서로를 쳐다보는 표정을 보아 하니 그들에게는 이런 게임을 할 머리도 없었다. 하영은 정말로 짜증이 나서 의자에서 일어났다.

"그래도 조금은 통하는 게 있는 줄 알았는데, 다들 형편없잖아. 아, 시시해. 이런 것들이랑 시간 낭비를 하고 있다니."

"뭐야? 너 말 다 했어?"

기분이 상한 은수가 하영의 멱살을 잡으려고 손을 뻗었지만 하영은 순식간에 은수의 팔을 비틀어 꺾었다. 뼈마디에서 으드득 소리가 났다. 은수는 팔을 부여잡고 비명을 질렀다.

"뭐 하는 짓이야?"

지훈이 은수의 앞을 막아서며 앞으로 나섰다.

옆에 있던 미나가 놀라 은수의 팔을 잡으려 했지만 은수는 비명을 지르며 미나의 팔을 뿌리쳤다. 미나는 하영을 노려보며 소리쳤다.

"야, 윤하영, 미쳤어? 우리한테 왜 이러는 거야? 넌 유리가 누군지도 모르잖아?"

"오해했구나. 난 유리 때문에 이러는 거 아닌데."

하영이 웃으며 팔을 들어 보이자 하영의 뒤로 검은 그림자가 날개를 펼치는 것 같았다. 모닥불에 비친 하영의 눈동자는 묘하게 반짝거렸다. 하영은 주위에 있는 나무토막을 주워 모닥불에 던져 넣었다. 불티가 어두운 허공으로 날아올랐다. 모닥불의 불길이 거세졌다.

"그럼 우리한테 왜 그러는 건데?"

"내 입에 모래를 처넣고도 그런 소리가 나와?"

"그것 때문에 우릴 여기로 부른 거야? 미친년."

"나 갈래. 병원에 가야 돼, 너무 아파."

이제는 은수가 미나를 잡아끌며 밖으로 나가려 했다.

하영이 재빨리 모닥불에 있던 나무토막을 집어 들어 아이들의 앞에 들이댔다. 갑작스레 열기가 눈앞으로 다가오자 은수와 미나가 주춤거리며 뒤로 물러났다.

"뭐 하는 거야?"

"이대로는 못 가지. 내 비밀은 안 들었잖아."

"그냥 보내줘. 은수 팔 다쳤어." 지훈의 말에 하영은 코웃음을 쳤다.

하영은 벽에 기대 쓰러져 있는 문짝 뒤에서 유리의 가방을 꺼내 세 사람 앞에 던져놓았다. 동굴에서 그렇게 찾아도 없던 가방을 보자 은수의 목소리가 갈라졌다. 미나를 향해 날카롭게 소리쳤다.

"이럴 줄 알았어. 제대로 없애라고 했잖아!"

"왜 나한테 소리 질러, 유리를 죽인 건 너잖아. 모든 게 다 너 때문이야. 너 때문에 아줌마까지."

"나 아프다고. 팔 부러졌어. 병원 가야 돼!"

"으아아악! 다 꺼져버려! 지긋지긋하다."

두 사람의 말다툼에 지훈이 버럭 소리를 질렀다. 지훈은 잠깐 하영을 노려보다 그대로 건물 밖으로 나가버렸다.

"야, 어디 가? 나 병원에 데려다줘야지. 야, 박지훈!"

은수가 팔을 부여잡고 지훈의 뒤를 따라 나갔고, 미나도 허둥지둥 하영의 눈치를 보며 어둠 속으로 사라졌다.

혼자 남은 하영은 온몸에 잔뜩 들어가 있던 힘을 빼고 들고 있던 나무토막을 다시 모닥불 안으로 던져 넣었다. 마음속에서 치열한 싸움을 하고 있었다. 이곳에 와서 준비를 할 동안에도 어떻게 할지 결정하지 못하고 있었다.

저 문짝 뒤에는 이 건물을 다 태워버릴 수 있는 휘발유 통도 있었다. 몇 번이나 이곳을 닫아걸고 모든 걸 태워버리고 싶었다. 유리를 죽음에 이르게 한 아이들에게 뜨거운 불꽃을 선물하고 싶었다. 모닥불을 피우고 아이들을 기다리는 동안 불길 속에서 자신을 쳐다보던 미진을 생각하며 어떻게 할 것인가 생각했다. 처음 생각과 달리 하영은 아이들을 그대로 보내줬다.

불꽃의 유혹을 이겼다. 학교에서 도망쳐 선경의 품에 안기던 때가 생각났다. 어서 집으로 돌아가 선경을 보고 싶었다. 자신의 안에서 어떤 일이 일어나는지, 어떤 폭풍우가 몰아치다가 그쳤는지 말해도 다 이해해줄 것 같았다.

죽이려고 마음먹는 건 쉬웠다. 반대로 그 유혹을 참는 게 어려웠다. 하영은 별거 아닌 장난에 떠는 아이들을 보자 흥미를 잃었다.

열여섯 살에 이런 말을 하는 건 어울리지 않지만 살인은 충분히 경험했다.

건물 뒤편에서 부스럭거리는 소리가 들리더니 누군가 들어왔다. 단비였다.

"어떻게 됐어?"

단비가 핸드폰을 들어 보였다. 유리를 죽인 범인이 누구인지 핸드폰 영상에 생생하게 담겼다. 하영은 고개를 끄덕이고 자리에서 일어났다.

"난 여기까지야. 이걸 가지고 어떻게 할 건지는 네가 결정해."

단비는 말없이 고개를 끄덕였다. 바닥에 놓여 있는 유리의 가방을 집어 들어 자신의 주머니에 있던 유리의 핸드폰을 꺼내 가방 주머니에 넣었다. 단비는 유리의 가방에 다시 매달려 있는 토끼 인형을 발견하자 손으로 인형을 어루만졌다. 눈가에 물기가 어렸지만 곧바로 털어내고 고개를 들었다.

"갈게."

하영은 단비를 먼저 보내고 한동안 모닥불이 타는 모습을 지켜보다가 불씨가 남은 나무들을 하나씩 꺼내 빗물이 고여 있는 웅덩이에 던졌다. 타오르던 나무는 한순간에 꺼졌다. 건물 안은 다시 짙은 어둠이 차지했다.

하영은 두 손을 점퍼 주머니에 찔러 넣고 건물 밖으로 나왔다. 주머니 안에 있는 칼을 부적이라도 되는 양 만지작거리며 걸음을 옮겼다.

밤이 깊어 주위는 조용하기만 했다. 하늘에는 별이 가득했다. 어디선가 불어오는 차가운 바람이 얼굴을 때렸다.

23.

선경은 재성의 손에 들린 장미를 노려보았다. 고작 작전을 짠 게 이런 건가? 남편은 아직도 사태를 파악하지 못하고 있는 것 같았다.

벽난로 앞에 앉아 있던 선경은 다시 고개를 돌려 조용히 타고 있는 벽난로의 불꽃을 쳐다보았다. 무엇부터 얘기해야 할까? 엄 씨? 아버지의 유품? 양양의 서핑 해변? 병원 이야기? 할 얘기는 차고 넘쳤다. 과연 어떤 변명을 할지 궁금해졌다.

현관에서 들어와 잠시 머뭇거리던 재성은 식탁 위에 장미를 내려놓고 선경의 곁으로 다가왔다. 그는 걱정스러운 표정으로 선경의 안색을 살폈다.

"당신 괜찮아?"

우선은 너를 정신적으로, 감정적으로 문제가 있는 것처럼 몰아갈 거야.

희주가 예상한 대로였다. 그게 가스라이팅을 하는 남편들의 전형적인 방식이라고 했다. 상대를 길들이고 통제하고 혼란을 주기 위해서 끊임없이 스스로를 의심을 하게 만든다고 했다.

선경은 이제 더이상 남편이 자신을 조종하도록 내버려두지 않기로 했다.

"아버지 유품 어떻게 했어?"

"갑자기 무슨 소리야? 아버지 유품이라니?"

"내 서랍에 넣어둔 거. 당신이 치웠지?"

"그건 서울에서 버리고 왔잖아. 뭔가 착각하는 거 아니야?"

아버지의 유품에 대해서는 시치미를 떼기로 한 모양이다. 왜 그때 단호하게 말하지 못했을까? 내게는 무엇보다 소중한 것인데, 왜 남편의 말에 귀를 기울이고 그의 생각에 동조했을까?

"그것 때문에 아줌마를 내쫓은 거야? 도대체 무슨 생각을 하는 거야?"

"아줌마를 내보낸 이유는 당신이 잘 알잖아."

"뭐야? 오늘 이상하네? 어디 잘못된 거 아니야?"

"잘못된 건 여기 이사 온 일부터야. 아니, 당신을 만난 것부터."

"아직도 그 얘기야? 이사는 당신을 위해서 한 일이잖아? 나한테 고맙다고 한 사람이 누구지?"

"나를 위해서? 당신을 위해서겠지."

"그만해. 이제 슬슬 기분 상하려고 하니까."

"말 나온 지 일주일도 안 돼서 병원을 그만뒀지. 그때 나를 위해서라고 말했던가?"

병원이라는 단어가 나오자 그의 표정이 바뀌었다.

"당신 임신중이라 예민한 거 알겠는데, 이제 그만하지?"

"병원에선 말이 다르던데, 의료사고로 소송당하던 참이라 그만뒀다며."

"……미쳤군. 멋대로 상상하지 마. 그런 일 없어."

남편은 안절부절못하며 냉장고로 가서 캔 맥주를 꺼내 마시기 시작했다.

이사를 결정할 때부터 그 의문은 선경의 머리 한편에 남아 있었다. 양양에 다녀오고 난 뒤, 선경은 희주의 남편이 병원 쪽과 관계된 일을 하고 있다는 것을 떠올리고 희주에게 전화를 걸어 부탁을 했었다.

웬만한 대형 병원은 모두 알고 있었고, 늘 병원을 다니며 의사를 만나는 게 희주 남편의 일이다. 그는 선경이 모르는 병원에서의 윤재성에 대한 온갖 정보를 알려주었다. 그의 치명적이고 명백한 실수로 수술중이던 환자가 두 명이나 죽었고, 그 일로 병원도 함께 의료 소송을 당하게 되어 병원에서도 징계를 고심중이었다고 한다. 간호사들 사이에서는 재성이 마약성 진통제를 빼돌리고 있다는 소문도 있다고 했다.

오전에 통화를 하면서 그 얘기를 들은 선경은 비로소 지난 삼 년 동안의 상담에서도 하지 못했던 남편과 하영의 비밀에 대해 이야기했다. 그 이야기를 하다 보니 남편이 영양제라고 가져다줘서 오래 복용하고 있던 약에 대해서도 의문이 들었다. 임신 소식을 전한 뒤 남편은 그 영양제를 치워버렸다.

"내가 당신에게 얼마나 잘했는데, 사람을 이렇게 몰아? 고마운 줄도 모르고. 내가 당신을 얼마나 배려했는지 잊었어?"

그는 절대 자신의 잘못을 인정하지 않을 것이라고 했다. 그것 역시 맞았다.

어디서부터 어디까지가 진실이고 어떤 것이 거짓일까? 그가 한 모든 말과 행동은 기만이었다. 과연 진심이라는 게 있기는 한 걸까? 그래도 변명을 듣기 위해 기다린 자신이 바보처럼 느껴졌다.

선경은 서재로 가서 코트를 입고 준비해둔 가방을 챙겨 나왔다.

재성이 마시던 맥주 캔을 집어던지고 선경의 앞을 가로막았다.

"지금 뭐 하는 짓이야? 제정신이야?"

"어느 때보다 제정신이야."

"그 몸으로 어딜 가겠다고. 아이는, 아이 생각은 안 해? 왜 이렇게 이기적이야?"

앞으로 어떻게 할 것인가를 고민할 때 가장 선경의 마음을 흔들리게 한 것은 아기였다. 남편과의 관계를 잘라내면 아이는 아빠 없이 자라야 한다. 그러다 하영을 생각하고 마음을 다졌다. 주변에 있는 모든 사람들에게 악영향을 미치는 사람을 단지 아빠라는 이유로 곁에 둘 수는 없다.

"비켜. 당신과는 끝이야."

선경은 재성을 밀어내고 현관으로 나가려 했지만 그는 선경이 들고 있는 가방을 빼앗아 바닥에 팽개쳤다. 그 바람에 선경의 몸이 휘청거렸다.

"누구 맘대로? 내가 누구 때문에 이 시골구석에 왔는데. 감히 내 성의를 무시해?"

재성은 선경의 어깨를 붙잡고 벽에 밀어붙였다. 아기도 두려움을 느꼈는지 배가 땅겼다. 그는 선경의 턱을 붙잡고 얼굴을 가까이 들이대며 말했다.

"왜 내 말을 안 믿지? 당신을 위해서 원하는 건 다 해주겠다는데, 왜!"

재성은 흥분을 감추지 못하고 손에 잡히는 대로 집어던졌다. 선경의 말에 약이 오를 대로 오른 그는 가방을 싸서 나온 아내의 모습에 폭발해버렸다. 그가 사 온 장미가 처참한 모습으로 바닥에 흩어졌다.

주위를 두리번거리던 재성은 주방에 놓여 있는 식칼을 발견하고 걸음을 옮겼다. 그 모습을 본 선경은 온몸에 소름이 돋았다. 더 있다가는 무슨 일이라도 생길 것만 같았다.

선경은 그대로 일어나 거실 창을 열고 밖으로 뛰쳐나갔다. 대문만 벗어나면, 길 아래 이웃집까지만 다다르면 그의 손아

귀를 빠져나올 수 있다는 생각뿐이었다.

자신이 아이를 가진 임부라는 걸 왜 생각하지 못했을까? 선경은 대문은 고사하고 마당의 잔디밭도 밟아보기 전에 그에게 잡혔다.

뒤에서 선경을 감싸 안은 재성은 다른 손에 들린 식칼을 목에 들이대고 식식거렸다.

"죽기 싫으면 내 말을 듣는 게 좋을 거야."

집 안으로 들어가려던 재성은 마음을 바꾸었는지 선경을 끌고 집 뒤편으로 향했다.

선경은 곧 남편의 의도를 알았다. 흔들리는 울타리. 하영의 엄마가 떨어졌던 장소로 가는 것이다. 재성의 손아귀에서 벗어나고 싶었지만 목에 닿은 식칼의 칼날이 주저하게 만들었다.

재성은 흔들리는 울타리로 다가가 선경의 머리를 내리눌렀다.

"여기서 떨어지면 어떻게 될까? 운이 좋으면 다리가 부러질 테고 운이 나쁘면 당신과 아기가 죽을 수도 있어. 이래도 내 말 안 들을 거야?"

미친 새끼. 욕이 절로 나왔지만 더 자극하지 않는 게 좋을 것 같아 침묵을 지켰다.

"당신은 못 떠나. 내가 이렇게 잘해주는데 어딜 떠나? 말해봐."

재성이 울타리 쪽으로 선경을 조금씩 밀었다. 어느새 울타리가 배에 닿았다. 더 밀어붙이면 울타리가 부서질 것 같았다. 울타리 문제로 다툼을 하고 난 뒤 왜 고치지 않고 방치했을까 후회가 되었다.

"말해봐, 어서 말해보라고. 내 곁에 있겠……."

갑자기 선경을 잡고 있던 재성의 손에서 힘이 빠졌다. 선경은 틈을 놓치지 않고 헐거워진 재성의 팔을 후려치며 울타리에서 벗어났다. 식칼이 벼랑 아래로 떨어졌다. 돌아보니 하영이 숨을 헐떡이며 서 있었다. 호흡이 거친 걸 보면 급하게 달려온 것 같았다.

어두워서 하영의 손에 들린 칼이 잘 보이지 않았다. 재성이 비틀거리는 것을 본 뒤에야 선경은 하영이 아빠에게 칼을 휘둘렀다는 사실을 깨달았다.

하영이 했던 말이 떠올랐다.

'나를 지킬 무기 하나쯤은 있어야 하잖아요. 안 그래요, 아줌마?'

재성은 자신의 옆구리에 댔던 손을 떼어냈다. 검붉은 피가 손가락 사이로 새어 나왔다. 믿기지 않는 표정으로 하영에게 시선을 돌린 재성은 분노로 얼굴이 뜨겁게 달아올랐다. 이마에 핏줄을 세우고 소리쳤다.

"이게 뭐 하는 짓이야? 그거 당장 이리 내놔!"

하영은 고개를 저었다. 오래도록 자신의 팔을 매달고 조종해온 아버지의 줄을 끊어내기로 결심했다. 나는 이제 더이상 당신의 마리오네트가 아니에요.

"명령하지 말아요. 이제 당신 말 안 들어."

"당신? 너 미쳤어? 아빠한테 그게 무슨 소리야?"

"이제 내가…… 아빠를 버릴 거니까."

하영은 아빠에게 칼을 겨눈 채로 뒤로 물러나며 손짓으로 선경을 불렀다.

"얼른 대문 쪽으로 나가요. 최 선생님이 곧 올 거예요."

하영이 낮게 속삭였다. 어떻게 된 영문인지 모르지만 선경은 서둘러 대문 쪽으로 뛰어갔다. 기다렸다는 듯이 언덕을 오르고 있는 헤드라이트 불빛이 보였다. 선경은 손을 흔들어 신호했다.

자동차가 서자마자 희주가 조수석에서 내렸다. 희주는 선경의 몰골을 보자 할 말을 잃고 얼른 뒷좌석의 문을 열어 선경을 태웠다. 곧 자동차가 움직이려 하자 선경이 소리쳤다.

"잠깐만. 하영일 두고 갈 순 없어요."

희주는 운전석에 앉은 남편과 시선을 맞췄다. 희주 남편이 안전벨트를 풀고 운전석에서 내리려는 순간 마당에서 뛰어오고 있는 하영의 모습이 보였다. 재성의 모습은 보이지 않았다.

하영이 선경의 옆에 올라타자 희주가 서둘러 말했다.

"이제 가요."

하영은 언덕길을 내려와 멀어지는 집을 바라보다가 고개를 돌렸다. 집을 떠나기 전 자신에게 소리쳤던 아빠의 목소리가 들리는 것 같았다.

"죽여버릴 거야, 이 망할 년!"

두 손으로 피가 흐르는 배를 움켜잡고도 아빠는 딸에게 협박과 저주를 퍼부었다. 열한 살짜리에게는 효과가 있었는지 몰라도 이제 열일곱 살이 된 하영에게 그런 협박은 우습기만 했다. 열일곱 살의 사회는 어른들이 생각하는 것보다 더 거칠고 힘들다.

아빠는 어제가 내 생일이었고, 이제 열일곱 살이 되었다는 것을 알기나 할까?

자동차가 강릉톨게이트를 빠져나오는 것을 보며 하영은 가출하던 밤의 유리를 떠올렸다. 유리는 자신이 태어난 곳, 부모, 삶을 끔찍이 싫어했다. 자신의 선택도 아닌, 그저 태어났기 때문에 받아들여야 하는 환경에 치를 떨었다. 떠나고 싶어 탈출을 시도했지만 성공하지 못했다.

하영이 유리에게 신경이 쓰였던 건 그 마음을 알기 때문이었다. 하영에게 선택권이 있었다면 절대로 지금과 같은 아빠는 원하지 않았을 것이다. 그래도 하영은 유리와 달리 탈출에 성공했다. 어쩌면 그건 혼자가 아니었기 때문이라는 생각이 들었다. 최 선생은 친구를 걱정해 달려와주었고 하영을 위해 손을 내밀고 기다려주었다.

하영은 아빠 대신 선경을 선택했다. 이제 선경이 자신의 가족이 될 것이다.

평창휴게소에 차를 주차하고 나서야 잠시 숨을 돌릴 여유가 생겼다.

뒷좌석을 돌아보니 선경과 하영은 자고 있었다. 희주는 남편과 차에서 내려 간단한 요깃거리를 사 오기로 했다.

"고마워, 여보. 당신이 선경일 살렸어."

차에서 내린 희주는 남편의 팔짱을 끼며 진심을 담아 남편에게 말했다.

대답은 없었지만 얼핏 스쳐간 미소로 희주는 마음이 놓였다. 부디 그가 다시 저 미소를 잃지 말기를. 친구의 죽음에 책임을 느끼며 괴로워하던 일을 떠올리기보다는 오늘을 떠올리며 그래도 누군가의 목숨을 구한 자신을 자랑스러워하길 바랐다.

선경과 통화를 끝낸 희주는 사무실에 앉아 있는데 아무래도 마음이 불안했다. 남편에게 전화를 걸어 아무래도 선경이 걱정되어 강릉에 가봐야 할 것 같다고 했다. 남편은 군말하지 않고 차를 몰아 사무실로 왔다. 자신이 직접 강릉까지 데려다 주겠다고 했다. 아마 그가 말렸다면 강릉에 오는 것도 망설였을 것이다.

강릉에 들어선 뒤 선경에게 들은 항구를 지나가며 전화를 했지만 받지 않았다. 마음이 조급해졌다. 정확한 주소를 모르니 찾아갈 수도 없었다. 다급한 마음에 하영에게 전화를 걸었다. 다행히 하영이 전화를 받았다. 주소를 묻고 선경이 전화를 받지 않는다는 말을 들은 하영은 자신이 집으로 가서 확인해보겠다고 했다.

늦지 않고 제시간에 도착한 게 너무나 다행이었다.

앞으로의 일은 나중에 생각하기로 했다. 우선은 두 사람 모두 무사하다는 게 감사할 따름이었다.

에필로그

잠에서 깨어난 선경은 자신이 어디에 누워 있는지 확인하려고 애썼다. 방 안에 붙어 있는 장식들을 보고서야 비로소 자신이 누워 있는 곳이 산후조리원이라는 사실을 떠올렸다. 침대는 아늑하고 부드러웠다. 이대로 조금만 더 잠에 빠져 있고 싶은 생각도 있었지만 젖으로 부풀어 오른 가슴에서 아릿한 통증이 느껴졌다. 곧 아이에게 젖을 먹일 시간이다.

몸을 일으켜 모유 수유를 위한 자세를 잡고 있는데 문이 열리고 간호사가 아이를 품에 안고 들어왔다. 그 뒤로 쇼핑백을 든 하영의 모습이 보였다. 간호사는 선경에게 아이를 안겨주고는 곧 방을 나갔다.

선경은 가슴을 풀어 아이에게 젖을 물렸다. 일주일밖에 되지 않았는데 아이의 얼굴은 붉은 기가 가시고 제법 아기 같은 얼굴이 되었다.

하영은 선경의 심부름으로 사 온 아기용품을 한쪽에 내려놓더니 넋을 잃고 아기의 얼굴을 바라보았다. 아기가 태어난 뒤로 하루도 빠짐없이 쳐다보지만 날마다 새로운 모양이었다.

"콧날 봐요. 어쩜 이렇게 코가 오뚝하고 예뻐요?"

두 사람 다 서로에게 하고 싶은 말이 많았지만 지금은 때가 아니라는 것을 알고 있다. 언제가 서로 가슴에 담아두었던 말을 나눌 날이 올 것이다.

"딱 삼 년만 함께 있어줘요. 그 뒤는 내가 알아서 할게요."

서울에 도착해서 함께 가자는 희주를 보내고 들어간 호텔에서 하영은 딱 그 말만 하고 잠자리에 누웠다. 나란히 누워 앞으로의 일에 대해 이야기하고 싶었지만 양수가 터지는 바람에 곧장 병원을 찾아야 했다. 아무런 준비가 되어 있지 않아 다시 한번 희주 남편의 신세를 졌다.

"아기 이름은 뭐라고 지어요?"

선경은 하영의 질문을 들으며 생각에서 깨어났다.

"그러게, 뭐라고 지을까?"

아기가 대화에 끼고 싶은지 팔을 버둥거렸다. 하영은 얼른 아기의 손바닥에 손가락을 대었다. 아기는 하영의 검지를 꼭 쥐었다.

"내가 네 언니야."

언니라는 말에 선경은 머리 한편이 서늘해졌다.

하영과 딸은 피로 이어진 사이다. 하영을 받아들인다고 마음먹었지만 아이를 생각하면 복잡한 감정이 드는 건 어쩔 수 없었다. 이 근심과 불안이 교차하는 감정은 오래도록 사라지지 않을 것이다.

"앞으로 내가 널 지켜줄게. 어떤 것도 널 건드리지 못하게 할 거야."

빈말이 아니다. 이미 그날 밤 하영은 선경뿐 아니라 아기의 목숨까지 지켰다. 선경은 애써 불온한 기분을 걷어내고 하영을 믿어보기로 했다.

어떤 날들이 기다리고 있을지는 아무도 모른다.

후기

이 작품을 구상하던 2019년만 해도 이런 세상이 올 것이라고는 상상도 하지 못했다.

강릉으로 취재 여행을 다녀와 원고를 쓰기 시작하면서 나의 신상에 많은 변화가 있었다. 해외에 출간된 『잘 자요 엄마』의 영향으로 활동 범위가 달라졌다. 2020년 3월에 열리는 리옹 추리문학축제에 초대를 받았고 그와 함께 파리에서도 여러 가지 프로모션이 준비되고 있었다. 겨울에는 리옹 축제의 담당자가 한국에 와서 인사를 나누고 미팅을 했다. 일주일 예정이던 프랑스에서의 일정은 보름으로 늘어났다. 해외 첫 프로모션이라 기대가 컸다. 원고를 쓰는 틈틈이 비행기와 호텔을 예약하고 설레는 마음으로 2020년을 기다렸다. 하지만 알

다시피 바이러스가 퍼지며 팬데믹 상황으로 세상의 모든 것이 변하고 있었다.

원고를 마친 뒤 비행기를 타려고 정신없이 작업을 하던 손이 느려졌다. 계속 뉴스를 보느라 일이 손에 잡히지 않았다. 전염병의 확산이 어느 정도인지 매일 체크하고 프랑스 편집자와 연락을 주고받았다. 결국 행사는 취소되고 프랑스행은 다음을 기약하며 무산되었다.

아무것도 할 수가 없었다. 하루하루 점점 악화되는 상황을 지켜보며 어쩌면 지금 인류의 멸망을 지켜보고 있는 것은 아닐까 생각하며 무기력과 우울감에 빠졌다. 집 밖도 마음 놓고 나갈 수 없는 상황을 받아들이고 다시 기운을 차리기까지 꽤나 시간이 걸렸다.

한동안 손을 놓았던 원고를 다시 쓰기 시작하면서 문득 깨달았다.

세상이 어떻게 되든 작가의 삶은 그다지 바뀌지 않는구나. 팬데믹이 오기 전에도 작가는 책상다리에 발목이 매인 것처럼 하루 종일 책상을 벗어나지 못하고 원고를 쓴다. 생활 패턴이 바뀌지 않았다는 사실이 그나마 이 상황에 적응하는 데 도움이 되었다.

그래, 내가 할 일은 이것밖에 없지.

그렇게 마음먹은 뒤, 하루 한 페이지를 쓰기도 힘들 만큼 흩어졌던 집중력도 차츰 나아졌다.

글을 쓰면서 점점 세상의 소식과 멀어졌다. 원고에 집중할수록 자연스럽게 외부의 세상은 내 머릿속에서 지워졌다. 취재 여행에서 보고 왔던 집과 학교, 마을의 풍경을 그리며 어느새 나는 소설 속의 인물들과 같은 공간에서 숨 쉬고 있었다. 전작인『당신의 별이 사라지던 밤』에서부터 느끼던 묘한 쾌감이 다시 밀려들었다. 여름 내내 쏟아지는 빗소리를 들으며 원고를 썼다. 그리고 내가 느끼는 쾌감에 대해 생각했다.

글 쓰는 게 이렇게 즐거운 일이었나?

삼십 년을 전업 작가로 살았지만 내가 정말 글 쓰는 일을 좋아하고 즐기고 있다고 느낀 것은 몇 년 되지 않는다. 이제야 진심으로 글 쓰는 일의 재미를 알아가고 있다. 처음 글을 쓰기 시작하던 대학 시절, 선배들이 글쓰기가 얼마나 고통스러운지 아느냐는 말을 할 때마다 '그렇게 고통스러우면 쓰지 말지'라고 생각했다.

나에게 글 쓰는 고통이 없었다는 얘기가 아니라 그 과정은 당연히 있어야 할 절차라고 생각했기 때문이다. 아무것도 없는 상황에서 무엇인가를 창조해낸다는 건 쉬운 일이 아니다. 어떤 일이든 고통 없이 얻는 것은 없다.

결국 고통스럽다는 말을 했던 사람들은 모두 글과는 상관없는 곳으로 떠났다. 삼십 년 전에도 그랬지만 지금도 나는 글 쓰는 과정의 모든 것을 묵묵히 수행할 뿐이다. 글 쓰는 일은 엄살을 부릴 수도, 요령을 피워서도 안 되는 일이라는 것을 깨닫는다.

이제 재미를 알았으니 다음 작품은 더 빨리 쓸 수 있지 않을까 하는 희망을 가지며 대면 또는 비대면으로 내 신간을 기다리고 있다고 말해주는 독자분들을 위해 좀더 부지런해져야겠다고 다짐해본다.

강릉 취재 여행에 동행해주었던 친구 박효정, 그리고 늘 응원을 아끼지 않는 '범죄와 수사', 일명 범수리 친구들에게 고마움을 전한다. 같은 길을 가는 친구들이라 더 의지가 됨을 서로 잘 알고 있다. 오래, 함께 걸어갈 수 있기를.

2021년 2월

서미애

모든 비밀에는 이름이 있다

1판 1쇄 2021년 3월 22일
1판 2쇄 2021년 3월 24일

지은이 서미애

책임편집 임지호 | **편집** 지혜림 이송 김유진
표지디자인 김마리 | **본문디자인** 이원경 | **일러스트** CLEA
저작권 한문숙 김지영 이영은 | **마케팅** 정민호 정진아 김혜연 정유선
홍보 김희숙 김상만 함유지 김현지 이소정 이미희 박지원
제작 강신은 김동욱 임현식 | **제작처** 한영문화사

펴낸곳 (주)문학동네 | **펴낸이** 염현숙
출판등록 1993년 10월 22일 제406-2003-000045호
임프린트 엘릭시르

주소 10881 경기도 파주시 회동길 210
문의 031-955-8892(편집) 031-955-8896(마케팅) 031-955-8855(팩스)
전자우편 editor@elmys.co.kr | **홈페이지** www.elmys.co.kr

ISBN 978-89-546-7814-8 04810
978-89-546-5305-3 (세트)

엘릭시르는 출판그룹 문학동네의 임프린트입니다.